데이트 어 라이브 프래그먼트

데
이
트
어
불
릿
6

DATE A LIVE FRAGMENT DATE A BULLET 6

"어차피, 당신도 이렇게 생각하죠?
이름도 모르고, 기억도 없으며,
얼굴조차 또렷하게 기억 못하는 분을 좋아하다니,
제정신이 아니라고 말이에요."

"……그렇게 생각 안 해요. 제가 왜 그렇게 생각하겠어요."

"아무튼 몬스터를 쓰러뜨리기만 하면
되는 건가요?"
정령(총잡이)— 토키사키 쿠루미

"다 같이 모험 여행을 떠나자."
준정령(성기사)— 창

"이 참에 마법도 써볼까."
제4영역의 지배자(마법사)
— 아리아드네 폭스롯

"여러분, 부탁이에요!
최선을 다해 저를 지켜주세요!!"
준정령(놈팡이)— 히고로모 히비키

"자아. 시작해볼까요, 정령 씨.
저희의 전쟁을 말이죠!"

"이 인계에서, 같이 살지 않겠어?"

DATE
데이트

A
어

BULLET
불릿

06

글 : **히가시데 유이치로**
원안 · 검수 : **타치바나 코우시**
그림 : **NOCO**
옮긴이 : **이승원**

—불합리하게 이용당했다.
—불합리하게 빼앗겼다.
—불합리하게 부서졌다.
—불합리하게 살해당했다.

그 모든 일의 계기는 나이자 당신.
그 모든 일의 발단은 나와 당신.

자— 그러니 종언의 전쟁을 시작하자.

데이트 어 라이브 프래그먼트

데이트 어 불릿 6

DATE A' LIVE FRAGMENT 6

SpiritNo.3
AstralDress-NightmareType Weapon-ClockType[Zafkiel]

○프롤로그

악몽과도 같은 시작을 꿈에서 보고 있다.

불길을 흩뿌리며, 온갖 것들을 불사르는 이형의 괴물.

쐈다^(맞았다). 맞았다^(쐈다). 쐈다^(맞았다). 맞았다^(쐈다).

쐈다^(맞았다). 맞았다^(쐈다). 쐈다^(맞았다). 맞았다^(쐈다)..

쐈다^(맞았다). 맞았다^(쐈다)ㅡ.

쓰러진 것은 이형의 괴물.

서있는 건 검은색과 붉은색으로 물든 소녀.

뻗은 손은 / 결코 닿지 않고……

차가운 눈동자는 / 그 괴물을 규탄하는 것만 같았다.

ㅡ하지 마, 하지 마, 하지 마, 하지 마!

목이 쉴 정도로, 목소리가 나오지 않을 정도로 고함을 질 렀지만, 소용없었다.

그렇게, 우리는 눈을 떴다.

"ㅡ아아, 정말 그립군요."

옥좌에 팔을 걸친 채, 천천히 눈을 떴다. 방금 그것은 꿈 이라기보다 기억의 되새김이었다.

그 순간부터, 그 해후부터, 모든 것이 시작됐다.

기이한 인연과 기묘한 행운을 통해 거머쥔, 전지전능한 힘^(에너지).

"이 인계는 **제 것이에요**. 그 누구에게도 넘겨줄 수는 없어요."

그 말에 그녀의 눈꺼풀이 희미하게 떨렸다.

"……아아, 실례했어요. 『장군(제너럴)』. 우리, 저희, 저희들 것이죠."

알현실에는 신도인 엠프티도, 세 간부도 없다.

이곳에 있는 건 순백의 가혹한 괴물, 하얀 여왕(퀸)뿐이다. 군복 같은 형태를 띠었지만, 색상은 청아함을 추구하고 있는 듯한 영장(靈裝)(드레스)을 입고 있었다.

퀸은 고독하다.

누구도 화합하지 못하며, 누구도 이해해주지 못한다. 광신도는 있지만, 찬동자는 없다.

부하는 있지만, 친구는 없다.

"나는 그래서 쓸쓸하다고 느끼지만— **당신**은 그렇지 않나 보군요. 참 안 됐어요."

동정 섞인 미소를 머금자, 또 눈꺼풀이 경련이 일어난 것처럼 움직였다.

다시 한 번 말하지만, 이 알현실에는 아무도 없다. 담담히…… 그리고 당연한 듯이 퀸은 혼잣말을 이어갔다.

"남은 건 제2영역(호크마), 제4영역(헤세드), 제5영역(게부라)…… 이제부터는 계략이 통하지 않겠군요. 유감이지만 『영애(레이디)』의 소임은 여기까지인 것 같아요."

그녀는 온화한 어조로 말을 이었다.

"그럼 『제너럴』. 뒷일을 부탁해요."

눈을 감았다— 떴다.

그것만으로 이 공간의 분위기는 엄숙 그 자체로 변화했다. 무수한 병사들의 앞에 선 지휘관 같고, 말투와 목소리 톤이 딴판인 『다른 누군가』가 퀸이 되었다.

"게부라에 있는 소환술사^{서머너}로부터 연락이 왔다. 소환술식은 거의 완성되었으며, 영창 준비에 들어갔다고 하더군. 곧, 유린 침공을 개시하도록 하지."

◇

토키사키 쿠루미는 게부라의 문^{게이트} 앞에 서더니, 뒤를 돌아보면서 이제까지 있었던 일을 떠올렸다.

처음은 낙하였다.

바다에 빠지는 듯한— 그것은 마치 죽어가는 감각에 가까웠다.

당도한 곳은 제10영역^{말쿠트}.

인계에서 가장 가혹하다 여겨지는, 준정령이 서로를 죽고 죽이는 영역이다. 그곳에서 쿠루미는 성가시게도 히고로모 히비키란 이름의 소녀가 **되어버렸다.**

"허억, 허억, 허억……. 쿠루미 씨……. 좀 도와줘요……. 아, 절대 안 도와주겠죠……. 쿠루미 씨는 그런 사람이니까요……."

"조금은 도와줄까 싶어서 돌아본 건데, 그렇게 말씀하시니 기쁜 마음으로 사양하도록 하겠어요."

"죄송한데, 도와주시면 완전 고맙겠거든요?!"

그리고 현재, 히고로모 히비키는 잠들어 있는 소녀를 들쳐 맨 채, 10라운드를 싸운 권투 선수처럼 숨을 헐떡이고 있었다. 도중에 「졸려, 잘래」 하면서 쓰러진 소녀를 짊어지고 지금까지 계속 걸었으니 무리도 아니다.

히고로모 히비키는 과거에 토키사키 쿠루미의 힘을 빼앗았다. 쿠루미가 되어, 쿠루미인 척을 하며, 복수를 하기 위해, 쿠루미의 힘을 사용했다.

……결국, 복수는 이루지는 못했다. 히비키는 쿠루미에게 힘을 돌려줬고, 자신의 이야기에 마침표를 찍었다.

그리고 히고로모 히비키는 쿠루미와 함께 하는 길을 선택했다.

공범자 혹은 파트너로 봐야할까, 하고 쿠루미는 생각했다. 히비키는 친구라고 하기에는 너무나도 가깝고, 가족이라고 하기에는 너무나도 멀었다.

"저는 쿠루미 씨를 위해서라면 죽어도 상관없거든요?"

어느 날 느닷없이 그런 고백을 받았으니 단순한 친구로 여기는 건 좀 그랬다.

말쿠트를 돌파한 쿠루미는 그대로 제9영역, 제8영역, 제7영역도 통과했다.
예소드　　　　호드　　　네차흐

다양한 만남을 가졌다. 최악이라 부를 만한 만남도 가졌다. 혹은 자신을 성장시키고, 과거의 기억과 연관된 무언가를 자극하는 만남도 가졌다.

최악의 만남— 퀸에 대해, 쿠루미는 생각했다.

자신의 영장인 〈신위영장 3번〉이 검은색과 붉은색으로 이뤄져 있다면, 그녀의 **그것**은 흰색과 파란색으로 이뤄져 있었다.

손에 쥔 천사의 이름은 〈광광제(狂狂帝)〉^{루키프구스}— 군도(軍刀)^{사브르}와 정밀 기계 같은 단총이다.

그 모든 것이 쿠루미의 신경에 거슬렸다……. 거울에 비친 자신이 기분 나쁜 미소를 짓고 있는 것만 같다.

반전체— 그 말이 머릿속에 떠올랐다 가라앉았다. 아마……9할 9푼 반전체가 맞을 것이다.

지식으로서는 알고 있었지만, 실제로 본 적은 없다.

허수의 영역^{마이너스}으로 추락한 정령, 현실세계에서 그저 파괴만을 자행하는 재앙의 사도.

토키사키 쿠루미의 방대한 기록 속에도 존재하는, 그런 탁한 오점과도 같은 존재다.

……하지만, 그와 동시에…….

그녀가— 퀸이라 불리는 그 반전체가— 엄청난 힘을 지녔다는 것도 명백했다.

적어도 정면승부를 벌였을 때의 승률은 낮다. 제3영역^{비나}에서 싸웠을 때는 한방 먹여줬지만, 결국 쓰러뜨리지는 못했다.

그 후로는 분신을 창조하는 힘을 지닌 능력, 【여덟 번째 탄환】는 쓰지 않았다. 이 인계에 존재하는 쿠루미는 자신이 본체가 아니라 분신이라는 것을 알고 있다. 분신이 분신을 만드는 행위에 강한 거부감을 느끼고 있는 것과 동시에— 『분신을 만들어낼수록 자기 자신이 깎여나간다』는 공포를 느끼고 있기 때문이다.

하지만…….

언젠가, 써야만 할 것이라는 사실도 알고 있다.

머지않아 찾아올 결전의 날, 자신이라는 존재를 깎아내서라도 이겨야만 할 상대인 것이다. 그저 문제가 하나 있다면……. 【헤트】를 써서 전력을 증강시킨다고 해서 이길 수 있는 상대인가, 라는 점이다.

자, 문제는 퀸의 동향이다.

그녀는 비나에서 싸운 후, 한 번도 쿠루미 앞에 모습을 드러내지 않았다. 단, 그녀의 수하 중 두 명이 모습을 보였다. 룩과 비숍, 방향성은 다르지만 둘 다 강력한 힘을 지닌 광신도였다.

게다가 더 최악인 점은 그녀들은 얼마든지 부활할 수 있다는 사실이다. 게임 캐릭터처럼, 죽으면 재시작을 하는 것처럼 퀸이 그녀들을 부활시켰다.

······딱 하나의 이점이 있기는 하다. 그녀들의 힘은 절대 달라지지 않는다.

룩은 커다란 낫을 조종하는 능력, 비숍은 세뇌와 변장 능력. 나이트는 아직 모습을 드러내지 않았지만, 그래도 퀸에게 필적하는 힘을 지니지는 않았다.

그러니 인계에 존재하는 열 개의 영역을 지배하는 준정령―지배자들에게 도움을 받는다면, 그녀들에게 대항할 수 있다.

하지만······.

"쿠울······ 쿠울······ 쿨······."

"이 사람, 완전 곯아떨어졌어!"

그 도미니언 중 한 명인 아리아드네 폭스롯은 수면을 탐닉하고 있었다. 네차흐에서 쿠루미와의 포커 승부에서 졌고, 사가쿠레 유리와 싸울 때는 크게 공헌한 아리아드네지만······.

지금은, 잠에 빠져 있었다. 곯아떨어져 있었다. 길바닥이든, 걷는 도중이든, 달리고 있을 때든, 졸린 순간에 그대로 『쿠울』하는 소리를 내며 잠든다.

"그 외에 도움이 될 듯한 분은······ 창 양 뿐일 것 같군요."

"창 씨가 왜요?"

"지금 어쩌고 있나 해서요."

창, 이란 이름의 준정령이 있다. 말쿠트에서 만났던 그녀의 별명은 비스킷 스매셔다. 적대하는 상대를 **비스킷처럼 박살낸다**고 하는, 무시무시한 칭호를 지닌 그녀는 어딘가 순진무구한 소녀 같기도 했다.

현재 그녀는 쿠루미 일행이 향하고 있는 게부라에 있다고
한다.

최전선에서 엠프티들의 시체를 양산시키고 있는 것 같다
(물론, 인계에서 죽은 자는 곧 녹아서 사라지고 만다. 그러
니 시체 같은 게 남을 리가 없다).

그렇다면 비스킷 스매셔에서 민스(mince) 메이커로 개명
하는 편이 좋지 않을까…… 라는 시답잖은 생각이 쿠루미의
머릿속을 스쳐지나갔다.

아무튼 유키시로 마야의 이야기가 사실이라면 상황은 매
우 절박했다.

인계 붕괴의 위기가 닥쳐오고 있는 것과 동시에, 퀸과의
결전 또한 코앞까지 다가온 것이다.

"겨, 겨우 도착했어……. 그럼 우아하게 폼 잡고 계신 쿠루
미 씨, 슬슬 이 사람 좀 깨워주세요."

"알았어요. 자, 〈각각제(刻刻帝)〉." _{자프키엘}

쿠루미는 주저 없이 발포했다. _{쏴갈겼다}

"깨우는 방식에서 자애가 안 느껴져……."

쿠루미는 귀찮으니까요, 란 말을 하려다 꾹 참았다. 그 말
을 했다간 자신에게 나태의 낙인이 찍힐 것 같았다. 아리아
드네는 입을 우물거리며 중얼거렸다.

"흐…… 흠냐…… 굉음……."

"반 각성 상태군요. 미간에 한방 더 쏴주도록 할까요."

"아리아드네 씨~! 빨리 안 일어나면, 총질쟁이 쿠루미 씨가 난사마가 될지도 몰라요~!"

"……으음. 지금, 일어났어……."

하아암, 하고 하품을 하며 깨어난 아리아드네 폭스롯은 아쉽다는 듯이 베개를 없앴다.

"그럼 게부라로 향하자. 출발~."

"이미 도착했어요."

"어어~?"

아리아드네는 잠이 덜 깼다.

◇

네차흐에서 제6영역, 그리고 호크마.

유키시로 마야, 까르트 아 쥬에, 그리고 토키사키 쿠루미의 분신인 시스투스, 이 세 사람은 쿠루미와 다른 방향의 영역으로 향하고 있었다.

원래라면 그녀들도 게부라로 향해야 했다.

두 명의 도미니언, 그리고 〈자프키엘〉을 쓸 수는 없다고 해도 쿠루미에게 버금가는 기량과 무기를 지닌 시스투스.

게부라로 쳐들어온 여왕의 광신도— 엠프티의 숫자를 고려하면, 그녀들 세 사람이 전쟁에 참가하지 않는 건 매우 큰 손해다.

하지만, 그래도 그녀들은 호크마로 돌아갈 수밖에 없었다.

─네차흐. 사가쿠레 유리 건이 정리된 후, 마야는 쿠루미에게 말했다.

"호크마와 게부라는 이 인계에서 중요한 의미를 지닌 영역이다. ⋯⋯퀸은 아직 눈치채지 못했지만, 그것도 시간문제일지도 모르지. 혹은, 이미 눈치챘을 가능성도 있다."

"그게 무슨 말이죠?"

쿠루미의 질문을 들은 마야가 잠시 망설이더니, 시선을 피하려 고개를 저었다.

"⋯⋯원래라면 절대 비밀로 해야겠지만, 너희 모두를 신용하고 이 사실을 밝히도록 하겠다."

마야는 이 자리에 있는 토키사키 쿠루미, 히고로모 히비키, 아리아드네 폭스롯, 사가쿠레 유이를 향해, 담담하면서도 열기가 어린 어조로 이 인계의 비밀을 털어놓았다.

"나⋯⋯ 아니, 우리라고 해야 할까. 호크마에 있는 준정령은 인계에 관해 조사하는 것을 자신의 존재이유로 여기고 있다. 지적 호기심이라고 해야 할까. 나는 이 인계에 준정령으로 탄생한 후로, 쭉 그것을 조사해왔지."

"우리에게는 노화에 따른 육체적 성장이 없다. 날씬해지지도, 뚱뚱해지지도, 키가 줄거나 늘지도 않지. 상처를 입기는 해도, 시체가 남지는 않는다. 이건 어째서일까?"

"우리가 인계에 존재할 수 있는 건, 육체가 아니라 혼이 있기 때문이다. 그리고 이 혼은 영결정(靈結晶)의 파편이란 핵(코어)으로 유지되고 있는 거다."

마야는 손가락 두 개를 꼽았다.

"우리가 죽는 이유는 크게 세…… 아니, 두 종류로 나뉜다."

"첫 번째. 삶의 목적을 상실한다. 준정령이 삶의 목적을 잃으면, 우리의 안에 있는 세피라의 파편은 영력을 유지하지 못하게 돼. 영력이 빠져 나가면 엠프티가 되고, 최후에는 소멸되고 말지. ……이건 이 자리에 있는 모두가 잘 알고 있을 거다."

"두 번째. 삶의 목적을 가지고 있더라도, 영력이 빠져나가는 상태가 되면 역시 소멸되고 만다. 즉, 공격에 의해 몸이 손상— 즉, 세피라의 파편으로 몸을 유지하는 것이 불가능한 상태가 되는 거지."

"두 번째는 현실세계에서의 죽음과 크게 차이가 없군요."

쿠루미가 그렇게 말하자, 마야는 고개를 끄덕였다.

"건너편 세계보다는 수복하기 쉽다는 이점이 있지만…… 확실히 그 말대로다. 자, 그 양쪽의 죽음에 공통적인 요소가 있다는 건 눈치챘나?"

사가쿠레 유이는 손을 들며 말했다.

"영력의 유출……인가요?"

"그래. 어느 쪽의 죽음이든 『영력이 유출된다』라는 과정이 우선 존재하며, 『육체가 소멸한다』라는 결과에 도달한다. 영력은 우리의 몸을 형성하는 살이자, 뼈이며, 피⋯⋯ 그 모든 것을 겸하고 있지. 영력은 이 세상을 움직이는 매우 강력한 에너지라 해도 과언이 아니다. 건너편 세계⋯⋯ 현실에서는 육체가 손상되어 혼만 남은 상태가 된다면, 그것은 죽음을 뜻하지. 하지만, 이쪽 세계에서는 그것이 죽음으로 여겨지지 않는 거다."

"서론 되게 기네~."

아리아드네가 푸념을 늘어놓자, 마야는 한숨을 내쉬며 말을 이었다.

"이 서론을 들어야, 퀸의 음모를 이해할 수 있거든. ⋯⋯이 인계의 영력은 방대하다. 그럼 이 영력이 **단 한 사람에게 집중된다면 어떻게 될까**?"

이 자리에 있는 이들 전원이 침묵했다.

졸고 있는 것 같던 아리아드네도 무심코 눈을 치켜떴다.

"그건—."

이 인계의 모든 사물은 영력으로 형성되어 있다. 그리고 방금 마야가 한 말이 사실이라면, 준정령들 또한 영력으로 형성되어 있다.

그 모든 영력이 한 사람에게 집중된다면 어떻게 될까?

"단적으로 말하자면 이 인계에서 유일무이한 『신』이 될 거다. 단, 인계의 준정령들은 한 명도 남김없이 소멸된다는 전제 하에서의 『신』이지만 말이다."

침묵은 더욱 깊어졌다.

"하, 하지만 말이에요. 애초에 그걸 어떻게 하는 거죠? 영력을 그렇게 간단히 모을 수 있을 리가 없잖아요?"

히비키가 당황한 어조로 말했다. 하지만 쿠루미는 여전히 굳은 표정을 풀지 않았다.

"……그 점과 게부라, 호크마가 연관이 있는 건가요?"

"그래. 우선 게부라. 이곳은 인계 전체의 영력 조정이 이뤄지는…… 간단히 말해, 조작실이다. 어딘가에서 영력이 대량으로 소비되면, 이곳이 기점이 되어 영력이 그곳에 공급되지. 그 만큼, 게부라의 영력은 항상 안정되지 않기 때문에, 불모의 대지인 거다."

"즉, 이곳을 제압하면 영력의 균형을 무너뜨릴 수 있다는 건가요?"

"순환 자체는 각 영역에서도 가능하니 괴멸되지는 않겠지만…… 적어도, 예전처럼 가벼운 마음으로 영력을 소비하는 건 불가능하지. 경제적으로는 예소드가 가장 영향을 받을 거다."

예소드는 서로를 해하는 것이 아니라 노래를 불러서 경제…… 영력을 순환시키는 영역이다. 하지만, 그것도 게부라의 기능(モド)이 효과를 발휘하기에 가능한 것이다.

"……그렇다면, 호크마는 대체……."

마야는 심호흡을 하면서, 인계에서 호크마가 맡고 있는

역할을 고백했다.

그제야, 이 이야기를 들은 모든 이들이 이해했다. 이해하고 말았다.

이 인계는 천국처럼 상냥하지만, 한편으로 지면의 얇디얇은 판자 하나를 치우면— 그 아래에는 무한히 펼쳐진 지옥이 존재하는 것이다.

◇

게부라.

유키시로 마야가 말한 대로, 화산이 분화했던 곳 같은 불모의 대지가 펼쳐져 있었다. 말쿠트, 예소드, 호드, 네차흐…… 그 어디와도 다른, 광대한 황야다.

초목이 없고, 곳곳에 균열이 존재하며, 발치에는 투박한 바위가 있다.

"이건 정말……."

"이곳에는 처음 와보는데, 예상했던 것보다 훨씬 불모의 땅이네요……."

"……그러고 보니, 나도 불모(不毛)야~."

아리아드네는 문득 생각난 것처럼 그렇게 중얼거렸다.

그러자, 쿠루미와 히비키는 무의식적으로 반응을 보였다.

"……."

"……."

침묵.

……이 여자, 방금 뭐라고 했지. 두 사람이 아리아드네를 응시하자, 그녀는 은근슬쩍 가슴을 펴며 다시 말했다.

"그러니까, 나는 불모야."

그런가. 하지만 그게 어쨌다는 걸까.

그게 자랑 삼아서 할 소리일까. 아니, 그것보다 왜 그 점을 자신들에게 고백하는 걸까.

"그런가요. 그럼 출발하도록 할까요."

"예."

쿠루미와 히비키는 서로를 쳐다보며 눈짓을 교환했다. 묵살을 하기로 결심한 것이다.

"……반응이 별로네. 일생일대의 고백이었는데~."

"이런 상황에서 일생일대를 사용하지 말아주시면 좋겠군요."

"백 번 정도 썼어."

"너무 많은 것 아닌가요……."

쿠루미는 어이없다는 듯이 한숨을 내쉬었다.

"자아, 가죠. 출발하죠. 지금 바로 말이에요!"

어영부영 했다간 자신한테 불똥이 튈지도 모른다고 생각한 히비키는 즉시 행동을 시작했다. 그것을 눈치챈 아리아드네는 음흉한 미소를 씨익 지으며 중얼거렸다.

"혹시, 히비킹도 동지야~?"

"노코멘트! 노코멘트하겠어요!!"

히비키는 전력을 다해 코멘트를 거부했다.

◇

게부라는 전장이다.

지면을 뒤덮고 있는, 퀸의 부하— 빈껍데기^{엠프티} 아가씨들의 무리. 그것은 인간이라기보다 곤충의 군대 같아 보였다.

"제5차 침공이 시작됐어! 무명천사^{무기}를 들어!"

누군가가 지시를 내리자, 너덜너덜한 영장을 걸친 소녀들이 이를 악물며 어찌어찌 몸을 일으켰다.

"영정폭약(靈晶爆藥)^{니트로드레스}은?"

영장을 가공해서 폭약으로 만드는 니트로드레스는 엠프티들을 요격하는 데 있어 비장의 카드라 할 수 있는 최적의 무기지만, 만약을 대비해 그렇게 잔뜩 모아뒀던 **그것**은 거의 바닥나고 말았다.

"이쪽에 쓸 몫은 이미 남아 있지 않아요!"

아직 비축분이 있기는 하지만, 그것은 다른 작전에 쓸 몫이다. 써서는 안 되며, 그 비축분은 진지에서 떨어진 장소에 보관되어 있다.

"윽……."

"대장님, 지시 부탁합니다!"

"……남은 니트로드레스를……."

결단을 내리려던 순간, 겨우 **그녀**가 나타났다.

"대장님! 카가리케 하라카의 직전제자가 증원으로 도착했습니다!"

그 말을 듣자, 지칠 대로 지쳐 있던 준정령들에게 생기가 되돌아왔다.

"누, 누가 온 거야?!"

"『비스킷 스매셔』 창입니다!"

환성이 터져 나왔다.

그와 동시에 하늘을 고속으로 찢으며 날아온 소녀가 참호 밖에 착지했다.

"상황 확인, 전투 행동을 개시하겠다. 지원 불필요. 지금은 쉬고 있어도 된다."

그 말을 들은 준정령 소녀들은 실 끊어진 인형처럼 무너지듯 주저앉았다. 솔직히 말해, 다들 한계에 도달한 상태였다. 그녀들은 창의 말을 듣더니, 실신하듯 잠에 빠져들었다.

그리고 창은 홀로 전장에 섰다.

카가리케 하라카의 가르침을 입에 담았다.

"네 속도는 변함없어. 네 힘은 변함없어. 네 싸움은 변함없어. 네가 이기든 지든, 전부 이치대로야. 그러니 **해야만 일을, 정성 들여 하도록 해.**"

유리구슬 같은 눈동자에, 살의가 어렸다.

사실 창은 인계의 현재 상황 같은 것은 잘 모르며, 딱히 관심도 없다.

　그저 싸우는 것과 이기는 것만이 그녀의 존재이유다.

　……그리고 최근 들어 하나 더 늘었다.

　그녀에 관해 생각할 때가 많아졌다. 그녀를 떠올리면 왠지 심장이 뛰었고, 가슴이 두근거렸으며, **살의**가 샘솟았다.

　이것이 사랑일까, 하고 창은 생각했다.

　그리고 유감스럽게도, 주위에는 「그건 좀 이상해」 하고 지적해줄 지인이 없었다. 왜냐하면 친한 전우들도 대부분 머릿속에 싸움뿐이었기에 「오호라, 그게 사랑인가」 같은 반응만 보였던 것이다.

　흔한 말로 『뇌도 근육』이다.

　하지만 창은 무명천사 〈천성랑(天星狼)〉— 변형이 가능한 핼버드를 거머쥐었다. 그녀의 몸에 걸친 건 〈극사영장 15번〉이다.

　"……덤벼."

　그 말에 맞춘 것처럼, 새하얀 엠프티들이 일제히 덤벼들었다.

　앞날 없는 목숨을, 앞날 없는 싸움에 던진 그녀들은 그 광신도 같은 공격으로 이곳을 지키고 있던 준정령들의 정신을 갉아먹었지만—.

　전투기계나 다름없는 창에게는 전혀 통하지 않았다.

섬광 같은 공격이 하늘을 갈랐다. 다음 순간, 주위 일대에 충격파가 흩뿌려졌다.

엠프티들은 창의 별명, 비스킷 스매셔를 떠올리게 하는 그 일격을 맞고 그대로 박살났다.

하지만 엠프티들도 동요하지 않으며 소멸이란 형태로 죽음을 맞이하게 된 것을 기뻐하더니, 그대로 창을 향해 쇄도했다. 하지만 그런 그들은—.

"방해돼."

창이 간단히 해치울 수 있는 적에 지나지 않았다.

쿡쿡쿡. 무수한 웃음소리를 들은 창이 인상을 찡그렸다. 눈앞에는 거대한 드래곤— 무수한 엠프티가 합쳐져서 만들어진 괴물이, 창을 향해 입을 벌리고 있었다.

"—집합체."^{어셈블리}

드래곤이 불꽃의 숨결^{브레스}을 토했다.

창은 밀려오는 그 방대한 열에너지를 피하려고도 하지 않더니……

〈라일랍스〉로, **벴다.**

그 공격은 그대로 드래곤의 몸을 세로로 분리시켰다.

"웃음소리가 거슬려."

창은 그런 불합리한 말을 입에 담았다.

그렇게 싸움은 허무하게 종식됐다. 원래 이곳에 쳐들어온 엠프티들은 본대가 아니다. 하지만 방치해뒀다간, 이 참호를 돌파 당했다간, 그 조그마한 구멍을 통해 전선이 무너지게 된다.

"큰일. 전선이 너무 확대됐어……."

창은 항상 무사태평하지만, 전투에 관해서만큼은 달랐다.

현재, 전투에 능숙한 준정령은 보통 게부라 혹은 말쿠트를 전장으로 삼고 있지만, 그 외의 다른 영역에서도 활약하고 있다.

밤낮 가리지 않고 게부라의 온갖 장소에 침공하고 있는 엠프티들을 상대하느라, 숫자가 얼마 안 되는 준정령들은 피폐해졌다.

그리고 문제는, 이런 상황인데도 불구하고 『후퇴』라는 선택지가 존재하지 않는 점이다.

게부라 중앙에 있는 대동굴. 제5던전 『엘로힘 기보르』─ 그곳을 점거당한 이상, 패배는 확정적인 상태다.

전설이 밀려난 시점에서 그대로 패배. 하지만 이대로 있다간 전선 중 어딘가가 뚫리면서, 붕괴되고 말 것이다.

창 덕분에 현재는 겨우겨우 전선이 유지되고 있다.

하지만 그것이 전부다. 연이어 구멍이 뚫리고 있는 그물을, 필사적으로 수선하고 있을 뿐이다.

언젠가 그물이 완전히 뚫리면서 전설이 붕괴되면, 자신들은 패배한다.

그렇게 되기 전에, 상황을 타파해야만 한다.

비나에서 몰려오는 침략자들이 모여 있는 『소굴』.

그곳에 손을 쓰지 않는다면, 게부라는 끝없이 침공을 받을 수밖에 없다.

《─창, 들려~? 나, 길드마스터야~.》

창은 들려온 통신에 귀를 기울였다.

"여기는 창. 엠프티 일개 부대를 격퇴, 전선 유지에 성공. 하지만 다들 지쳐서 수면을 취하고 있으니, 증원을 요청. 모험가를 왕창 고용해줘."

《으음, 어려운 상황이네. 뭐, 좋아. 어떻게 해볼게. 그것보다, 소문자자한 그 애가 온 것 같아. 아리아드네 폭스롯한테서 통신이 들어왔어.》

"……그 애라면……."

《토키사키 쿠루미.》

그 이름을 들은 순간, 창은 하늘로 날아올랐다.

"지금부터 그쪽으로 향하겠어!"

《아직 장소를 알려주지 않았거든?!》

"안 가르쳐주면, 극도의 분노와 슬픔 탓에 무차별 공격을 감행할 것 같아!"

《지금 바로 가르쳐줄테니까 그것만은 봐줘!》

그 말을 들은 창이 만족스레 붕붕 고개를 끄덕이더니, 더욱 속도를 높였다.

토키사키 쿠루미가 왔다.

평소 무슨 생각을 하는지 알 수 없는 무표정한 가면이 깨지고, 기쁨이 얼굴을 가득 채웠다— 즉, 창은 좋아 죽겠다는 듯이 히죽거리며 하늘을 날았다.

◇

　게부라에 도착한 쿠루미는 끝없이 펼쳐진 이 불모의 대지를 보고 질렸다는 듯한 표정을 지었다. 투박하고 거무튀튀한 바위산의 곳곳에서 검붉은 빛을 뿜고 있는 것은 용암일까.
　"우와, 더워."
　히비키가 머뭇머뭇 지면을 만져보며, 그 열기를 느꼈다.
　"현실에 존재하는 화산지대 같군요……."
　"맞아. 하와이의…… 뭐였더라……. 하와이의 무슨 화산인데……."
　"킬라우에아 말이군요."
　"그거야~. 아깝게 틀렸네."
　"아깝지 않아요, 아리아드네 양."
　"아무튼, 여기는 따뜻하네. 딱 좋은…… 온기라서…… 졸음이 밀려와~……."
　"……확 쏴버릴 거예요."
　아리아드네는 투덜거리면서 몸을 일으켰다.
　"아리아드네 씨~, 이제부터 어떻게 할 건가요?"

"마중이 올 거야~."

아리아드네가 느긋한 목소리로 그렇게 말하자, 쿠루미와 히비키는 주위를 둘러보았지만— 아무도 없었다.

세 사람은 황야 한가운데에 멀뚱멀뚱 서있는 상황이었다.

"……안 오네요."

"……안 오는 군요."

"……느긋하게 기다리자."

어쩔 수 없이, 세 사람은 나란히 앉아서 무릎을 끌어안으며 마중이 올 때까지 기다렸다. 그것도 그럴 것이, 표식이 될 건물조차 없기에 이동해봤자 미아가 될 것 같았다.

"……자도 돼?"

"이 상황이 쭉 이어진다면 어쩔 수 없겠죠."

쿠루미가 한숨을 내쉬며 그렇게 말하자, 아리아드네는 희희낙락하면서— 표정 자체가 옅은 편이라 확실하지는 않지만— 침낭에 들어갔다.

"쿠루미 씨, 아리아드네 씨가 벌써 잠들었어요."

"얼굴에 낙서라도 해주고 싶은 심정이군요. 히비키 양, 펜 없나요?"

"없어요……."

그렇다면 둘이서 멍하니 있을 수밖에 없다. 시간을 허비하게 된 쿠루미는 약간 짜증이 났지만, 지면의 온기 때문인지 졸음이 밀려왔다.

"……한가……하군요."

"맞아요."

불모의 대지이기는 하지만, 공기는 따듯하고 하늘은 묘하게 푸르렀다.

"게부라까지 와버렸네요."

히비키는 느긋한 어조로 말했다.

"그렇군요."

쿠루미는 문득, ――――를 생각했다. 이름이 생각나지 않고, 얼굴도 제대로 생각나지 않지만, 죽도록 좋아하는 소년을…….

"쿠루미 씨, 예의 그 남자애를 생각하고 있죠?"

"예엣?!"

동요한 쿠루미는 히비키에게 단총을 겨눴다. 히비키는 두 손을 들며 비명을 질렀다.

"자, 잠깐만요! 방금 이야기의 흐름 속에서 왜 저에게 총을 겨누는 건데요?!"

"실례했어요. 조건 반사적으로…….""

"쿠루미 씨의 조건 반사에는 문제가 많다는 생각이 들거든요?!"

방금 행동은 스스로도 문제가 있다고 생각한 쿠루미는 헛기침을 하면서 〈자프키엘〉을 집어넣었다.

"아무튼, 제 말이 맞죠?"

"……맞아요."

쿠루미는 삐친 것처럼 고개를 돌리며 중얼거렸다. 그 모습을 본 히비키는 빙그레 웃었다. 그 웃음을 본 쿠루미는 기분이 더 나빠졌다.

"어차피, 당신도 이렇게 생각하죠? 이름도 모르고, 기억^{추억}도 없으며, 얼굴조차 또렷하게 기억 못하는 분을 좋아하다니, 제정신이 아니라고 말이에요."

"……그렇게 생각 안 해요. 제가 왜 그렇게 생각하겠어요."

히비키는 쿠루미의 얼굴을 들여다보았다. 부끄러움과 수치심에 사로잡힌 쿠루미는, 그야말로 사랑에 빠진 소녀 그 자체였다.

"이런 표정을 짓는 쿠루미 씨를, 어떻게 이상하다고 생각하겠어요."

"제가…… 어떤 표정을 짓고 있죠?"

"비밀이에요."

히비키는 즐거운 듯이 웃음을 흘렸다. 쿠루미의 이런 표정은 예의 그 사람 이외에는 누구도 보지 못했을 것이다. 그리고 그가 인계에 없는 이상, 저 표정은 히비키가 독점하고 있는 것이다.

히비키는 그게 약간 기뻤다.

─슬픔은 느끼지 않는다.

설령 이것이, 한때의 광경에 불과할지라도……

설령 이것이, 자신을 향한 표정이 아닐지라도…….

—아니다.

자신을 향한 것이 아니기에, 기쁜 걸지도 모른다.

죽을힘을 다해 나아가고 있는, 싸워가고 있는 그녀에게 보답이 존재한다면, 그건 자신처럼 불면 사라질 듯한 생명이 아니라, 어엿한 생명이어야 한다.

추억이 없다? 그렇다면 만들면 된다.

얼굴을 모른다? 어차피 언젠가, 반드시 만날 것이다.

"저기, 쿠루미 씨."

"예?"

만감이 교차하는 마음이 담긴 목소리로, 히비키는 말했다.

"꼭 행복해지세요. 그 사람과 맺어져서 러브러브하는 거예요."

"……그럴 수 있을까요?"

"물론이죠. 당신은 다름 아닌 토키사키 쿠루미인걸요."

히비키는 온화한 목소리로 그렇게 말했다.

◇

……아리아드네는 꾸벅꾸벅 졸면서 두 사람의 대화를 엿듣고 있었다. 그 내용은 별것 아닌 사랑 이야기였기에, 다른 누군가에게 누설할 생각은 없었다.

애초에 쿠루미가 제1영역에 가서 건너편 세계로 귀환하기
위해 여행을 하고 있다는 건, 예전부터 본인이 직접 공언했
었다.

이 여행의 끝에서 기다리고 있는 남자에 대해서도 말이다.
아리아드네는 인계편성(隣界編成)에 휘말린 적이 없기 때문
에 이야기만 들었지만— 아무튼, 준정령 중에서도 인기를
구가하고 있는— 모두가 사랑해마지 않는 소년이라고 한다.

그런 인간이 진짜로 있는 걸까, 하고 아리아드네는 생각했다.

소문이 소문을 부를 뿐, 실은 별 볼 일 없는 사람이 아닐
까 하는 생각도 들었다.

그러면서도 진짜로 만난다면 어떻게 될까 하고 생각하며
가슴이 두근거리는 자신이 존재했다.

하지만 연애니 사랑이니 러브니 주뗌므니 같은 건 기본적
으로 성가신 감정이며, 항상 잠이나 자고 싶어 하는 자신의
뇌에 매우 좋지 않은 영향을 끼칠 거라고 아리아드네는 생
각했다.

—가슴이 너무 뛰어서 잠들지 못하는 건, 진짜 싫은데…….
이 영혼은, 그런 것에 어울리지 않을 것 같다고 아리아드
네는 생각했다.

하지만 사랑 이야기에 흥미가 없는 건 아니었다. 아리아드
네는 쿨쿨 자는 척을 하면서, 사랑 이야기에 귀를 기울였다.

"······별 상관은 없는 거지만, 러브러브라는 건 구체적으로 어떤 걸까요?"

"어. 그야····· 손을 잡거나, 팔짱을 끼거나, 다리를 꼬거나, 머리를 쓰다듬거나, 서로에게 음식을 먹여주거나····· 실오라기 하나 걸치지 않은 채····· 맺어진다거나·····?"

히비키는 말을 이으면 이을수록 목소리가 작아졌다. 그녀도 **그런 쪽**으로는 부끄러워하는 것 같았다.

"그런가요?"

질문을 받은 히비키가 얼굴을 새빨갛게 붉히더니, 볼을 손으로 누르며 고개를 세차게 저었다. 물에 젖은 고양이가 온몸을 터는 것 같다고 쿠루미는 생각했다.

"······잘은 모르겠지만····· 저도 경험은 없지만····· 아아아아아, 가만히 있을 수가 없어요~!"

"히비키 양은 참 귀엽군요."

"귀, 귀여운가요?!"

"······참고로 귀여움에도 두 종류가 있다는 건 알고 계신가요?"

"아, 들은 적 있어요! 제 귀여움은 그거죠?! 못난이 고양이 타입의 귀여움인 거죠?!"

"귀엽지 않은 고양이는 이 세상에 존재하지 않는답니다!

이 세상 모든 고양이는 전부, 전부, 저어어어언부 귀엽단 말이에요, 히비키 양!"

쿠루미는 발끈하며 반발했다. 그것만큼은 절대 양보할 수 없다. 고양이는 고양이라는 점 하나만으로도 아무튼 귀여운 것이다. 새끼 고양이든, 늙은 고양이든, 뚱뚱하든, 빼빼 말랐든(병에 걸려서 그런 거라면 걱정되겠지만), 귀엽다. 무적의 귀여움 그 자체다.

"크으, 예시 자체가 치명적으로 나빴어……!"

"히비키 양, 고양이는 귀엽죠?! 그렇죠?!"

"예, 정말 귀여워요! 고양이는 큐트해요!!"

쿠루미는 휴우 하고 한숨을 내쉬었다.

"다행이에요. 히비키 양이 생각을 바꾸지 않았다면, 목숨을 걸고 싸울 수밖에 없었을 테니까요."

"제 생명이 풍전등화의 위기에 처했던 건가요?! 쿠루미 씨, 그렇게 되면 제가 5초 안에 죽어나자빠질 거라는 건 알고 있죠?!"

"예. 전력을 다할 생각이었으니까요……."

"수줍어하며 그런 소리 하니 무섭거든요?"

그런 별것 아닌 이야기를 나누고 있을 때, 한기가 쿠루미와 히비키를 덮쳤다. 실제로 추워진 것은 아니며, 오한이 느껴질 정도의— 살기가 두 사람에게 엄습했던 것이다.

"……윽!"

쿠루미와 히비키는 재빨리 전투태세를 취했고, 아리아드네 또한 은근슬쩍 침낭에서 한손을 밖으로 내밀었다.

그리고 살기가 느껴진 방향을 세 사람이 쳐다보니— 고속으로 날아온 누군가가, 그녀들의 눈앞에 착지했다.

"……당신은……."

"오, 오, 오, 오래간, 만."

하아~ 하아~ 허억~ 허억~ 하고 거친 숨을 내쉬면서, 창은 핼버드를 치켜들었다. 평소의 쿨한 느낌은 어디로 가버린 건지 궁금할 정도로 눈동자가 번들거리고 있었으며, 열기 같은 무언가를 온몸에 두르고 있었다.

솔직히 말해 히비키는 두려웠다. 이 두려움은 전투력 차이 때문이 아니다. 그녀가 뿜고 있는 감정 자체가 두려운 것이다.

"저기…… 쿠루미 씨, 창 씨가 왠지 굶주린 늑대 같은 눈빛을 하고 있는데요."

"저, 저는 딱히 아는 바가 없어요."

"스, 승부하자. 하자. 지금 바로 하자."

더는 참을 수가 없다는 듯이, 창은 핼버드를 휘둘러댔다.

"……아, 맞다~. 창은 여기가 고향이었지. 그래서 퀸의 병사들 상대로 날뛰어댄 바람에~—."

아리아드네는 납득했다는 투로 결론을 말했다.

"텐션이 급상승해버린 거야~."

"그랬군요. ……〈자프키엘〉【일곱 번째 탄환】."

쿠루미는 그렇게 중얼거리면서 애용하는 총과 거대한 회중시계를 꺼냈다. 그리고 흥분한 창이 눈치채지 못하는 사이에, 탄환을 쐈다.

"쿠루미 씨, 일곱 번째 탄환은……."

움직임을 멈춘 창의 등 뒤로 이동한 쿠루미는 장총을 야구 방망이처럼 치켜들더니, 그대로 창의 뒤통수를 향해 휘둘렀다.

"예, 시간을 정지시킨답니다."

"승부, 승부, 하자— 크억?!"

창은 그대로 딱딱한 바위로 뒤덮인 지면에 얼굴을 처박았다.

"이제 진정됐나요?"

"진정은 된 것 같은데, 어깨와 뒤통수와 안면이 너무 아파……."

창은 약간 울먹거리며 얼굴을 문질렀다.

"뭐, 어깨에는 총알을 맞고, 뒤통수를 두들겨 맞으면서, 그대로 지면에 얼굴이 처박혔으니까요……."

"대단해. 한순간에 이러다니, 역시 토키사키 쿠루미. 사디스트 중의 사디스트."

"그런 품위 없는 말은 누구한테 배운 거죠?"

"전장에서 같이 싸운 이들에게 이것저것 배웠어. 엉큼한 지식도 배웠어. 내가 토키사키 쿠루미에게 품고 있는 감정도 이해했지. 이건 데레라고 하는 것 같아."

"……데레……?"

"그래. 얀데레였나? 나는 토키사키 쿠루미에게 사랑과 살의를 품고 있는 것, 같아."

창은 가슴을 펴면서 선언했다.

"그래요……. 하나도 맞지 않군요."

"뭐?"

"당신이 품고 있는 감정은 패배에 기인한 굴욕, 그리고 그것을 씻어내기 위한 분투랍니다. 사랑 같은 것이 결코 아니에요."

"그럴까……."

"그래요. 틀림없어요."

"으음…… 잘 모르겠어."

히비키는 한숨을 내쉬더니, 양손으로 손뼉을 쳤다. 이제 그만 이 황량한 대지에서 나누는 황량한 대화를 끝내고 싶었으며, 왠지 창이 쿠루미와 이런 대화를 나누는 것이 마음에 들지 않았다.

"자아, 이 이야기는 이걸로 끝내죠! 창 씨, 길 안내를 해주실 거죠?"

"어?"

"어?"

창이 고개를 갸웃거리자, 히비키도 덩달아 고개를 끄덕였다.

"나는…… 토키사키 쿠루미가 왔다는 말을 듣고 정신이 나가버려서…… 다른 건 딱히……."

"그래요. 아무것도 모르면서, 쿠루미 씨라는 말을 듣자마자 부랴부랴 뛰어온 거군요."

"저기, 부랴부랴는 무슨 말이야?"

"지금 중요한 건 그게 아니거든요?! ……참고로 부랴부랴는 불이야불이야를 어원으로 삼고 있는 말이며, 정신없이 급하게 서두르는 모양이란 의미예요."

"부랴부랴라는 말 자체는 서두르는 느낌이 없네~."

"저도 그렇게 생각하지만, 스마트폰으로 검색해보면 알 수 있다시피……."

"잠깐만. 나는 〈라일랍스〉를 챙겨왔어. 그러니 정신없이 급하게 서둘렀단 말은 옳지 않아."

"제발 부탁이니, 이야기 좀 탈선시키지 마세요~!"

쿠루미는 히비키가 열 받으면 좀 무섭다는 걸 알기에, 얌전히 침묵을 지키기로 했다.

"……그래. 싸우지 말고 본부로 안내하면 되는 거구나."

"예. ……위치는 알죠?"

"걱정하지 마. 냄새를 쫓아가면 돼."

"……냄새……?"

"본부에서는 피 냄새가 나. 누군가가 다쳤거나, 누군가가

다 죽어가고 있거나, 누군가가 회복해서 다시 전선으로 향하고 있거든."

히비키는 그렇게 말한 창의 얼굴에서 한순간 눈을 떼지 못했다.

아까까지의 얼빠진 분위기는 완전히 자취를 감췄다.

한 사람의 전사, 한 마리 늑대, 이 게부라에서 싸워온 소녀의 얼굴이었다.

"……창 씨는 앞으로도 그런 표정을 짓는 편이 좋을 것 같아요."

"동감이랍니다……."

"음?"

창은 영문을 모르겠다는 듯이 고개를 갸웃거렸다.

걸어서 두 시간 걸린다, 는 말을 들은 아리아드네가 절망했다. 창은 한숨을 내쉬더니, 그녀가 들어있는 침낭을 〈라일랍스〉의 날 끝에 걸었다.

"도롱이벌레네요……."

"도롱이벌레군요……."

"도롱이벌레라도 괜찮아~…… 흠냐……."

아리아드네는 이 상태로도 전혀 문제될 것이 없다는 듯이 쿨쿨 잠을 잤다.

"토키사키 쿠루미가 이곳에 온 건, 역시 퀸의 군대와 싸우기 위해서? 아니면 나와 목숨을 걸고 싸우기 위해서? 혹은 나와 사랑을 나누기 위해서?"

"퀸과 싸우기 위~해~서~예~요~!"

"으음. 히고로모 히비키에게 물은 게 아니다만……."

"으르릉~, 끼양~!"

창은 당혹스러워 하면서, 고양이처럼 위협하는 히비키를 밀쳐냈다.

"뭐, 히비키 양의 말 대로예요. 하지만…… 그래요. 그것 말고도 어엿한 목적이 있긴 하답니다."

"호오, 그게 뭐야?"

"이 인계를 구원한다, 예요."

쿠루미가 빙긋 웃자— 창은 오오~ 하고 신음을 흘렸다.

"어엿한 목적이라고 생각해."

"창 양도 인계를 구하기 위해 싸우고 있는 게 아닌가요?"

"……아냐. 나는 철두철미, 스스로를 위해 싸우고 있어. 나는 그런 존재로 태어났거든."

그녀는 당연하다는 듯이 그렇게 중얼거렸다.

"뭐, 그것도 일종의 어엿한 삶의 목적이라고 생각해요."

"……내가 이런 소리를 하면, 다들 눈썹을 찌푸렸는데……."

"저도 인계를 구하는 건 겸사겸사니까요. 퀸을 쓰러뜨리는 것도 겸사겸사랍니다. 그 점은 명확하게 밝혀두도록 하겠어요."

"아, 그렇구나~. 쿠루미는 그 사람을 만나는 게 가장 큰 목적인 거네~."

아리아드네가 그렇게 말하자, 쿠루미는 어깨를 으쓱했다.

"부정은 하지 않겠어요."

아리아드네의 눈이 살짝 가늘어지자— 왠지 오싹해진 히비키는 미심쩍은 듯이 아리아드네를 응시했다.

"아리아드네 씨?"

"아~무것도~ 아~냐~."

아리아드네는 얼버무리려는 듯 미소 지었다. 쿠루미는 눈치채지 못했고(애초에 그녀는 타인의 감정을 헤아리거나, 고찰하는 성격이 아니다), 창도 눈치채지 못했으며, 그저 히비키만이 아리아드네가 뿜은 차가운 감정을 피부로 느꼈다.

◇

한동안 걸음을 옮긴 쿠루미 일행은 묘한 사실을 눈치챘다.

"냄새가…… 느껴지지 않나요?"

히비키가 그렇게 묻자, 쿠루미도 고개를 끄덕였다. 확실히 냄새가 느껴졌다.

"이건…… 풀 냄새……?"

"응. 곧 중앙지대에 도착해. 여기서부터는 불모의 땅이 아냐."

창의 말대로, 잠시 더 걸어가자 그들의 눈앞에 초원이 펼쳐졌다.

"어, 어, 어, 게부라는 불모의 땅 아니었나요?"

히비키가 당황하며 그렇게 말하자, 창은 어깨를 으쓱했다.

"다른 영역에는 기본적으로 이 정보를 숨겨왔지만, 사실이 게부라의 중앙 지대는 초원지대로 되어 있어. ……아니, 되어 있다는 표현은 적당하지 않나."

"? ? ?"

히비키는 고개를 갸웃거렸다. 쿠루미는 미심쩍어 하면서 지면을 응시했다.

"이상하군요. 보통 이런 지면은…… 서서히 변해가야 하지 않나요?"

쿠루미가 보고 있는 건, 초원과 불모의 대지 사이의 경계선이었다. 1밀리미터의 흐트러짐도 없이, 완벽하게 구분되어 있었다.

"이 초원은…… 어느 도미니언이 만든 거야. 만든 후, 그대로 만족해서 사라져버렸어."

"인위적으로 만든 것……이란 건가요?"

"그래. 그 도미니언은…… 매우 좋아했던 것 같아."

"그래요. 확실히 이런 초원은 정말 좋죠ㅡ."

그런데.

히비키는 이 때『매우 좋아했던 것 같아』라는 말을, 초원을 좋아하는 거라고 해석했다. 사람이 자연의 풍경을 좋아하는 건 지극히 당연한 취향이며, 히비키도 결코 싫어하지 않았다.

하지만, 달랐다. 창의 말에는 치명적인 무언가가 빠져 있었다.

"……저게, 뭔가요?"

히비키는 쿠루미가 머뭇거리며 가리킨 곳을 쳐다보았다.

그곳에는 청록색을 띤 젤리 같은 물체가 부들거리듯 꿈틀거리고 있었다.

"저건…… 으음…… 뭐더라…….."

"거대한 과일 젤리 같은 건가요? 동~화~같~네~요~♪"

히비키는 무방비하게 그 물체에 다가갔고, 창은 생각에 잠긴 채 걸음을 멈췄으며, 쿠루미는 직감적으로 다가가면 위험하다는 것을 인식했다. 아리아드네는 자고 있었다.

단 한 사람, 호기심이 왕성한데다 쿠루미와 창과 아리아드네까지 있으니 목숨이 위험하지는 않을 거라고 생각한 히비키만이 방심하고 있었다.

"생각났어. 슬라임이야."

창은 손뼉을 쳤다.

"어? 슬라임이라며어어어어어어어어어언!"

그리고 슬라임은 접근한 히비키를 덮쳤다. 말캉 하는 느낌을 자아내면서 히비키는 슬라임에게 휩싸였다.

"히비키 양!"

쿠루미는 즉시 〈자프키엘〉의 단총을 꺼내 히비키를 향해 들었다.

"어푸푸푸, 어어 푸푸푸푸푸푸푸." ^{죄송한데, 쏘지 말아주세요〜〜〜〜?!}

"토키사키 쿠루미, 코어를 부숴야만 슬라임을 해치울 수 있어."

"코어가 어디죠?"

"히고로모 히비키의 옆에 떠있는, 진한 녹색의 공 같은……"

"아, 저것이군요."

바로 그때였다. 히비키가 패닉에 빠져 날뛰고 있는데도 불구하고, 쿠루미는 전혀 개의치 않으면서 총탄을 쐈다. 슬라임의 코어가 박살나자, 슬라임은 점성을 잃으며 지면에 쏟아졌다.

"히비키 양, 괜찮— 뭐하는 거죠?"

준정령들은 영장이라 불리는 옷을 입고 있다. 영력으로 만든 그것은 준정령들의 몸을 지킬 뿐만 아니라, 다양한 능력도 부여해준다. 예를 들자면 창의 영장인 〈브리니클〉은 몸을 지킬 뿐만 아니라 범위 공격에 이용할 수 있다. 쿠루미의 영장인 〈엘로힘〉은 웬만한 공격은 전부 차단할 정도의 압도적인 방어능력을 지녔다.

그리고 히비키 또한 영장을 걸쳤다—— 아니, 걸치고 **있었지만……**.

"꺄아——————————!"

슬라임의 점액으로 그 영장이 무참하게 녹아내렸다. 그리고 옷이 녹아버리면서, 알몸이 드러나고 말았다.

"……보다시피, 슬라임은 영장을 일시적으로 녹이는 특성을 지녔어. 5분 정도면 원상 복구되지만, 그때까지는 알몸으로 있을 수밖에 없어."

"그런 건 빨리 알려줘요오오오오오오오!"

히비키는 몸을 웅크리더니, 중요 부위는 양손으로 어찌어찌 숨기면서 절규를 토했다.

"말하기도 전에 다가갔잖아……."

창은 고개를 돌렸다. 찍소리 못할 정도의 정론에, 히비키는 이를 갈았다.

"뭐, 그래도 피부가 녹지 않아서 참 다행이군요……."

"그로테스크!! 상상하게 하지 말라고요, 쿠루미 씨……!"

"자아, 일단 이것이라도 걸치도록 하세요."

쿠루미는 상냥한 목소리로 히비키에게 말을 건넸다.

"으으, 고마……."

쿠루미가 상냥한 목소리로 자신에게 말을 건네줬다…… 단, 만면에 미소를 머금은 쿠루미가 내민 것은 나뭇가지지만 말이다.

"이걸로 몸을 가리라고요?! 도깨비! 악몽! 쿠루미!"

"농담이랍니다, 농담♪"

"미소에서 농담기가 전혀 느껴지지 않았어요…… 완전 진심이잖아요……!"

"받아. 이럴 때를 위한『평범한 천』."

창이 건넨 천을 온몸에 두른 히비키가 안도의 한숨을 내쉬었다.

"고마워요……. 그런데 이럴 때를 위한, 이란 건 무슨 소리죠?"

"초보자는 대부분 이 슬라임에게 당해. 게부라의 등용문 같은 것."

"그 이전에, 왜 슬라임 같은 게 있는 거죠?"

쿠루미의 질문을 들은 히비키도 고개를 끄덕였다. 이곳은 인계, 준정령 이외의 생물은 쥐새끼 한 마리도 존재하지 않는다. 또한 슬라임은 현실에 존재하지 않는다.

"……이게 선대 도미니언의 소망. 그녀는 그 강대한 힘으로 이 거대한 환상을 창조했어."

"소망……."

히비키의 중얼거림을 들은 창이 고개를 끄덕였다.

"『나도, 판타지 세계에서, 먼치킨이 되고 싶어!』라는― 소소하지만 순진무구한 소망이었대."

"순진무구함과는 거리가 먼 속물적인 소망이네요!"

"창은 그런 거 잘 몰라. 그냥 들은 대로 말했어."

"……그 도미니언의 힘에 의해, 이 영역이 변질……됐다는 건가요?"

"응. 죽기 직전에 자신의 생명을 전부 써서 구축한 것 같은데, 사후에도 이렇게 유지되고 있어. 영력으로 만든 몬스터는 생물이 아니지만, 생물처럼 움직이고, 우리를 공격해. 꽤 재미있어."

"재미? 이게 재미있나요?"

응, 하고 창은 말하며 고개를 끄덕였다. 희미하게 웃은 듯이 보인 것은 히비키의 착각이 아니었다.

"그 도미니언이 구축한 것은 필드만이 아냐. **세계의 시스템 자체를 고쳤어.**"

"그게 무슨 말이죠?"

"예소드에서는 아이돌을 중심으로 한 경제 활동을 통해 영력이 순환되고 있어. 그와 마찬가지로, 게부라에서는 이…… 으음…… 판타지틱한 장소에서의 싸움을 통해 영력이 돌고 있는 거야."

"오……."

아리아드네는 멍한 표정을 지으며 미간을 찌푸렸다.

"싸우는 것이 반쯤 의무화된 것도, 그게 이유. 『**스킬**』, 『**스테이터스**』, 『**잡**』, 『**모험가 길드**』…… 그래서 도미니언은 시스템에 그것도 집어넣었어. 다른 영역으로 넘어가면, 당연히 효과가 없지."

히비키는 갑자기 두 팔을 치켜들며 외쳤다.

"『스킬』?! 『스테이터스』?! 『잡』?! 『모험가 길드』?! 그 가슴 뛰는 키워드는 대체 뭐죠?! 불초 히비키, 완전 흥분했어요!"

"어, 왜 흥분한 거죠⋯⋯."

방금까지 울상을 짓고 있던 히비키가 들뜬 것처럼 춤추기 시작하자, 쿠루미는 약간 질렸다.

"그야 판타지잖아요, 판타지! 이제부터 저와 쿠루미 씨는 아찔한 대모험을 시작하는 거예요! 드래곤 퇴치, 산적 퇴치, 그리고 성녀가 되어 정화도 할 거란 말이에요!!"

"하아⋯⋯ 드래곤⋯⋯ 성녀⋯⋯."

그 말이 영 와닿지 않은 듯한 쿠루미는 미심쩍은 눈길로 히비키를 쳐다보았다.

"창 씨, 스테이터스는 오픈이 가능한가요?"

"모험가 길드에 등록을 안 하면 불가능해."

"그렇군요~. 그럼 빨리 가죠. 출발하자고요. 자아, 여러분! 허리 업~!"

히비키가 뛰기 시작했다. 쿠루미는 한숨을 내쉬며 그녀를 쫓아갔다.

한편, 대화에 전혀 참가하지 않았던 아리아드네는 여전히 창의 핼버드에 걸린 채 취침 중이었다. 귀찮은 일에는 관여하지 않는다. 그것이 아리아드네의 이념인 것이다.

"―그건 그렇고, 이제 그만 일어나세요."

"아윽."

쿠루미는 아리아드네의 볼을 잡아당겨서 억지로 깨웠다.

그녀는 투덜투덜…… 진심으로 귀찮은 표정을 지으며 침낭에서 나왔다.

"졸려……."

"여러분, 빨리 와요! 야호~, 판타지다~!"

완전히 들뜬 히비키가 껑충껑충 뛰고 있었다.

"그러다 천이 흘러내릴 거예요~!"

쿠루미가 그렇게 말하자, 히비키는 V사인을 날렸다.

"잘 버텨주고 있으니 괜찮— 끄아!"

아니나 다를까, 천이 풀리면서 낙하하자 히비키는 또 비명을 지르며 몸을 웅크렸다.

환경의 변화는 여실했다. 어느새 광대한 초원이 펼쳐지더니, 포장은 되어 있지 않지만 꽤 잘 닦인 도로가 깔려 있었다.

"우와~…… 대단하네요."

히비키는 아연실색한 표정으로 주위를 둘러보았다.

"대단……한, 건가요?"

"예. 물론이죠. 창 씨의 말이 사실이라면, 이 필드는 **단 한 사람의 공상에 의해 전부 만들어진 거잖아요.** 말쿠트도 비슷하지만, 거기와 여기는 넓이와 디테일의 차원이 하늘과 땅만큼 달라요."

히비키의 말을 들은 아리아드네가 고개를 끄덕이더니, 이 필드를 만든 준정령을 칭찬했다.

"확실히 대단하네. 풀, 나무, 흙, 그리고 몬스터. 망상……. 공상력이 지나칠 정도로 엄청나다고나 할까~……. 좀 정신 나간 레벨이야~."

"이 공상을 실현하기 위해, 엄청난 기세로 각 영역을 돌면서 영력을 모은 것 같아. 그래서 많은 준정령에게 원한을 사기도 했지. 거의 공갈 협박이나 다름없는 짓을 했어."

"그랬나요. 확실히 정신이 나갔군요……."

"—이야기하는 사이에, 도착했어. 여기서 최초이자 최후의 마을, 『호일』."

창이 손가락으로 가리킨 곳에는 돌로 된 벽에 둘러싸인 마을이 있었다.

"우와, 진짜 **그럴 듯한** 마을이네요~. 클리셰 그 자체예요."

"그런가요……."

히비키는 납득한 것처럼 몇 번이나 고개를 끄덕였다. 쿠루미는 그 클리셰가 잘 이해가 안 되었기에, 애매모호하게 대답했다.

"숙소는 있어~?"

"그래. 하지만, 그 전에 볼일이 없더라도 우선 모험가 길드로 가자."

아리아드네의 말에 창은 퉁명하게 대꾸했다. 그러자 아리아드네는 쳇 하고 혀를 차면서도, 순순히 그녀의 뒤를 따랐다.

그리고 히비키는 감동에 젖으며 온몸을 떨었다.

"판타지예요……. 판타지 세계라고요, 쿠루미 씨……!"

"……감동이 과한 것 아닌가요?"

"에이~, 검과 마법의 판타지는 여자애의 로망이잖아요? 한손에는 검, 한손에는 마법. 자기 몸뚱이만 가지고 시작하는 모험 여행, 모험 도중에 만난 동료, 마주친 몬스터, 숙명의 라이벌 등장, 그리고 마왕과의 싸움!"

히비키가 흥분한 목소리로 그런 말을 늘어놓자, 쿠루미는 쓴웃음을 지었다.

"그다지 공감은 안 되는 군요……. 그리고 저의 무기는 총이랍니다."

검과 마법이 아니라 총과 마법이라서, 전체적인 이미지가 달랐다.

"에이, 그런 소리 말아요~."

히비키는 쿠루미의 손을 잡아끌며 달렸다.

"흥분 좀 가라앉혀요~."

쿠루미는 한숨을 내쉬면서도, 히비키와 함께 뛰었다.

마을의 풍경은 한 마디로 말해 기묘했다. 중세 유럽―「아, 히비키 양. 중세란 시대는 매우 폭넓으니, 좀 더 구체적으로 설명하는 편이 좋을 거랍니다」― 아, 아무튼 중세 유럽 같은 곳! 이지만, 마을 안을 돌아다니는 준정령들의 모습은 당연한 듯이 천차만별이었다.

부상을 입은 준정령이 헐레벌떡 옮겨졌다. 떨어진 곳에서 연기가 피어오르고 있는 것을 보면, 아무래도 전장의 부상자가 이곳으로 옮겨지고 있는 것 같았다.

"히비키 양은 이런 쪽으로 잘 아는 것 같으니, 질문을 하나 해도 될까요?"

"예, 뭔가요?"

"모험가 길드가 뭐죠?"

"……우, 우와. 그것도 모르는 건가요……."

"길드는 안답니다. 서양사 수업에서 배웠으니까요. 상인 길드, 혹은 직공 길드처럼 같은 직업을 지닌 분들이 결성한 조합 같은 거죠? 유명한 건 프리메이슨의 전신이었다는 석공 길드죠."

"맞아요, 맞거든요? 하지만 약간 달라요! …………으음, 기초부터 설명하려니 의외로 어렵네요! 일단 가보도록 하죠! 가면 이해가 될 거예요…… 아마도요!"

왠지 얼버무리고 있는 느낌이 들지만, 쿠루미는 순순히 히비키의 뒤를 따랐다.

줄지어 있는 집들을 곁눈질하면서 길을 따라 나아가자, 한층 더 큰 건물이 보였다. 양문형 문을 활짝 열려 있으며, 창문에는 『누구라도 환영』, 『모험가 길드에 어서 오세요』라고 적힌 현수막이 걸려 있었다.

"회의소…… 같은 곳이군요."

"현수막을 보니 현실을 직시하게 되는 것 같지만, 일단 안으로 들어가요."

안에 들어가자, 그곳에 있던 준정령들이 일제히 쿠루미와 히비키를 쳐다보았다.

"혹시 쟤가 토키사키 쿠루미……?", "거짓말, 정령이라는 그 애 말이야?!", "모험가 길드에 온 걸 보면 모험가가 되려는 걸까?!", "그럼 예의 퀘스트를 맡을지도 몰라!", "키야, 확 한 판 뜨고 싶네!", "어이, 숙녀답지 않은 말투를 쓰는 녀석이 여기에 있다.", "이 게부라에는 숙녀 같은 건 없잖아요!", "그것보다 회복 걸어줘……. 나, 지금 죽어가고 있단 말이야…….", "아, 미안해. 자아, 힐~ 힐~…… 지쳐서 그러는데 교대해줄래?", "그건 괜찮은데, 내 고회복은 효과가 좋은 대신에 엄청 아프거든?", "괜찮아, 자아, 교대~ 교대~.", "어이, 내 의사부터 확인해."

"……참 시끄러운 곳이군요……."

"역시 쿠루미 씨는 언제 어디서나 소용돌이의 중심에 있네요."

"토키사키 쿠루미. 이쪽이야."

앞장을 서던 창이 쿠루미를 향해 손짓을 했다. 시청 접수처 같은 카운터에서, 한 명의 준정령이 긴장한 것처럼 딱딱하게 굳은 채 서있었다.

"아, 접수원…… 접수원이에요, 쿠루미 씨……!"

"왜 감동하는 거죠?"

쿠루미는 히비키의 감동 포인트를 이해할 수가 없었다.

"어, 어, 어, 어서 오세요. 모험가 길드에 오신 걸 환영해요.
이곳은 저기, 으음, 그러니까, 그것, 그것을, 해요."

"……그것이 뭐죠……?"

쿠루미는 영문을 노르겠다는 듯이 고개를 갸웃거렸다. 하
지만 그 몸짓만으로도, 접수원은 세 번은 살해당한 듯한 표
정을 지었다.

"모, 모험가 등록이에요! 등록 접수를 하고 있어요!"

"……쿠루미 씨는 왜 공포의 대상이 되어 있는 거죠?"

"저도 모르거든요?!"

히비키가 미심쩍은 눈길로 쳐다보자, 쿠루미는 격렬하게 항
의했다. 바로 그때, 아리아드네가 귀찮은 듯이 손을 들었다.

"아마, 창 탓일 거야~."

"……뭐라고요?"

"응? 나는 그저 토키사키 쿠루미가 얼마나 흉포하고 흉악
하며 최강이자 광기의 화신일 뿐만 아니라, 세계 최강의 마
왕에 걸맞은지를 이 게부라에 있는 동안 열변했을 뿐이야."

"그게 이유군요."

쿠루미는 한숨을 내쉬었다. 그래서 접수원의 말 한 마디
한 마디에 목숨구걸의 의미가 어려 있는 것이다.

"뭐, 괜찮아. 일단 등록이나 해."

"전혀 괜찮지 않지만…… 등록을 하도록 하겠어요. 어떻게 하면 되죠?"

쿠루미가 접수원을 쳐다보았다. 그녀는 울상을 지으면서도, 카운터에 놓인 호박색 수정 구슬을 쿠루미를 향해 밀었다.

"이, 이 보주^{오브}에 손을 얹으세요. 『등록』이라고 말하면 모험가 등록이 완료돼요. 모험가 랭크는 누구나 기본적으로 E부터ㅡ."

"예, 예, 예! 등록할게요! 등록하겠어~~~~~요!"

히비키는 더는 못 기다리겠다는 듯이 오브에 손을 댔다.

"……한 치의 주저도 없군요……."

"후후후, 이렇게 재미있는 일을 왜 주저하겠어요! 자아, 제 스테이터스를 보여주세요!!"

히고로모 히비키

레 벨 **13** 모험가 랭크 **E**

제7영속

잡

놈팡이(전직 가능)　서브 잡 : 프로듀서/마작꾼/상인
스파이/메이드/졸따구/복수자
영장:D <표백영장 133번(블리칭 에어)>
무명천사:B <왕위찬탈(킹 킬링)>

능력치

힘:E
내구력:C(나름 납득)
영력:E
민첩성:E
지력:D
성장성:C

스킬

【마작:B】【프로듀스:S】
【위기 시의 초인적인 힘:S】
【환경 적응력:A】【잔재주 부자:C】
【헤이트 이스케이프:C】
【악몽의 사역마:B】

"어이없는 수치, 어이없는 잡, 어이없는 스킬~!"

히비키는 무너지듯 주저앉았다. 창과 아리아드네, 그리고 쿠루미도 오프에 홀로그램 느낌으로 투영된 히비키의 스테이터스를 보았다.

"응, 예상대로 어이없는 스테이터스야."

창은 담담한 어조로 단언했다.

"뭐, 성장성은 있잖아~. 조금은 희망을 가져~."

아리아드네는 위로해줬다.

"……재미있군요. 인생의 축소판 같은 느낌이에요."

그리고 쿠루미는 감탄했다. 복수자라는 부분이 선이 그어져 있는 것을 보면, 그 잡은 이미 종료됐다는 의미일 것이다. 히비키의 복수는 이미 끝났으니, 의미가 없다.

"그래도 놈팡이는 너무한 거 아니에요?!"

히비키가 맹렬하게 항의를 하자, 접수원은 난처하다는 듯이 미간을 찌푸렸다.

"그게…… 이 등록 오브는 이제까지 축적된 경험에서 최적의 직업을 자동적으로 선택하게 되어 있는지라……."

"이래서야 저는 여러 영역에서 말썽을 일으켜댄 사고뭉치 준정령 같잖아요! ……그렇지 않다고 딱 잘라 부정하지는 못하겠지만요."

"히고로모 히비키. 전직이 가능하니 걱정하지 마. 그리고 놈팡이한테도 이점은 있어."

"이점? 그게 뭐죠? 현자로 바로 넘어갈 수 있기라도 한가요?"

"인생이 즐거워."

"거 참 끄으으으읕~내주는 메리트네요, 젠장!"

쿠루미는 손으로 입가를 가렸다. 박장대소는 숙녀다운 행동과 거리가 멀기 때문이다.

"……하지만 다시 살펴보니 기초능력 말고는 나쁘지 않네요. 특히 스킬이 좋아요. 【마작 : B】, 【프로듀스 : S】는 그렇다 쳐도, 【위기 상황에서의 초인적인 힘 : S】, 【환경 적응력 : A】는 생존에 유리할 테죠. 【잔재주 부자 : C】도…… 재주가 많다는 거군요……."

히비키는 자신의 스테이터스를 보며 그렇게 중얼거렸다. 접수원도 기초능력은 그렇다 쳐도 스킬은 특급 레어가 갖춰져 있는 것을 보더니, 역시 토키사키 쿠루미의 수하다, 하고 생각하며 혀를 내둘렀다.

"이 【헤이트 이스케이프 : C】는 뭐죠?"

"아~, 그건 적대행동을 하더라도 헤이트 수치의 상승을 억눌러준다……는 것 같군요. 단어의 의미만 본다면 말이에요."

"예, 맞아요. 히고로모 히비키 씨는 적을 공격하지 않는 한, 자신의 헤이트 수치가 상승하지 않기 때문에 표적이 될 가능성이 낮아요."

쿠루미는 히비키와 접수원을 말을 듣고 또 고개를 갸웃거렸다.

"······애초에, 헤이트 수치라는 게 뭐죠?"

"아, 그것부터 설명해야겠네요. 으음······ 적개심, 같은 거라고 생각하면 될 거예요. 즉, 저는 몬스터와 마주쳐도 볼을 던져서 맞추지 않는 한 공격을 당하지 않아요. 대신, 저이외의 다른 사람이 공격을 당하겠지만요."

"그렇군요······."

알쏭달쏭했다. 토키사키 쿠루미는 이런 판타지와는 지금까지 인연이 없었다. 반지를 둘러싼 걸작 대하 판타지 소설을 읽어본 것이 전부이며, 그 소설에는 헤이트 수치니 스킬 같은 건 나오지 않았다.

"그럼 다음은 내 차례네~."

아리아드네는 손을 가볍게 흔들었다.

"어머, 아직 등록을 안 하셨나요?"

"기왕이면 너희와 같이 하고 싶었거든~."

아리아드네는 히죽 웃었다. 쿠루미가 한순간 경계심을 늦출 정도로 구김 없는 미소였다. 그녀 또한 왠지 이 상황을 즐기고 있는 것 같았다.

"그럼 손을 대고······『등록』~."

ARIADNE FOXROT

아리아드네 폭스롯

레 벨　99　　모험가 랭크　　E

제4영속

잡

잡:지배자(도미니언)　　서브 잡:영사(靈絲) 술사(퀵실버 스트링어)
잡:슬리퍼/은둔형 외톨이/???
영장:C 〈숙면영장 30번(나이트 폴)〉
무명천사:A 〈태음태양 24절기〉

능력치

힘:D
내구력:B
영력:A
민첩성:E
지력:A
성장성:B

스킬

【졸음:S】【실조작:S】【전투경험:A】
【지배력:B】【???:?】【???:?】
【???:S】

"우와, 괴물이네요."

히비키는 입을 열자마자 그렇게 말했다. 창도 아리아드네의 능력치가 힘과 민첩성 이외에는 대부분 고랭크인 것을 보더니, 호오 하고 탄성을 터뜨렸다.

"레벨 99면 만렙 아닌가요?"

"조사할 수 있는 한계치가 99인 거니, 실제로는 더 높을지도 몰라요."

"히익~."

히비키는 접수원의 말을 듣고 비명을 질렀다. 아리아드네는 약간 불만인 것 같았다.

"으음…… 레벨1부터 차근차근 레벨업을 하는 게 기분 좋은데~……."

"99부터는 레벨이 잘 오르지 않지. 하지만 어차피 고랭크 몬스터 지대에 갈 예정이니까, 레벨이 팍팍 오를 거야."

"이 『?』는 뭔가요?"

"으음, 그건 비공개 스테이터스예요. 무의식적으로라도 숨기고 싶은 스테이터스가 있다면, 오브가 그것을 판정해서 은폐해주는 거예요."

"아직 비밀이 있다는 거군요."

"에헤헤, 그런 걸로 해둘게~."

아리아드네는 씨익 웃었다.

"그럼 내 스테이터스도 밝혀둘까."

창은 그렇게 말하면서 오브에 손바닥을 얹었다.

"『개시(開示)』."

TSUAN

창

레 벨 **99** 모험가 랭크 **A**

제4 및 제10영속

잡

잡:중장비 전사　서브 잡:카가리케 하라카의 직전제자
성기사/아이돌

영장:A 〈극사영장 15번(브리니클)〉

무명천사:A 〈천성랑(라일랍스)〉

능력치

힘:A
내구력:A
영력:B
민첩성:A
지력:D
성장성:A

스킬

【비행:B】【근력 향상:S】

【전투경험:A】【아이돌:A】

【위기 시의 초인적인 힘(상시):A】

【적대자 감정:A】

【무명천사 숙련 · 핼버드:S】

【???:?】

"하하……. 심플 이즈 베스트. 대부분의 랭크가 높네요~."

히비키는 탄성을 터뜨리며 스테이터스를 살펴봤다.

"홋홋홋. 계부라에서 죽을 고비를 넘기며 살아온 덕분이야."

"예. 카가리케 님이 계시지 않은데도 퀸의 군대를 상대로 전선이 유지되고 있는 건 창 님 덕분이에요."

"숭상해라~(뻐기는 창)", "예이~(넙죽 엎드리는 접수원)"

"이 접수원, 반응이 참 재미있네요……. 어, 쿠루미 씨?"

아까부터 침묵을 지키고 있던 쿠루미가 손뼉을 쳤다.

"……아하, 이제 알겠어요. 『S』는 『A』의 상위호환인 거군요!"

"그걸 이제 알았어요~?!"

"알파벳 순서로 보면 A가 가장 좋고 S가 가장 나쁜 줄 알았는데, 그렇다고 보기에는 여러분의 능력과 차이가 너무 나서요……."

쿠루미는 그제야 납득한 것처럼 고개를 끄덕였다.

그런 쿠루미를 본 아리아드네는 히죽 웃었다.

"어쩌면 쿠루밍은 스테이터스 표기가 별 볼일 없을지도 모르겠네."

"에이~. 다른 사람도 아니고 쿠루미 씨잖아요~! 분명 엄청난 스테이너스가 나와서 「어머어머, 제가 무슨 사고라도 쳤나요?」 같은 소리를 할 게 틀림없어요! 아니, 확정된 미래나 다름없다고요!"

"맞아. 내가 아는 토키사키 쿠루미라면, 스테이터스도 엄청날 거야."

히비키와 창의 기대가 쓸데없이 고조됐다. 쿠루미도 지금
의 자신이 어떤 힘을 지녔는지 객관적으로 살펴보는 것도
나쁘지 않을 거라고 생각했다. 만약 수치가 낮더라도 개의
치 않을 것이다. 자신이 지금까지 쌓아온 힘과 자신감은 그
정도 일로 무너지지 않는 것이다.

"그럼 저도 해보겠어요. 으음…… 『등록』."

쿠루미가 오브에 손을 대며 키워드를 말했다.

……자아, 이 자리에 있는 쿠루미와 접수원을 제외한 세
사람은 이런 생각을 하고 있었다.

아리아드네는…….

─말은 그렇게 했지만, 스테이터스와 스킬이 전부 S랭크인
만렙 모험가겠지.

……하고 무난하게 생각했다.

창은…….

─토키사키 쿠루미라면 S랭크 이상일지도 몰라. 그렇다면
SS나 SSS랭크 같은 게 나올까.

……하고 생각했다.

그리고, 히비키는…….

─쿠루미 씨라면…… 어쨌든 재미있는 일이 벌어질 듯한
예감만 들어~.

……하고, 전폭적인 신뢰(?)를 보냈다.

결론부터 말하자면, 세 사람의 생각은 맞는 것 같으면서도 틀렸다. 만렙이고, S랭크 이상이며, 재미있었다. 하지만 만렙으로 보이지는 않고, S랭크 이상인지 확실치 않으며, 어떤 의미로 보면 재미가 없었다.

그런 토키사키 쿠루미의 스테이터스는 아래와 같다.

KURUMI TOKISAKI

토키사키 쿠루미

레 벨 주주주주죽어어어 모험가 랭크 **?**

제3정령

잡

제지ᄉᄉ악총   서브 잡 : 아d아루/방랑자

영장 : ???〈신위영장 3번(엘로힘)〉

천사 : 이해불능능능능능능능능능능능능능능능능능
〈각각제(자프키엘)〉

능력치

파워 이즈 : "●☆§위#

내구력 : Errorrrrrrrrrrrrrrrrrrrrrr

영력 : 이계

민C성 : KiLI

지력 : CurSE

└장S : 무한무한무한무한무한무한무한m

스킬

【생존 : S】【살의 : S】【살육 : S】【각각각각각각각 : S】

【시간을 먹는 성〉:虚】【아이돌 : S】【신(神) : A】

【악몽 : ↑↑U)【▮▮▮:▯】【▮▮▮:▯】

【▮▮▮:▯】【▮▮▮:▯】【▮▮▮:▯】【▮▮▮:▯】

【▮▮▮:▯】【▮▮▮:▯】【▮▮▮:▯】【▮▮▮:▯】

【▮▮▮:▯】【▮▮▮:▯】【▮▮▮:▯】【▮▮▮:▯】

"꺄아아아아아아아아아아아아아아아아아아아아아아아아앗?!"

히비키가 절규를 토했다. 아리아드네는 질렸다. 창은 가슴이 뛰었다. 접수원은 혼절했다.

그리고 쿠루미는 얼이 나간 듯한 목소리로 중얼거렸다.

"……이게 대체 뭐죠?"

"그건 제가 할 말이에요! 정말 『제가 무슨 사고라도 쳤나요?』 싶은 안건이네요……. 스테이터스가 하나같이 흉흉하기 그지없어요……."

히비키가 스테이터스를 응시하며 구구절절한 목소리로 중얼거렸다.

"스킬도…… 심플하면서도 무시무시한 게 섞여 있네……."

아리아드네는 고개를 끄덕이며 동의했다.

"【생존】은 그렇다 쳐도, 【살의】와 【살육】이 S랭크에, 【신】이 A랭크, 【악몽】은 랭크 자체가 불명…… 대체 이게 어떤 스킬인 걸까요……."

"무시무시하다는 것 말고는 모르겠어~."

"무시무시함을 넘어서 광기적이랄까, 모독적이랄까, 완전 러브크래프트 안건 아닌가요? 이성치를 체크해보는 편이 좋지 않을까요? 레벨 칸의 『주주주주죽어어어』는 너무 무섭다고요! 살의만 느껴진단 말이에요~!"

"나는 스테이터스가 전반적으로 무서워~. 랭크 『이계』니

랭크 『무한…』이니, 스킬 〈시간을 먹는 성〉의 허(虛) 랭크도 뭔지 잘 모르겠지만, 저걸 쓰면 무시무시한 일이 일어날 게 틀림없어~……."

"스킬이 많은데, 그 중 대다수가 숨겨져 있는 점도 무서워요……. 특히 검게 칠해져 있다는 게 정말……."

"아무튼, 역시 토키사키 쿠루미는 대단해."

그리고 자기가 아이돌의 키다리 아저씨라 착각 중인 팬 같은 표정을 지은 창이 웃음을 흘렸다.

그리고 이 사태를 초래한 쿠루미는 풀이 죽었다.

"제대로 된 스테이터스였으면 좋았을 텐데 말이죠……."

"포기하세요, 쿠루미 씨. 쿠루미 씨한테 그건 불가능한 일이라고요."

쿠루미는 일단 히비키의 볼을 꼬집어주며 마음을 다잡으려 했다. 비명이 들려왔지만, 깔끔하게 무시했다.

기절한 접수원이 깨어나더니, 어험 하고 헛기침을 했다.

"그, 그럼 여러분의 모험가 등록이 끝났으니……."

히비키는 카운터로 몸을 쑥 내밀었다.

"예~, 끝났으니……!"

"지금 바로 여러분에게 퀘스트의 수주를 부탁드리고 싶습니다만—."

"좋네요! 좋아요! 정말 좋아요!"

쿠루미는 히비키의 소매를 잡아당겼다.

"저기…… 퀘스트가 뭐죠?"

"모험가가 된 인간이 맡는 미션 같은 거예요. 슬라임을 해치워달라거나, 약초를 모아와라 같은 거죠. 그런 퀘스트를 맡아서 모험가 랭크를 차곡차곡 올리는 거예요."

"모험가 랭크를 올리면, 좋은 점이 있나요?"

"잘난 모험가가 돼요!"

"하아……."

"저기…… 여러분. 죄송하지만…… 여러분에게 부탁드리고 싶은 퀘스트는 딱 하나 뿐이에요."

"……딱 하나?"

"예. 이거예요. 읽어드릴게요. 으음……『제5던전「엘로힘 기보르」에 잠입, 엠프티의 소굴에 잠입해줬으면 한다 난이도 S』예요."

이 자리에 있는 이들은 접수원의 말을 듣고 침묵에 잠기며 서로를 쳐다보았다.

그리고 창이 갑자기 중얼거렸다.

"그러고 보니…… 우리는 퀸의 군대와 싸우고 있었지. 깜빡했어."

"그렇게 중요한 걸 깜빡하면 어떻게 해요! 저도 흥분해서 깜빡하긴 했지만요!"

"두 사람 다 정신 좀 차리세요. 저는 잠시 깜빡했을 뿐이
랍니다."

"참고로 나도 깜빡했네~⋯⋯."

"저기, 외부인인 제가 할 말은 아니지만 괜찮으시겠어요?"

접수원이 그렇게 말하자, 히비키는 퀘스트 수주용 종이를
잡아채며 말했다.

"걱정 말고 맡겨만 주세요!"

○모험 여행을 떠나자

모험 여행을 떠나려면, 당연히 준비해야만 하는 것이 있다.

"장비를 준비하죠. 무기와 방어구는 장비를 해야만 써먹을 수 있으니까요."

"장비하고 있답니다."

"나도 장비했어~."

"장비했는데?"

"……저도 하긴 했어요……. 무기도, 방어구도……. 아, 기왕이면 영장을 변화시키죠. 코스튬 체인지로 기분 전환을 하는 거예요."

히비키가 그렇게 말하자, 쿠루미는 미심쩍다는 투로 물었다.

"그럴 필요가 있나요?"

"필요해요. 무지 필요해요. 못 믿겠으면 법정에 가서 시시비비를 가려도 돼요."

"좋아~. 기분 전환이 될 것 같네~."

아리아드네가 손을 내저으면서 웬일로 능동적인 말을 했다.

"나는 아무래도 상관없지만, 토키사키 쿠루미가 복장을 바꾼다면 물론 나도 따르겠어."

창이 기대에 찬 눈길로 쳐다보자, 쿠루미는 한숨을 내쉬며 히비키의 제안을 받아들였다.

"어쩔 수 없군요. 내키지는 않지만―"

마을의 뒷골목을 한동안 걷자, 대장간과 무기점을 겸한 가게에 도착했다.

"접수원 분의 이야기에 따르면, 이곳에서 영장을 갈아입을 수 있다고 했어요……."

보통 준정령에게 주어지는 영장은 단 한 벌뿐이다. 이 인계에서 살아가는 한, 평생 같은 것을 입어야만 한다.

하지만 쭉 똑같은 옷을 입고 생활한다는 것을, 10대의 모습과 마음을 지닌 준정령들은 좋게 받아들이지 않았다.

그래서 영장의 겉모습을 바꾼다—는 행위가 대부분의 영역에서 이뤄지고 있었다.

예소드에서 아이돌의 코스튬으로 갈아입은 적이 있기에, 쿠루미도 그것을 딱히 기피하지는 않았다.

기피는 안 했지만…….

"그럼 여러분, 갈아입죠! 아, 쿠루미 씨의 의상은 제가 몇 벌 골라놨어요. 그러니 마음 놓고 고르세요."

"마음을 놓을 요소가 눈곱만큼도 없군요……."

"에이, 너무 그러지 마시고 골라보세요. 자아……."

히비키는 물 흐르는 듯한 동작으로 쿠루미를 탈의실에 밀어 넣었다. 요즘 들어 쿠루미를 어떻게 다뤄야 할지 완벽하게 파악한 것 같았다.

"그럼 우리도 갈아입자~. 으음…… 뭐가 좋을까~……."

"나는 지금 이대로도 괜찮은데…… 뭐, 이참에 다른 걸 입어볼까."

아리아드네와 창도 옷을 갈아입는 것에는 동의했다. 엄청난 이능과 전투력을 지녔다 할지라도, 그녀들은 소녀. 화려한 옷을 입는 것을 당연히 좋아했다.

잠시 후…….

가장 먼저 탈의실에서 나온 이는 히비키였다. 히비키는 자신을 척후(斥候)로 여기는 건지, 가벼운 가죽 가슴 갑옷과 핫팬츠 차림이었다. 또한 머리카락은 리본을 이용해 포니테일 모양으로 묶었다.

건강미 넘치는 늘씬한 몸매 때문인지, 활동적인 소녀처럼 보였다.

"여러분, 어떤가요~?"

"좋아, 이제 됐어~."

그 뒤를 이어 모습을 드러낸 이는 아리아드네 폭스롯이었다. 그녀는 마법사 느낌의 의상을 선택한 것 같았다. 뾰족모자와 약간 수수한 느낌의 진한 녹색 로브, 그리고 마법사가 쓸 법한 커다란 지팡이를 들고 있었다.

"오오, 잘 어울리네요. 하지만 무명천사는 어떻게 한 거예요?"

"지팡이 안에 넣어뒀어~."

아리아드네는 지팡이를 능숙하게 돌렸다.

"후후후. 나도 잘 봐."

철컹, 하는 중후한 소리를 내면서 창이 모습을 드러냈다. 평소의 가벼운 느낌의 보디 슈트가 아니라, 백은색 부분갑옷^(파츠아머)을 착용하고 있었다. 움직임을 방해하지 않으면서도 방어력이 좋고, 또한 투박함보다는 화려함^(엘레강트)을 중시하고 있었다.

"오오, 멋지네요……"

"음, 그야말로 이상적인 나. 성스러운 기사 창^(팰러딘)이야."

히비키와 아리아드네가 박수갈채를 보냈다. 그녀의 무명천사인 〈라일랍스〉는 그대로지만, 갑옷 탓에 적의 공격을 받아내면서 맹렬한 반격을 날리는 기사 같은 위풍이 느껴졌다.

"히비킹은 도적이야~?"

"스카우트라고 불러주세요! 척후라고 쓰고 스카우트라는 덧말이 붙어요. 그 점, 잘 부탁해요."

"그런 건 아무래도 좋아. 그것보다 토키사키 쿠루미, 토키사키 쿠루미는 어떤 느낌?"

"아, 예. 코스튬 몇 벌을 골라드리기는 했는데—."

"기다리게 했군요."

쿠루미의 산뜻한 목소리가 들리더니, 탈의실의 커튼이 걷혔다.

"꺄아~! 멋져! 에로틱해! 역시 쿠루미 씨예요."

"예, 예. 고마워요, 히비키 양."

쿠루미는 만면에 미소를 지었다. 쿠루미는 금속제 브래지어와 금속제 팬티 차림이었다. 간단히 설명하자면, 흔히 비키니 아머라 흔히 불리는 복장을 하고 있었다.

거의 전라나 다름없는 상태의 그 코스튬은 쿠루미의 몸을 고혹적으로 보이게 했다. 새하얀 피부, 잘빠진 **배꼽**, 군살이 전혀 없으면서도 딱딱해 보이지 않는 허벅지…….

보여주고 있는 거나 다름없는 옷차림이지만, 그래도 왠지 기분이 나빠진 쿠루미는 히비키에게 총을 쏘기로 했다.

"끼야~! 그래도 눈보신~~~! 최고~!"

그대로 무너지듯 쓰러지는 히비키를 힐끔 쳐다본 후, 쿠루미는 헛기침을 했다.

"뭐, 개인적으로는 그다지 부끄럽지 않아요. 부끄럽지 않지만, 이 의상은 지나치게 고혹적인 만큼 다른 걸로 갈아입겠어요."

쿠루미는 다음 의상을 손에 쥐었다.

"그렇다면, 그 비키니 아머는 내가 입겠어."

"……창창?"

"이걸로 토키사키 쿠루미를 뇌쇄시키겠어."

"……뭐, 힘내."

◇

다음 의상은 점술사. 몸의 라인을 강조하는 듯한 얇은 옷에 입가에는 베일, 그리고 수정구슬 대신 〈자프키엘〉을 가지고 있기에 점술사라기에는 좀 흉흉한 게 결점이지만…….

"에로틱!"

히비키는 감동의 눈물을 흘리며 그렇게 외쳤다.

"그렇군요. 하지만 너무 하늘거리는 옷이라 움직이기 힘들어요. 다른 의상을 입어볼까요."

◇

세 번째 의상은 소악마^{릴리스} 느낌의 의상이었다. 고양이 귀 같은 뾰족한 모자, 그리고 얇은 가죽 슈트와 미니스커트, 액세서리로 꼬리와 날개도 달려 있었다.

"꽤나 왕도의 왕도를 달리는, 에로에로틱이군요……."

히비키는 피가 나는 코를 티슈로 누르면서 바보 같은 소리를 늘어놓았다.

◇

"……뭐, 그렇다면 이 정도가 타당하려나요."

최종적으로 쿠루미는 암흑검사, 아니, 암흑총사 느낌의 스타일을 골랐다. 칠흑색 갑옷 토시, 붉은색과 검은색으로 꾸며진 판금갑옷^{플레이트 아머}은 몸 곳곳을 지키면서도 쿠루미의 세련된 아름다움을 훼손하지 않았다.

그녀의 영장을 가공한 대장장이는 「보람찬 일을 했다」 라는 코멘트를 남겼다.

"귀여워! 에로틱!"

"이렇게 노출도가 낮은 의상의 어디가 에로틱하다는 거죠……?"

"어, 쿠루미 씨는 기본적으로 에로틱하니까…… 아야야얏!"

이 준정령은 사람을 뭐로 보고 이런 소리를 하는 걸까. 쿠루미는 마음속으로 하아…… 하고 한숨을 내쉬었다.

"……토키사키 쿠루미…… 역시 내 최고의 라이벌……."

그리고 아리아드네의 뒤편에 있는 창이 분통을 터뜨리고 있었다.

"판타지 느낌에서 좀 벗어나기는 하지만, 그래도 이 모습으로 총잡이^{건너}인 것도 나쁘지 않을 것 같군요."

쿠루미는 크큭하고 웃음을 흘렸다.

"하지만 개인적으로는 때때로 비키니 아머를 착용하는 것도 괜찮지 않을까 싶어요."

"히비키 양은 자중이라는 걸 하는 편이 좋을 것 같군요. 주로 인생을 말이죠."

히비키가 좋은 아이디어가 생각났다는 듯이 의기양양한 표정을 짓자, 쿠루미는 일단 그녀의 볼을 꼬집어줬다. 이제 한동안은 얌전할 것이다.

그 후, 잡화점에 들러서 식량과 밧줄 같은 필수품을 구입

한 일행은 목적지인 제5던전 『엘로힘 기보르』로 향했다.

"으음…… 히비키 양. 질문이 하나 있어요."

"응? 예, 쿠루미 씨. 뭐든 물어보세요."

"…………**던전**이라는 게, 대체 뭐죠?"

그 말에 걸음을 멈춘 히비키가 아연실색한 표정으로 쿠루미를 돌아보았다.

"호, 혹시 모르는 거예요?"

"예, 전혀 아는 바가 없답니다. 건물의 이름이 아닐까 생각하고 있었어요."

"던전이란…… 간단히 말해 지하미궁이에요. 그리스 신화에서 크레타 섬의 미노타우로스가 갇혀 있던 라비린스는 알죠?"

"아, 그렇군요……."

쿠루미는 판타지에 대해선 모르지만, 그리스 신화라면 알고 있다.

"제5던전은 게부라에서 가장 광대하고 위험한 던전. 원더링 몬스터가 산더미처럼 등장해서, 비나로 이어지는 게이트까지의 길을 막고 있어."

"비나로 이어지는 게이트가 제5던전에 있다는 건가요?"

"응. 그러니 문제는 그 비나의 게이트 인근에 전송진^{텔레포터}이 설치되어 있다는 점. 여왕의 군대는 그것을 이용해 지상으로 보내지고 있어."

"예? 그렇다면 지상의 전송진을 부수면 되지 않나요?"

히비키의 말을 들은 창이 고개를 좌우로 저었다.

"지상 쪽의 전송진을 아무리 부숴도 금방 새로운 전송진이 만들어져. 숫자도 많아. 근본을 바로잡지 않는 한, 똑같은 일의 반복."

"그렇군요."

엠프티의 군세가 비나의 게이트로 게부라에 침입하면, 던전 최하층에 있는 전송진을 이용해서 영역 지상에 다수 존재하는 전송진 중 어딘가로 전송된다.

지상의 전송진을 전부 박살내도, 새로운 전송진을 만들면 똑같은 일이 반복되는 것이다.

그래서 비나의 게이트와 그 인근에 있는 전송진, 둘 다 파괴해야만 한다.

"……하지만 나 이외의 세 사람은 게부라의 법칙에 익숙하지 않아. 던전에 들어가면, 조금씩 레벨을 올릴 수밖에 없어."

"창 양, 레벨이란 게 그렇게 중요한가요?"

"물론. 아무리 토키사키 쿠루미가 강하더라도 게부라에서는 레벨이 중요. 레벨이 오르면 다양한 스킬을 익힐 수 있으며, 잡의 숙련도 상승해. 이 게브라에서는 그것이 **힘을 모으기 위한 유용한 수단이야.**"

"……어라~? 그게 무슨 소리야~?"

"예소드에서 S급 아이돌이 성원을 통해 영력을 모으듯, 이 세상에서는 몬스터를 쓰러뜨리고 쓰러뜨리고 또 쓰러뜨려서 레벨을 올리는 게 중요."

그제야 이해가 된 히비키는 아하, 하고 말했다.

"진짜 판타지 세계군요."

"……잘 모르겠지만, 아무튼 몬스터를 쓰러뜨리기만 하면 되는 건가요?"

"그렇게 생각하면 돼. 자아, 다 같이 모험 여행을 떠나자."

창은 오른팔을 들면서 담담한 어조로 그렇게 말했다. 저래보여도 창은 나름 가슴이 뛸 정도로 들뜬 상태 같았다.

"모험……."

쿠루미는 멍하니 그 말을 입에 담았다. 이제까지도 모험 여행을 해온 것이 틀림없지만, 이제까지의 여행과 달리 아주 약간 가슴이 뛰었다.

히비키처럼 판타지 세계에 해박하지는 않지만, 그래도 가슴이 뛰었다. 용감한 히어로, 사로잡힌 히로인, 악독한 마왕, 어린애처럼 유치하지만, 누구나 꿈꾸는 영웅담…….

……하지만, 쿠루미는 사로잡힌 히로인이 될 생각이 없다.

그렇다고 용감한 히어로도 어울리지 않을 것 같았다. 그렇다면 남은 건 마왕이다.

온갖 악행을 저지르는 한이 있어도, 목적을 이루기 위해 앞으로 나아간다.

쿠루미는 그런 마왕이 되고 싶었다.

"왜 그러세요?"

"아무것도 아니랍니다."

일단 히비키에게는 비밀로 해두자…… 분명 놀릴 게 뻔하니까 말이다.

쿠루미 일행은 큰길을 따라 한동안 나아간 후, 외벽 밖으로 빠져나갔다. 앞장을 선 창의 뒤를 따르며, 그대로 북쪽에 펼쳐진 숲으로 향했다.

숲의 입구에는 조그마한 통나무집이 있었다. 그리고 경비로 보이는 소녀들이 있었다. 그녀들은 창을 보더니, 허둥지둥 경례를 했다.

"수고 많으십니다!", "수고 많으십니다!"

"음."

창은 그 경례에 답한 후, 말했다.

"카가리케 하라카의 직전제자, 창. 제5던전을 공략하러 왔어."

"예, 알았습니다. 동행하시는 분들은…… 괜찮으신 건가요?"

"문제없어. 문제아가 한 명 있지만, 다른 세 명이 지켜주면 돼."

"저기, 창 씨. 그 문제아는 저 말하는 거죠?"

히비키가 손을 들자, 창은 고개를 끄덕였다.

"놈팡이니까…….", "레벨이 낮으니까……."

창과 아리아드네가 지적을 하자, 히비키는 이를 갈면서 쿠루미의 소매를 잡아당겼다.

"쿠루미 씨, 쿠루미 씨. 한 마디 해주세요! 뭐든 좋아요! 제 미덕이나! 장점이나! 도움이 될 만한 구석이라도 언급해주세요!"

쿠루미는 어험 하고 헛기침을 한 후, 빙긋 웃으며 말했다.

"히비키 양은 매우 머리가 좋고, 매우 용기가 있으며, 매우 뻔뻔하고, 매우 끈질기며, 매우 유머러스하답니다."

"칭찬이 분명한데, 전부 미묘하게 들려!"

"솔직하게 칭찬한 건데요?"

쿠루미는 히비키를 칭찬할 생각으로 방금 말을 한 것이었다. 히비키는 뭐랄까…… 그 어떤 상황에 처하더라도, 멀쩡하게 살아남을 듯한 느낌이 들었다. 언제나 기운이 넘치고 시끄러우며, 또한 쿠루미의 곁에 찰싹 붙어있을 것이다.

"……칭찬한 거랍니다."

"부우. 뭐, 그럼 칭찬 들은 걸로 해둘래요!"

히비키는 기분이 좋아졌는지 깔깔 웃었다.

"이 제5던전에는 이미 열 개 이상의 파티가 잠입한 상태입니다. ……하지만 귀환은 고사하고, 염화(念話)로 상황을 알려온 파티도 없죠."

"……그래."

"텔레파시? 스마트폰으로는 연락을 못하나요?"

"응. 이 게부라에서는 스마트폰의 사용이 불가능. 판타지 세계거든."

"그렇구나~. 판타지 세계구나~. 그럼 어쩔 수 없네……."

"전투를 치르다보면, 텔레파시 스킬을 익힐 수 있게 됩니다."

"아, 혹시 포인트제인가요? 전투를 통해 포인트를 모으는 타입의……."

"예."

히비키와 경비를 맡은 준정령의 대화를 들으며 고개를 갸웃거리던 쿠루미는 히비키의 옷을 잡아당겼다.

"히비키 양, 포인트제가 뭐죠?"

"확실한 건 아닌데, 몬스터를 쓰러뜨리면 경험치…… 포인트 같은 게 들어와요. 그것을 써서 스킬을 습득하는 타입의 판타지 세계 아닐까 싶네요."

"??？"

쿠루미는 고개를 갸웃거려서 영문을 모르겠다는 것을 어필했다.

"큭, 귀여워. 아, 이럴 때가 아니지. ……아마, 체험을 해보면 바로 이해가 될 거예요."

"설명은 히고로모 히비키에게 맡기겠어. 나는 이해하고 있지만 알려주는 걸 잘 못해. ……좋아. 그럼 출발하자."

"다녀오십시오.", "무운을 빕니다."

경비인 준정령들이 깊이 고개를 숙이며 일행을 배웅했다.

……귀환자 제로, 텔레파시를 통한 보고조차 전무. 퀸의 부하인 엠프티들이 쳐들어오게 된 후로는 탐색이 전혀 진행되지 않은, 암흑의 지하 미궁.

하지만 이곳을 답파하지 않는 한, 엠프티들이 침공이 영원히 이어질 것이다. 게부라의 미래는 그녀들에게 달려있는 것이다.

준정령들은 던전으로 향하는 그녀들에게 행운이 함께하기를 기도할 수밖에 없었다.

……하지만. 설령 행운이 함께하더라도, 그것을 전부 먹어치울 정도의 원념이 이 던전을 가득 채우고 있는 것이다.

◇

히비키와 창이 나란히 선두에 섰고, 쿠루미와 아리아드네는 두 사람의 뒤를 따랐다.

"아하~. 전직을 할 때는 길드나 신전을 경유할 필요가 없군요."

"그래. 스테이터스 윈도우에서 직업을 골라서 터치하면 끝."

"그렇군요. 그럼…… 스테이터스 오픈! 만세, 진짜로 열렸어!"

히비키가 들뜬 목소리로 그렇게 외쳤다. 그녀의 옆에는 반투명한 얇은 윈도우가 표시됐다. 모험가 길드에서 열람했던, 그녀의 스킬과 잡 등이 기재되어 있었다.

쿠루미는 자기도 스테이터스 오픈, 하고 말하려다 관뒀다. 그 저주 받은 듯한 스테이터스를 보고 싶지는 않았던 것이다.

히비키는 걸음을 옮기면서…….

"으음, 으음~. 직업을 【놈팡이】에서 뭐로 바꾼다……. 일단 【레인저】로 할까."

"【레인저】는 전체적으로 야외 활동에 적합해. 던전 탐색에 유리한 기능을 얻고 싶다면 【시커】가 나을지도 몰라."

"오, 알았어요. ……직업 선택은 꽤나 세밀하게 가능하네요……. 일단 【시커】로 전직하고, 자동으로 취득되는 스킬과…… 선택으로 획득할 수 있는 스킬을 골라서……. 함정 감지 스킬은 보물 상자의 함정도 감지하나요?"

"그래. 인공적인 함정만이 아니라, 발이 걸리면 넘어질 수도 있는 지면의 돌부리 같은 것도 감지할 수 있으니 취득해 두는 편이 좋아."

"알았어요~. 일단 취득~. ……아하, 진짜로 감지되는 것 같네요."

"히고로모 히비키는 이참에 숙련도를 올려두도록 해. 나도 지니고 있기는 하지만, 전투 중에는 거기까지 신경이 미치지 않아."

"알았어요~. 이 히비키 님에게 맡겨두세요~."

힘찬 목소리로 그렇게 말한 히비키는 자신의 가슴을 두드렸다. 쿠루미는 은근슬쩍 아리아드네를 팔꿈치로 살짝 찔렀다.

"저기……. 방금 히비키 양과 창 양이 나눈 대화는 어떤 의미죠?"

모르겠다. 하나도 모르겠다.

"으음…… 실은 나도 잘 설명할 자신이 없어~……."

아리아드네도 판타지에 조예가 깊지는 않은 건지, 의미만 어렴풋이 이해하고 있는 것 같았다.

쿠루미는 표정을 굳히며 으음 하고 낮은 신음을 흘렸다. 왠지 히비키가(다른 사람도 아니고 히비키가) 자신을 두고 가버리는 듯한 느낌이 들어서 기분이 나빴다.

"쿠루미 씨, 왜 그러세요?"

"아~무~것~도~아~니~에~요~."

"애 꼬찌는 꺼에오?!"
<small>왜 꼬집는 거예요</small>

쿠루미는 일단 히비키의 볼을 꼬집어주며 마음을 풀기로 했다.

"……즉, 주어진 스킬은 쓰면 쓸수록 강해지는 거예요. 창 씨가 【비행】을 하면 할수록 더 빠르게, 더 높이 날 수 있는 것처럼요."

"저기, 제 스킬은……."

"쿠루미 씨는…… 저기…… 잘 모르겠어요……. 그건 뭐랄까…… 인간의 이해를 초월한, 모독적이면서 우주적, 근원적인 무언가라고나 할까요……. 어떻게 하면 스킬을 육성할 수 있을지…… 아니, 어떻게 하면 그런 스킬이 되는 걸까요……."

"……부우……."

쿠루미는 왠지 따돌림을 당하고 있는 듯한 기분이 들었다.

"아, 아무튼 일단 싸워보죠. 창 씨의 말이 사실이라면, 이 곳은 최고난이도 던전이에요. 레벨과 스킬도 팍팍 올라갈 거라고요!"

"그런 소리를 하는 사이에 몬스터가 나타났어. 다들, 무기를 들어."

창이 그렇게 말하자, 히비키는 허둥지둥 앞을 바라보았다. 확실히 어둠 속에서 『무언가』의 기척이 느껴졌다.

"역시 최초의 적이라면 고블린 같은 거겠네요!"

히비키가 그렇게 말하자, 창은 어처구니없다는 듯이 미간을 찌푸렸다.

"어? 왜 「이 여자가 갑자기 무슨 소리를 하는 거야?」 하고 말하는 듯한 표정을 짓는 거죠?"

"이 히고로모 히비키가 갑자기 무슨 소리를 하는 거야?"

"진짜로 말했어?! 그래도 이럴 때는 고블린이 나와야 정상 아닌가요? 아니면 한 단계 넘어가서 오크가 나온다거나요!"

"이것은 제5던전. 최악의 광기어린 몬스터들의 서식지역. 고블린이나 오크 같은 건 초급 던전에서나 나와. 이곳에서 나오는 건—"

창이 검지로 던전 안쪽을 가리키자, 그 손가락 끝에 빛이 맺혔다.

"【빛 마법】『라이트볼』."

빛 덩어리가 날아가서 주위를 비추자, 히비키는 꺄아 하고 엄청난 비명을 질렀다.

"우선 제1계층은 그레이터 데몬. 불꽃 계열과 얼음 계열과 흙 계열과 바람 계열과 어둠 계열에 내성이 있고, 빛 계열은 반사해. 물리 내성도 있으며, 독손톱을 휘두르는 공격 한방이면 히비키는 죽고, 나는 세 방 정도 맞으면 빈사 상태에 처해."

"우와~, 초보자인데 상급자용 던전에 내던져졌어~."

"우선 내가 전면에 나설 테니, 토키사키 쿠루미와 아리아드네는 엄호를 해줘!"

창이 그렇게 말하면서 몸을 날리려던 순간, 찰칵하면서 회중시계가 시간을 새기는 소리가 들렸다.

"어?", "아?", "응?"

세 사람은 제각기 다른 소리를 냈다.

"〈자프키엘〉─【자인】."

흉악할 정도로 튼튼한 육체를 지닌 대악마 그레이터 데몬. 송곳니가 드러난 입으로 침을 질질 흘리면서 금방이라도 달려들 것 같던 이 초 고랭크의 흉악한 몬스터가 갑자기 움직임을 멈췄다.

"몬스터한테도 저의 【자인】은 효과가 있군요. 이제 사격과 사격과 사격을 거듭해서 해치우기만 하면 되겠어요."

그리고 쿠루미의 처절한, 그리고 치트 급의 사격에 의해 순식간에 소멸되고 말았다.

"……저기, 쿠루미 씨."

"왜 그러죠? 몬스터라면 해치웠잖아요."

"그렇기는 한데, 저기…… 좀 더 여운을……."

"여운이 필요한가요?"

"창 씨 좀 봐요. 완전히 삐쳤어요."

"토키사키 쿠루미에게 나의 엄청 멋진 모습을 보여줄 생각이었는데…… 그랬는데……."

창은 던전 구석에서 바닥에 손가락으로 뭔가를 쓰고 있었다.

"그건 그렇고…… 판타지 세계에서도 쿠루미 씨는 여전히 강하군요."

히비키의 말을 들은 쿠루미가 의기양양하게 머리카락을 쓸어 넘겼다.

"어, 우와. 저, 그냥 쳐다보고만 있었는데 레벨이 6이나 올랐어요!"

껑충 뛰며 기뻐한 히비키가 자신의 스테이터스를 쿠루미에게 보여줬다. 그녀의 말대로, 레벨이 13에서 19로 올라갔다.

또한 『스킬 포인트 : 6』이라는 새로운 표시도 떠있었다.

"그리고 예상대로, 스킬 포인트를 습득했어요. 창 씨~, 6 포인트 있는데 뭘 익히면 좋을까요?"

"흠흠. 역시 스카우트답게, 【암시(暗視)】와 【원시(遠視)】에 투자하는 게 좋을 거야."

"전투 계열 스킬은 필요 없나요?"

"그래. 이 던전의 레벨을 생각하면, 히고로모 히비키가 그쪽으로 투자하는 건 낭비."

"으으, 잔혹해. 하지만 그게 사실이겠죠……. 어쩔 수 없네요. 평소처럼 쿠루미 씨에게 도움이 되는 스킬이나 익혀야겠어요."

"어머, 그래도 괜찮겠어요?"

히비키는 판타지 세계에 조예가 깊은 것 같다. 그렇다면 쿠루미의 보조 같은 역할이 아니라, 그녀 본인이 영웅이 되고 싶지 않을까.

쿠루미의 생각을 꿰뚫어본 것처럼, 히비키는 미소를 머금었다.

"괜찮아요. 이건 제가 좋아서 하는 거니까요. 전혀 문제없어요. 으음~, 그래요……. 오, 【메이드】라는 스킬도 있네요. 이것도 익혀야지~."

"다양한 스킬이 있군요. 으음, 저한테는 뭐가 있을까요……. 어머, 제로 포인트? 저는 스킬을 익힐 수 없는 건가요?"

"토키사키 쿠루미는 버그를 먹은 상태니까, 레벨이 올라도 스킬 포인트는 못 얻을지도 몰라. 숙련도는 쓰면 쓸수록 상승하니까, 몬스터나 팍팍 해치워."

철컹철컹 하고 금속이 부딪치는 소리가 들렸다. 그 소리를 가장 먼저 눈치챈 히비키가 말했다.

"쿠루미 씨, 새로운 적이 나타난 것 같아요!"

"어이쿠. 이번 녀석은 나한테 맡겨줘~."

아리아드네가 한걸음 앞으로 나섰다.

"이 참에 마법도 써볼까. 으음…… 우선 초급을 써봐야지~. 『파이어볼』!"

지팡이 끝에 배구공만한 불덩이가 생겨났다. 아음속으로 발사된 그것은 격렬한 소리를 내면서 적에게 정통으로 명중했다.

그러자 퍼석 하는 소리를 내며 적의 머리가 박살났다.

"으음…… 방금 적은 스켈레톤인가요?"

"이 던전에서 나오는 스켈레톤은 리치나 아수라스켈레톤 중 하나. 방금 녀석은…… 아마 리치였을 거야."

창은 어이없다는 듯이 어깨를 으쓱했다. 였을 거야, 하고 과거형으로 말한 것은 그 리치가 숨을 거뒀기 때문이다. 머리가 박살난 적은 먼지가 되며 소멸됐다.

"아리아드네 폭스롯. 역시 도미니언은 대단하네."

"……창 씨, 리치는 초급 마법에 죽나요?"

"보통은 안 죽어. 리치는 모든 마법에 강한 내성을 지녔어. 『파이어볼』에 죽을 리 없어. 하지만…… 당한 데는 이유가 있을 거야."

"으음…… 뭐, 숨길 필요는 없겠네. 아마 내 스킬 중에【전체 관통 : S】가 있기 때문일 거야~."

아리아드네는 그렇게 말하며 스테이터스를 오픈했다. 그녀가 방금 말했다시피,【전체 관통】이란 스킬이 S랭크로 표기되어 있었다.

"우와, 엄청 레어할 것 같은 스킬. 보아하니 모든 공격이 내성을 무시하게 해주는 스킬 같네요."

"그런 것 같아~."

"음. 너희와 함께라면 제5던전도 답파가 가능. 하지만 이건 알아둬."

창은 웬일로 씨익 웃으면서 말했다.

"이 제5던전은 총 10계층. 그리고 **한 층 내려갈수록 몬스터의 랭크도 상승해**. 조심해. 그리고 전력을 다해 이 던전에 도전하자."

그 말을 들은 쿠루미와 아리아드네는 고개를 끄덕였다. 그리고 히비키의 얼굴은 새파랗게 질렸다.

"저기…… 지금 시점에서 제가 대처할 수 있는 레벨을 넘어섰는데…… 괜찮을까요……."

창은 히비키의 어깨를 두드려주며 상냥한 어조로 말했다.

"히고로모 히비키. ……유서는 써뒀어?"

"안 썼어요! 여러분, 부탁이에요! 최선을 다해 저를 지켜주세요! 제발 부탁이에요!!"

◇

　―제5던전『엘로힘 기보르』 제2계층.

　한 층 내려갔을 뿐인데 몬스터의 공격은 무시무시할 정도로 강해졌다. 우선 다양한 색깔을 띤 그레이터 데몬이 나타났다.

　빨간색은 불, 파란색은 얼음, 녹색은 바람, 갈색은 흙의 최상급 마법을 자유자재로 영창했으며, 그뿐만 아니라 화상, 동상, 절상 등의 각종 상태이상을 일반공격에 부여했다. 장기전이 벌어질수록 불리해지는 것이다.

　게다가 제2계층부터는 전투음을 듣고 몰려오는 몬스터가 매우 늘어났다. 설령 던전 구석에서 전투를 벌이더라도, 10분 정도 지나면 이 층의 모든 몬스터가 전투음을 듣고 증원으로서 몰려왔다.

　게다가 던전 자체에도 함정이 있으며, 추락함정이나 회전복도, 낙하천장 및 기타 등등의 악랄한 함정이―.

　"에잇."

　"영차."

　"이얍."

　토키사키 쿠루미와 아리아드네, 그리고 창은 별다른 수고를 들이지 않으며 모든 문제를 해결했다.

"【암시】와 【원시】의 스킬의 숙련도가 상승하고 있어. 계속 그렇게 해."

창이 칭찬을 해주자, 히비키는 질린 얼굴로 미소를 지었다. 지금 히비키가 보고 있는 건 한 걸음이라도 발을 들였다간 즉사하는 함정이다. 가늘지만 강인한 실이 무수히 쳐져 있어서, 그 함정에 빠졌다간 그대로 온몸이 조각나고 말 것이다.

"뭐, 덕분에 이 어둠속 구석구석까지 잘 보이네요……. 점점 저 자신이 무서워져요……. 아, 전부터 신경 쓰였던 건데, 이 능력은 계속 쓸 수 있는 건가요? 손쉽게 이런 스킬을 얻을 수 있다면, 게부라의 준정령들이 강한 것도 납득이 되지만요."

"스킬은 영구적으로 지니게 되는 것과 게부라에서 벗어나면 사라지는 게 있어. 나의 【무명천사 숙련·핼버드 : S】는 사라지지 않아. 하지만 아리아드네가 쓰는 마법은 게부라의 환상 구역 이외에서는 못 써."

"으음, 아쉽네. 마법사라는 게 꽤 재미있게 느껴지기 시작했는데~."

아리아드네는 아쉽다는 듯이 지팡이를 휘둘렀다. 그녀는 현재 4대 마법(불, 물, 바람, 흙)의 스킬을 전부 궁극 경지까지 터득했다.

"질문이 있답니다. ……게부라에 흐르는 영력이 계속 흐트러지거나 불모의 대지인 것은 마법이 원인 아닌가요? 이 마법이라는 건 영력을 소모할 테니까 말이에요."

쿠루미는 아까부터 계속 불가사의했다. 아리아드네가 마법을 쓸 때마다 영력이 흐트러졌던 것이다. 주위에 있는 자신들의 공간에서, 뭔가를 빨아들여서 토하는 듯한 느낌이었다.

예소드에서도 비슷한 느낌을 받았다. 그렇다. 아이돌로서 노래를 하고 춤을 출 때, 관객들이 뿜는 영력이 자신에게 빨려 들어오는 느낌이 들었다.

하지만 마법을 펼칠 때의 느낌은 그것보다 훨씬 격렬했다. 몬스터를 쓰러뜨릴 때마다, 크게 심호흡을 하고 있는 기분이었다.

이것이 영력의 흡수에 기인하고 있다면, 게부라의 영력이 흐트러져 있는 것과 불모의 대지인 것도 납득이 됐다.

창은 그 말을 듣고 눈을 치켜뜨더니, 곧 손뼉을 쳤다.

"그럴지도 몰라."

"……게부라의 준정령들은 대체 무슨 짓거리를 하고 있는 거예요."

히비키가 도끼눈으로 딴죽을 날렸다. 실은 그럴 만한 사정이 있지만, 그녀들이 알 리가 없었다.

"하지만 마법이란 건 참 재미있네~. 덕분에 아까부터 마법 스킬만 계속 얻고 있어~."

아리아드네는 즐거운 듯이 지팡이를 휘둘렀다. 평소 피곤해~ 졸려~ 잘래~ 같은 소리만 하던 아리아드네가 아직 기운이 넘쳐 보였다.

한편, 쿠루미는 예의 저주 받은 듯한 자신의 스테이터스 화면을 보며 신음을 흘렸다.

"왜 그러세요?"

쿠루미는 약간 난처한 표정을 지으면서 히비키에게 도움을 청했다.

"아, 저도 드디어 스킬 포인트? 란 것이 쌓여서 써보고 싶은데……. 어쩌면 좋을까요?"

다른 세 사람보다 적기는 했지만, 쿠루미도 적을 쓰러뜨리다 보니 스킬에 투자할 수 있는 포인트가 쌓인 것 같았다. 히비키는 쿠루미의 어깨 너머로 스테이터스 화면을 들여다보면서 조작을 지시했다.

"오~. 쿠루미 씨도 드디어 스킬 포인트를 얻었군요. 포인트를 터치해보세요. 그러면 획득할 수 있는 스킬 일람이 표시될 거예요."

"이렇게…… 말이군요."

쿠루미는 머뭇거리며 스테이터스 화면을 만졌다.

그러자 표시가 바뀌면서 쿠루미가 획득할 수 있는 스킬이 표시됐다.

"……아리아드네 양이 쓰는 【불 마법】이나 【빛 마법】 같은 건 없군요……."

"획득 가능한 스킬에는 어디까지나 본인의 특성이 반영돼. ……즉, 토키사키 쿠루미는……."

창이 말끝을 흐렸다. 즉, 쿠루미에게는 그런 마법을 쓸 특성이 없다는 것이다.

"알았어요……. 으음……."

"클리셰 적으로는「푸하하하, 기본 마법도 못 쓰는 거냐~」같은 소리를 늘어놓으며 쿠루미 씨를 무시하는 모험가가 나타나야겠지만…… 만약 그런 사람이 있다면, 이 세상에서 완전히 지워지겠죠……."

"지워버릴 거랍니다. 물리적으로 말이죠. 히비키 씨, 경험해보겠어요?"

"푸하하하하, 살려주세요!"

이야기가 옆길로 샜다고 생각한 쿠루미는 가볍게 헛기침을 한 후, 자신이 익힐 수 있는 스킬을 봤다. 여러 스킬 중에는 다른 이들이 익혔던 스킬도 드문드문 보였다.

"쿠루미 씨, 【암시】를 익히는 게 어때요? 사격이 메인이잖아요. ……어? 하지만 제2계층도 어두컴컴한데, 백발백중이었잖아요."

"【암시】……는 익히지 않아도 될 것 같군요. 저는 이 어둠 속에서도 적이 잘 보인답니다."

"으음…… 아마 【생존】, 【살의】, 【살육】 같은 스킬에 통합되어 있는 것 아닐까~?"

아리아드네는 쿠루미의 스테이터스 화면을 들여다보았다.

"아~, 통합 스킬 말이군요! 그럴 가능성이 크겠네요~."

"히비키 씨, 히비키 씨, 설명 좀……."

"저희는 【암시】나 【원시】처럼, 용도가 세분화된 스킬을 하나하나 익혀야만 하지만, 아마 쿠루미 씨는 【살육】처럼 막연한 스킬이 그런 용도를 전부 맡고 있는 게 아닐까 싶어요."

"……즉, 【암시】를 익힐 필요는 없다는 건가요?"

"아마 그럴 거예요. 도움이 되고 안 되고를 떠나서, 쿠루미 씨가 재미있다고 느껴지는 스킬을 익히는 편이 좋겠네요."

"흐음. 그렇다면…… 하지만…… 으음……."

쿠루미는 손가락을 까딱거리면서 망설였다.

"쿠루미 씨는 의외로 고민하는 타입이었군요……."

"그게, 뭘 선택하면 좋을지 몰라서 말이죠……."

히비키는 생각을 바꿨다. 쿠루미는 아이돌 때와 마찬가지로 이런 장르에 익숙하지 않았다. 그러니 히비키가 조언을 해 줘야 한다.

해 줘야 한다? ……자기가 약간의 우월감을 느끼고 있다고 생각한 히비키는 마음속으로 스스로를 비웃었다. 우월감이라기보다는 충실감에 가까울까.

토키사키 쿠루미에게 도움이 된다. 그 사실이, 히비키는 너무나도 기뻤다. 남들이 들으면, 이것을 헌신 혹은 의존이라고 생각할지도 모른다.

……하지만, 그래도 상관없다고 히비키는 생각했다. 의존이든, 광신(狂信)이든, 쿠루미에게 도움이 된다는 것이 무엇보다 기뻤다.

이별의 순간이 머지않았는데도…….

자신 안에서 그녀라는 존재가 더욱 커져가고 있는 것을 자각했다.

"히비키 양?"

"—아, 죄송해요. 으음, 스킬 말이죠?"

잠시 동안 꿈이라도 꾸고 있었던 것 같은 느낌에 사로잡혔던 히비키는 허둥지둥 자신의 정신을 현실로 귀환시켰다.

"으음…… 아, 【어둠 마법】은 어떨까요?"

"……이미지가 나쁘지 않나요?"

"그건 그래요. 하지만 엄연한 마법이니까요. 게다가 빛보다는 어둠이 다크해서 멋지지 않나요?"

"히비키 양. 모르나 본데, 그건 수라의 길이에요."

쿠루미는 갑자기 히비키를 걱정하는 듯한 표정을 지으며 말했다.

"엥?"

"잘 들으세요. 어둠, 붕대, 안대, 그런 건 젊은 분들에게 있어 자극적인 물건이랍니다. 하지만, 예. 하지만 그렇다고 해서 그런 것에 빠져드는 건 바닥 없는 늪에 들어가는 것이나 다름없어요. 이건 저의 개인적인 감정은 전혀, 한 치도,

눈곱만큼도, 섞여 있지 않은 의견입니다만, 빛보다 어둠이 멋지다고 타인에게 주장하는 건 자제하는 편이 분명 좋을 거랍니다!"

쿠루미는 단숨에 말을 쏟아냈다. 그러자 일행은 아연실색했다.

"……실례했어요. 흐트러진 모습을 보였군요."

거북한 침묵이 흐르는 가운데, 히비키가 일단 손을 들었다.

"저기…… 아무튼 【어둠 마법】을 익히긴 할 거죠?"

"그렇게 하겠어요. 이것으로 저도 마법사인 거군요."

"토키사키 쿠루미의 겉모습을 고려하면, 마법검…… 아니, 마법총사가 적절할 거야."

"아무튼, 마법을 쓸 수 있기만 하다면, 저로서는 이의는 없답니다. ……으음, 여기를 누르면 되죠?"

쿠루미는 머뭇머뭇 【어둠 마법】이란 표시를 손가락으로 터치했다.

『어둠 마법을 습득하시겠습니까? YES / NO?』

쿠루미는 잠시 주저한 후, 머뭇거리며 YES를 터치했다.

그 순간, 자신의 주위가 약간 흔들린 듯한 느낌이 들었다. 공기가 헝클어진 듯한, 뒤섞이고 있는 듯한 느낌이었다.

"축하해요, 쿠루미 씨! 이제 쿠루미 씨도 어둠 마법사예요. 지금 바로 써보는 게 어때요?"

"예. ……으음, 어떻게 하면 쓸 수 있죠?"

"아직 스킬 랭크가 E니까 『다크볼』밖에 못 쓰겠네요. 어둠의 구체를 이용해 공격하는 기본 마법이에요. 마침 적도 나타났으니까, 한번 써보세요!"

히비키는 그렇게 말하며 쿠루미의 등에 손을 댔다.

"우선 〈자프키엘〉은 일단 넣어두세요. 그리고 손가락 끝에 영력을 모으는 느낌으로…… 이해되나요?"

"예, 이해했답니다."

쿠루미의 손가락 끝에서 야구공만 한 크기의 구체가 생겨났다. 그 구체의 색깔은 던전의 깊은 어둠과 분간이 안 될 만큼 시꺼멓기에, 불가사의한 질감이 느껴졌다.

"그리고 그걸 공 던지듯…… 염동력으로 조종해서 날리는 느낌을 이미지해보세요."

"으음, 손가락 끝에 힘을 집중…… 염을 보내며……『다크볼』하고 영창을…… 에잇."

쿠루미의 손가락 끝에 생겨난 『다크볼』이 새롭게 나타난 몬스터(이족 보행하는 상어머리 몬스터였다)를 향해 날아갔다.

『GYAAAA!』

"어머, 죽지 않는 군요."

"【어둠 마법 : E】니까 어쩔 수 없어요. 그런 것치고는 위력이 어마어마하지만요……."

방금 마법은 초급 중에서도 초급이다. 게임 스타트 시점에서 조무래기 몬스터에게나 통할 정도의 파괴력을 지닌 것이다.

하지만 그 마법을 정통으로 맞은 상어머리는 패닉에 빠지며 우왕좌왕했다. 아무래도 『다크볼』의 상태이상 효과인 『어둠』이 부여된 것 같았다.

"그럼 어둠 마법을 팍팍 쓰도록 할까요. 그러면 스킬도 상승해서 다양한 마법을 익힐 수 있을 거예요. 앗, 스톱! 귀찮다고 〈자프키엘〉로 처리하는 것 금지!"

『다크볼』을 연이어 명중시켰는데도 상대가 죽지 않아서 짜증이 난 듯한 쿠루미는 〈자프키엘〉로 상어의 머리를 날려 버리려 했다.

히비키는 그런 쿠루미를 말리며 꾸짖었다.

"마법은 반복해서 써줘야 자기 것으로 만들 수 있어요. 쿠루미 씨, 재능을 썩히는 건 손해라고요!"

"……알았답니다. 그런데 창 양, 【어둠 마법】으로는 다른 어떤 마법을 쓸 수 있죠?"

"『다크볼』 말고는 몰라. 마법에는 흥미가 없거든. 스킬이 성장하면 자동적으로 익히니까 팍팍 쓰면 될 거야."

하아, 하고 쿠루미는 한숨을 내쉬었다.

아직 8계층이나 남았으니 갈 길이 멀다. 차근차근 스킬을 육성하는 건— 적성에 맞지 않았다. 쿠루미는 언제나 전속력으로 뛰고 싶었다.

게다가 지금은 어마어마한 위기 상황이다. 퀸이 모략을 꾸미고 있으며, 엠프티들이 게부라를 집어삼키려 하고 있는 것이다.

전력을 다해 나아가야만 할 상황이지만······.

"자아, 쿠루미 씨. 느긋하게, 차근차근 해봐요!"

모처럼 마법을 익혔으니, 좀 느긋하게 익혀보는 것도 괜찮을지 모른다.

쿠루미는 즐거워 보이는 히비키를 보면서, 그런 생각을 했다.

◇

쿠루미는 〈자프키엘〉을 봉인하기로 했다. 그리고 아리아드네와 함께 【어둠 마법】의 스킬을 올리는 데 힘을 쏟기로 했다.

"D랭크로 올랐군요. 어둠 마법이 세 개로 늘어났어요. 으음, 『다크 실드』, 『다크 인펙션』, 『그래비티』······예요."

하지만 어떤 효과인지는 알 수 없다. 그래서 쿠루미는 다음에 나타난 몬스터의 무릎을 〈자프키엘〉로 쏜 후, 실험체로 삼았다.

"진짜 너무해요!!"

"안전을 위해서랍니다~."

"홋······ 인정사정없어. 역시 토키사키 쿠루미. 내 영원한 라이벌."

그리고 다양한 몬스터가 귀중한 실험체가 되어준 결과,

효과가 판명됐다.

『다크 실드』…… 어둠을 단단하게 만들어 방패로 삼는다. 빛 마법 이외의 4대 마법에 뛰어난 내성을 지녔지만, 빛 마법에는 약하다.

『다크 인펙션』…… 감염되는 상태이상『어둠』을 부여한다. 『어둠』을 부여당한 대상은 회피율 및 명중률이 크게 감소한다. 【어둠 마법】스킬의 상승을 통해 성공률과 감소 비율이 상승한다.

『그래비티』…… 상태이상『가중』을 부여한다. 『가중』이 부여된 대상은 회피율 및 민첩이 감소하며, 소 대미지를 지속적으로 입는다.

"으음, 확실히 【어둠 마법】다운 마법이네요……. 역시 상태이상 계열이 많아요."

"아, 그건 좋군요. 저의 총탄도 비슷한 타입이고요."

쿠루미는 만족한 것처럼 고개를 끄덕였다. 확실히 어둠 마법은 자신의 특성에 맞다는 생각이 들었다.

그것은 음험하거나 교활하다고 여겨질지도 모르지만, 전투에서는 상대를 약하게 만들어서 철저하게 박살내줄 필요가 있는 것이다.

"『다크볼』도 스킬 상승을 통해 파워업 했네요. 여러 표적을 한꺼번에 공격할 수 있어요."

"하지만『다크볼』보다 〈자프키엘〉이 더 쓸모 있는 것 같은

데 말이죠……."

"이대로 A랭크까지 올라간다면, 『다크볼』의 파괴력이 〈자프키엘〉을 능가할지도 모른다고요."

"그렇게 되면 마음이 복잡할 것 같군요……."

쿠루미로서는 자신의 천사가 더 강했으면 했다.

"그러고 보니 쿠루밍의 〈시간을 먹는 성〉은 몬스터에게 효과가 있어~?"

아리아드네가 문득 생각난 투로 그렇게 묻자, 쿠루미는 부정했다.

"아뇨. 실은 처음에 시도를 해봤는데 통하지 않았답니다. 이론상으로는 준정령 여러분에게 통했던 것처럼, 몬스터들의 시간을 먹을 수 있어야 하는데 말이죠. 이 영역의 법칙에 저촉되는 건지, 몬스터에게서 영력을 빼앗을 수가 없었어요."

"처음에 시도를 해봤던 거네요. 역시 쿠루미 씨예요……."

이 사람, 아니 이 정령은 기본적으로 적에게 인정사정없을 뿐만 아니라 장애물(길바닥에 굴러다니는 돌멩이)여기는 것 같다고 히비키는 속으로 생각하고 있었다. 돌멩이이기 때문에 걷어차든, 박살내든, 도랑에 빠뜨리든 상관없는 것이다.

"그래……. 스킬 〈시간을 먹는 성〉의 랭크가 허(虛)였던 건, 그 점과 상관있을지도 몰라. 준정령에게는 효과가 있지만, 몬스터에게는 효과가 없는 거지."

"어라? 그렇다면 〈자프키엘〉을 통한 회복도 불가능한 건가요?"

〈자프키엘〉은 숫자가 들어간 탄환을 쏠 때, 영력과 함께 토키사키 쿠루미의 『시간』을 소비한다. 그 때문에, 대량으로 쐈다간 시간이 바닥나고 마는 것이다.

시간이 바닥난다…… 그것은 죽음을 뜻했다.

"평범하게 〈자프키엘〉을 쏘는 데는 지장이 없지만, 【첫 번째^{알레프} 탄환이나 【자인】 같은 탄환을 쏘는 건 자제하는 편이 좋을지도 모르겠군요."

소비한 시간을 회복할 방법은 물론 있지만, 장기간 던전 생활을 해야 하는 현재 상황에서는 정기적인 회복 방법이 확립될 때까지 사용을 자제하는 편이 무난할 것이다.

또한, 스킬을 올리기 위해서도 말이다.

쿠루미는 좀 더 【어둠 마법】을 갈고닦아야만 한다.

"그건 그렇고 『다크볼』은 이름이 좀 심플하네요…… 【빛 마법】도 『라이트볼』이었고 말이죠."

"……응? 알기 쉬워서 좋지 않아?"

"창 씨, 좀 더 멋진 표현이 낫지 않을까 한다는 말이에요. 예를 들어 『다크볼』이라면…… 그래요……. 『암암창구(闇暗蒼球)』라거나……."

"히비키 씨, 『암암』은 어감이 좋지 않고, 창궁(蒼穹)과 창구(蒼球)의 발음이 비슷하다는 점을 이용한 언어유희도 그다지 재미있지 않군요. 그런 이름으로 마법을 날리다 보면 언젠가 후회하게 될 거예요. 아니, 지금 바로 후회하죠. 그러니 더는 탈선하지 말아주세요. 진심으로 부탁드리는 거예요.”

“왠지 노도 같은 기세로 물 흐르듯 디스당했어?!”

쿠루미는 잘, 너무나도 잘 알고 있다. 분신이라고는 해도, 그립고도 슬픈 한때의 과거를 똑똑히 기억하고 있다. 그 실수는 두 번 다시 반복하지 않겠다…… 아마도…… 아마도!

“자아, 곧 제3계층으로 이어지는 계단인데…… 아마 그 앞에 보스가 있을 거야.”

“아~, 던전의 정석이죠. 플로어 보스. 역시 센가요?”

“나름대로. 이곳의 플로어 보스는………… 으음………… 뭐였더라…………”

창은 고개를 갸웃거렸다.

“기억 좀 해두라고요! 앞날이 걱정된단 말이에요!”

“아, 생각났어. 제2계층의 플로어 보스는 미노타우로스.”

“미노타우로스라면, 머리가 소인……”

“그래. 정확하게는— 트리플헤드 미노타우로스.”

“아하, 머리가 세 개인가 보네요.”

“히비키 양, 히비키 양. 머리가 세 개면, 어떤 점이 다른가요?”

히비키는 윽 하고 숨을 삼켰다. 머리가 세 개이면 어떻게 다를까. 아마 평범한 미노타우로스보다 강할 것이다.

"……세 배 똑똑……할까요……."

"그렇다면 강적이겠군요. 마음 단단히 먹고 진지하게 싸워야겠어요."

히비키는 문득 불길한 예감이 들었다.

미노타우로스란 몬스터는 판타지 게임과 소설에서 강적으로 다뤄진다. 하지만 이 제2계층에서 쿠루미 일행은 단 한 번도 고전을 하지 않았다.

일반적으로 각 계층의 보스라면 당연히 조무래기 몬스터보다 강할 것이다.

하지만, 그래도 클리어가 가능한 범위를 벗어날 정도로 강하지는 않다. 상태이상을 다수 보유하고 있고, 온갖 공격에 내성이 있거나, 혹은 특수한 공격이나 필드를 보유하기도 한다.

……트리플헤드 미노타우로스.

이름을 통해 어떤 몬스터일지 상상하는 것은 쉽다. 아마 아수라상처럼 머리가 세 개일 것이다.

그리고 미노타우로스 자체는 기본적으로 도끼를 지닌 근육질 몬스터로 그려진다. 즉, 체력 및 근력으로 승부하는 거구의 괴물이라는 인상이다.

질까 싶어 무서운 것과는 다른 불길함이 히비키를 엄습했다.

　　　　　　　　◇

　예감은 적중했다.

　"GYAAAAAAAAAAAAAAAAAAA!"

　"……"

　"……"

　"……"

　"……아…… 저기…… 평범하게…… 죽어버렸네요……."

　히비키는 거북한 목소리로 중얼거렸다.

　"으음~. 우선 돌진해오는 적을 쿠루밍의 『다크볼』과 내 『라이트볼』로 요격했고~. 비틀거리는 적을 창이 힘껏 두들겨 패서 날려버렸더니~…… 그대로 머리가 떨어져나갔네~……."

　"─하, 하지만 「나한테는 아직 머리가 두 개 더 있다」며 바로 부활했어."

　"그래서 머리에 『다크 인펙션』을 걸어주니, 그대로 우왕좌왕하면서 벌러덩 쓰러졌죠……."

　"그리고 마무리 삼아 창 씨가 머리 두 개를 박살내니, 그대로 죽어버렸네요……."

　전투에 걸린 시간은 약 1분. 제2계층 클리어다.

　"─자아, 제2계층은 클리어. 제3계층으로 이어지는 문이 열렸어. 아직 센 몬스터가 잔뜩 있으니까 걱정하지 마……!"

　창은 세 사람을 재촉하면서 제3계층으로 이어지는 계단

으로 향했다. 한숨을 내쉬던 쿠루미는 문뜩 스테이터스 화면을 열었다.

"아, 스킬 포인트가 들어왔군요. 이번 스킬은—."

쿠루미는 우뚝 멈춰 섰다.

"쿠루미 씨, 왜 그래요?"

히비키가 뒤돌아보니, 쿠루미는 깜짝 놀란 얼굴로 자신의 스테이터스를 쳐다보고 있었다.

"쿠루미 씨?"

"히비키 양, 어쩌면 좋죠? ……【시간 마법】…… 취득하는 편이 좋겠죠? 그렇죠?"

토키사키 쿠루미의 취득 가능 스킬 일람에는 【시간 마법】이라는 표시가 있었다.

"창 양. 이건……."

"모, 몰라. 내가 아는 마법 계통은 총 여섯 개. 불, 물, 바람, 흙, 빛, 어둠. 그게 전부인데……. 【시간 마법】 같은 게 있다면 분명 익혔을 테고, 토키사키 쿠루미에게도 권했을 거야."

"그렇다면, 이건…… 저만의 마법, 인 거군요?"

"그렇겠지."

"…………후, 후훗."

(아, 왠지 엄청 기뻐 보여…….)

"그렇다면, 당연히 【시간 마법】을 골라야하지 않겠어요? 자아, 터치."

쿠루미는 주저 없이 【시간 마법】을 취득했다.

"어, 어떤 마법을 쓸 수 있게 됐나요?"

"자, 잠시만 기다려주세요. 지금 체크해볼게요. 으음……."

【시간 마법 : E】…… 시간을 조작하는 마법을 쓸 수 있다. E 랭크는 『첫 번째 탄환_{일레프}』, 『두 번째 탄환_{베트}』, 『〈시간을 먹는 성〉』.

"……이건, **저**의 능력이군요……."

"정말……이네요. 어떻게 된 거죠? 창 씨, 아는 거 없어요?"

"………………"

"아, 미안해요. 괜히 창 씨에게 물어본 것 같아요!"

창의 머리에서 연기가 피어오르자, 히비키는 허둥지둥 그렇게 말했다.

"……조금 실망스럽기는 하지만, 이것도 의미가 있을 듯한 느낌이 드는 군요. 이제부터 【어둠 마법】과 【시간 마법】을 병용하면서 스킬을 올릴까 해요."

"저기…… 제3계층에 가기 전에 잠시 쉬지 않겠어? 좀…… 피곤해~……."

아리아드네는 더는 못 참겠다는 듯이 영장을 변화시켜 만든 침낭에 들어갔다.

"어쩔 수 없지. ……여기는 보스전 전용 방이고, 트리플헤드 미노타우로스가 재배치되는 건 우리가 이 방을 나간 후.

그러니 이 방에서라면 안전하게 쉴 수 있어."

창은 자신의 〈라일랍스〉를 돌로 된 바닥에 내던지더니, 벌러덩 드러누웠다.

"그럼 저희도 잠시 쉬도록 할까요. 차라도 끓일까요?"

"아, 그러고 보니 【메이드】였죠. 하지만 괜찮답니다."

"어~, 왜요?"

"히비키 씨가 가장 지쳤잖아요."

"……으윽. 알고 있었어요?"

"물론이죠. 말수는 여전히 많지만, 안색이 나쁘니까요. 그리고, 걸음걸이도 좀비 같답니다."

"비유 대상이 좀 그렇네요~……. 하지만 지친 건 사실이니까 얌전히 앉아있을게요."

"부상이 아니라 순수한 피로는 【네 번째 탄환^{달렛}】으로 회복시킬 수 없으니까요. 얌전히 앉아있도록 하세요."

"그럴게요~. 【메이드】 스킬로 깔개를 깔아야지~."

히비키는 어딘가에서 꺼낸 깔개를 펼쳤다. 아무래도 【메이드】 스킬을 이용한 것 같았다.

"……【메이드】는 의외로 편리한 것 같군요."

쿠루미도 안도의 한숨을 내쉬면서 깔개 위에 앉았다.

"홍차 드세요."

"쉬라고 제가 말했을 텐데요?"

"아, 이제 한계니까 그대로 확 뻗어버릴게요~."

쿠루미가 홍차를 건네받자, 히비키는 방금 선언한 것처럼 그대로 쓰러지며 눈을 감았다. 희미한 숨소리— 진짜로 지칠 대로 지친 것 같았다.

홍차를 마셔보니— 의외로 맛있었기에, 쿠루미는 눈을 치켜떴다.

"토키사키 쿠루미."

"어머, 깨어 있었군요. 눈 붙이지 않아도 괜찮겠어요?"

아까 드러누웠던 창은 눈을 뜨고 있었다.

"응. 언제 어디서나 잘 수 있으니까, 그냥 누워 있기만 해도 돼."

"그런 식으로 단련했다……고 보면 될까요?"

"그래. ……이 던전, 재미있어?"

창이 질문을 던지자, 쿠루미는 약간 난처한 표정을 지었다.

"재미있는지, 재미없는지는 아직 모르겠군요. 이래봬도 필사적이라서 말이죠. 그래도 심심하다거나 괴롭……지는 않은 것 같답니다."

"그렇다면 됐어. 사라진 도미니언도 기뻐할 거야……. 사라진 녀석이 기뻐할 수 있을까?"

"그 질문에는 답할 수 없을 것 같군요."

"우리가 태어난…… 혹은 이곳에 왔을 때는 게부라가 이미 이런 상태였어. 예전의 이 영역은 비교적 평화로웠기 때문에, 「왜 이딴 짓을 한 거야」 하며 비난하는 녀석도 많았지."

"뭐…… 퀸이 없던 시대니까요."

"그래. 몬스터한테 부상을 당하는 준정령도 있었어. 도미니언은 이 영역을 판타지로 만들기 위해 자신의 목숨을 바쳤기 때문에…… 분노를 퍼부을 대상도 없었어."

"그 분은 이름이 어떻게 되죠?"

"알려지지 않았어. 본인이 「내 이름 같은 건 중요하지 않아. 인계에 이렇게 즐겁고 재미있는 세계를 만들기 위해 나는 온 거야. 그러니 이제 사라져도 여한은 없어」라는 소리를 했다고 사부가 말했어."

"어머나……."

"『삶은 짧으니 모험해라 소녀여』가 슬로건이었대. 한동안 투덜대던 이곳의 주민들도 눈치챘어. **이 모험이 삶의 양식이 된다는 걸 말이야.**"

쿠루미는 그 말을 듣고 아아 하고 숨을 토했다.

인계에 사는 준정령들은 삶의 목적이 없으면 살아갈 수 없다. 과거 예소드에서 기력을 잃고 소멸하는 엠프티를 봤다. 호드에서도, 다른 이유로 사라지는 소녀를 봤다.

그 광경을 잊은 건 아니지만, 주위 사람들이 너무 힘차게 살아가고 있었던 탓에, 그 점을 깜빡하곤 했다.

이 세상은 **현실**과 다르다.

물리법칙을 비롯한 모든 것이 다른 세계다.

"……이세계라고 해도 과언이 아니군요."

"선대 도미니언은 이런 말을 했대. 「무슨 소리를 하는 거야. 여기는 이세계잖아, 이세계. 여기가 인계라 불리는 장소이자, 혼이 당도하는 장소이며, 우리의 세계와 전혀 다른데다, 불가능하던 일이 여기서는 가능해. 그렇다면— 하고 싶은 일을 하며, 마음 가는 대로 살 거야!」"

"꽤 재미있는 분이었군요."

쿠루미는 숙연한 목소리로 그렇게 중얼거렸다.

"말쿠트는 목숨을 건 사투, 예소드에서는 노래와 춤, 호드에서는 경쟁, 네차흐에서는 갬블⋯⋯ 각 영역은 삶을 영위할 방식을 찾았어. 게부라에서는⋯⋯ 모험을 한다, 가 존재이유가 된 거야. 자극적이고, 살벌하며, 위험하지만⋯⋯ 진심으로 즐겁다고 말할 수 있는 것이지."

"창 양, 혹시 저한테 하고 싶은 말이 있는 건가요?"

창은 그 말을 듣더니, 천천히 몸을 일으켰다.

"토키사키 쿠루미. 꼭 현실 세계에 돌아가야겠어?"

"⋯⋯."

침묵. 그것은 쿠루미와 친한 이들이 입에 담기 힘든, 어찌보면 금기라 할 수 있는 질문이었다.

"⋯⋯물론, 네가 돌아가고 싶어 하는 이유는 알아. 하지만 그게 무리일 경우를 생각해봐. 나는 너를 좋아해. 다른 애들도 너를 싫어하지는 않아. ⋯⋯좀 무서워하기는 해도 말이야."

"좀 무섭다는 말은 사족 아닌가요~?"

"대다수의 의견. 못 믿겠으면 앙케트를 해볼까?"

"사양하겠어요."

"어때? 인계도, 꽤 괜찮은 곳이지?"

쿠루미는 창의 질문을 듣고 잠시 침묵했다. 딱 잘라 거절하는 건 간단하며, 쿠루미의 신조를 생각하면 그러는 것이 당연했다. 예전의 자신이라면, 정확하게는 여행을 시작하기전의 자신이라면 주저 없이 그랬을 것이다.

"……그래요. 제가 아는 건너편^{현실} 세계는 가혹한 상태죠. 제주위에는 적으로 득시글하답니다. 저희는 죽기 위해 탄생했고, 또한 싸우고 있어요. 그런 의미에서 본다면, 돌아간다는건 죽음을 의미할지도 모르죠."

"……그렇다면……."

"하지만, 제가 돌아갈 이유는 단 하나 뿐이며, 그것은 인계에 없답니다."

인계에는 『그 분』이 없다.

건너편의 세계에는 『그 분』이 있다.

그저 그뿐이며, 도전할 이유도 여행을 떠날 이유도 없다.

"알았어. 하지만 마음이 바뀌면 언제든 말해. 그리고 떠나기 전에 나와 승부하는 것도 잊지 마."

"……생각해보겠어요~."

다른 생각을 하던 쿠루미는 건성으로 대답했다.

"만세. 드디어 싸울 수 있어. 이번에야말로 결판을 낼 거야."

창의 얼굴이 기쁨으로 물들었어. 쿠루미는 방금 한 말을 약간 후회했지만, 그녀가 승부를 갈망한다면, 언젠가는 싸워야 한다고 생각을 바꿨다.

"그래요. 이 던전을 답파해 퀘스트를 성공시킨 후에— 싸우는 것이 좋겠군요."

"응. 나는 그래도 상관없어."

"……하지만, 서로의 목숨을 앗아가는 사투는 무리랍니다."

"그래? 나는 그래도 상관없는데…… 뭐, 그럼 죽이지 않는 걸로 하자. 하지만 사고는 일어날 수 있거든?"

"가능하면 피하고 싶군요. ……저는 이래봬도 창 양이 조금은 마음에 든답니다."

쿠루미가 그렇게 말하자, 창은 입을 쩍 벌렸다. 그리고 점점 볼을 붉혔다.

"……그, 그래. ……놀랐어……. 잘 모르겠지만, 왠지 기분 좋아."

창은 버둥거리듯 발을 흔든 후, 전지가 바닥난 것처럼 벌러덩 드러누웠다.

눈을 감고 있는 창의 얼굴은 황홀경에 젖어 있는 것 같으면서 왠지 얼이 나간 것처럼도 보였다.

"……부끄러우니까, 좀 잘래."

창은 가녀린 목소리로 그렇게 말했다. 지금까지의 이미지가 뒤집어지는 듯한 느낌이다.

"예. 안녕히 주무세요."

불가사의하게도 자신의 목소리가 상냥해졌다는 것을 쿠루미는 느꼈다. 한 번은 사투를 벌였던 상대인데, 왠지 기묘한 느낌이다.

"……저는, 물러졌나 보군요."

쿠루미는 그렇게 중얼거렸다. 건너편 세계에서는 주위에 적뿐이었다. 이 세상에는 적 혹은 언젠가 적이 될 인간뿐이었으며, 자신의 편은 자신들 뿐이라고 생각했다.

하지만 지금은 이렇게 평온하게 이야기를 나눌 여유마저 생겼다. 물론 퀸이 존재하는 한, 이 평온은 유지되지 않을 것이다.

하지만, 그렇다 할지라도…….

한순간, 찰나, 잠시 동안의 짬이나 다름없는 시간.

너무나도 존귀하고, 너무나도 애틋한 시간이, 지금 이곳에 존재했다.

"――."

그리고, 또 한 사람. 숨을 죽인 채, 방금 대화를 듣고 있던 이가 있었다.

(……쿠루미 씨.)

히비키는 알고 있다. 이름도 모르는 소녀를 쫓고 있는 쿠루미의 일편단심을, 잘 알고 있다. 그래서, 언젠가 찾아올

이별을 각오하고 있다.

하지만, 그런 히비키의 눈앞에 동아줄이 내려왔다.

쿠루미가 가려하는 건너편 세계는, 가혹하기 그지없다고 한다.

죽을지도 모른다고 한다.

적밖에 없다고 한다.

그렇다면— 괜찮지 않을까, 하고 히비키는 생각했다. 퀸을 해치운 후, 쿠루미와 이곳에서 평화롭게, 사이좋게 산다.

그런 미래가 존재해도, 괜찮지 않을까.

그것도 그럴 것이, 토키사키 쿠루미는 대단한 사람이다. 자신을 구원해준 은인이다. 그런 그녀가 죽음이 기다리고 있다 해도 과언이 아닌 건너편의 세계로 돌아간다는 건, 말도 안 된다.

히비키가 아는 쿠루미는 예전에 이렇게 말했다.

"저는 분신이에요."

진짜 쿠루미가 【헤트】로 만들어낸 또 하나의 자신. 첩보, 암살, 조사, 잠입 등, 그 어떤 일에도 쓰이는, 편리하기 그지없는 **일개 장기말**.

—죽기 위해서, 건너편 세계로 가는 건가요?

—쿠루미 씨는, 그걸로 괜찮아요?

그렇게 묻고 싶었지만, 그럴 수 없었다. 만약 그래도 괜찮다는 대답을 듣는다면…… 죽는 한이 있어도 자신이 쿠루미를 잡으려 할 거라는 사실을, 히비키는 알고 있었던 것이다.

—그 사람.

타인이 건드리지 않아 줬으면 하는, 쿠루미의 가장 섬세한 부분.

히비키는 그에 대해서는 가능한 한 생각하지 않으려 했지만, 오늘 처음으로 생각했다.

—그 사람을 쿠루미 씨가 좋아하는 건 괜찮다. 하지만, 그 사람은 쿠루미 씨를 좋아할까. 만약 그렇지 않다면. 만약, 아니라면…….

나쁜 생각만이, 머릿속에 떠올랐다.

하지만 어쩔 수 없다. 일부러 눈 돌리고 있었던 희망을, 창이 느닷없이 보여준 것이다.

토키사키 쿠루미가, 앞으로도 히비키와 함께 있는 미래를…….

그것은 히비키에게 있어, 악마의 유혹이나 다름없었다.

◇

—한편, 그 즈음. 호크마에서는…….

시스투스는 처음으로 이 기묘한 호크마를 보고, 얼이 나간 것처럼 입을 쩍 벌렸다.

비나의 전 도미니언이었던 까르트 아 쥬에가 쓴웃음을 지었다.

"놀랐지? 나도 소문은 들었지만, 이 정도일 줄이야……."

"나의 영역은 비밀주의에 폐쇄주의거든."

『깜짝 놀랐소이다!』, 『이곳은 우리와 상성이 나쁩다!』, 『아니, 거꾸로 좋다고 생각하도록!』, 『어쨌든 숨을 장소는 부족하지 않겠네요~!』

까르트가 이끄는 트럼프들도 흥분을 감추지 못했다.

책, 이었다.

위도, 아래도, 왼쪽도, 오른쪽도, 하늘도, 전부 책으로 가득했다. 유일하게 책이 없는 곳은 바닥이다. 하지만 그런 바닥에도 문자가 새겨져 있었다.

"내 호크마는 책과 지식의 세계. 삼라만상을 망라하고, 건너편 세계와 인계의 다리 역할을 해. 준정령들의 통치 계통을 확립한 것도, 우리다."

호크마의 도미니언, 유키시로 마야는 가슴을 폈다. 아무래도 으스대는 것 같았다.

"그게 무슨 말이죠?"

시스투스— 인계의 토키사키 쿠루미가 만든 분신, 쿠루미와 다른 이름을 지닌 소녀의 질문에 마야가 답했다.

"준정령은 원래 이곳에 존재할 뿐인 존재였다. 때때로 찾아오는 정령에게 겁먹고 도망 다니다, 엠프티가 되어 사라질 뿐인 존재지. 하지만 이 영역의 도미니언은 눈치챘다. 준정령이 삶을 이어갈 방법…… 살아갈 이유를 지닌 자야말로 이 영역에서 살아갈 수 있다는 것을……."

이 인계는 혼만이 존재가 허락되어 있다. 그리고 방치해두면 인계에 공기처럼 충만해 있는 영력이란 거대한 흐름에 혼이 먹히고 만다.

그렇게 되지 않기 위해서는, 이 인계에 『자기 자신』이라는 쐐기를 박을 필요가 있다.

"예를 들자면, 인계는 끊임없이 흐르는 강 같은 것이다. 강바닥에 쐐기를 박고, 거기에 매달려 있지 않으면…… 언젠가, 격류에 삼켜지고 말지."

"그 점을, 당신이 발견한 건가요?"

"내가 아니라, 선대 도미니언이 발견했다. 그녀는 우리에게 자신이 아는 것을 전했고, 동시에 케테르 이외의 모든 영역에 그 지식을 전했지."

그리고 인계에서 어느새 정령이 사라지면서— 준정령들은 드디어 평온을 거머쥔 것이다.

"우리를 살아가게 하는 쐐기는 지식욕. 책을 읽는 한, 새로운 지식을 받아들이는 한, 사라지지 않는다. 덕분에 장수하는 준정령도 많지."

"그런데 아무튼 몬스터를 쓰러뜨리기만 하면 되는 건가요? 다른 준정령은 없는 거야?"

"이 방에는 호크마의 도미니언…… 나와 내가 허락한 자에게만 출입이 허락된다. 다른 준정령은 다른 장소에서 꾸준히 일하고 있어."

호크마의 준정령이 하는 일은 두 가지다. 하나는 호크마에 있는 서적을 읽고 분석해서 지식을 얻는다. 다른 하나는 각 영역에 파견되어 서적을 확보하는 것과 동시에 영역을 지배통치하는 데 필요한 조언을 해주는 것이다.

그렇기에 호크마의 준정령들은 그 근간이 되는 부분이 학자 혹은 연구원에 가까우면서도 전투능력을 추구해야만 한다.

그런 그녀들은 현재 각 영역에 흩어져서 퀸의 군대에 맞설 대항책을 짜고 있다.

"방비가 이렇게 허술해도 괜찮은 거야?"

까르트가 묻자, 마야는 고개를 저었다.

"괜찮지는…… 않지만, 우리가 이곳의 방비에 힘을 쏟았다간 호크마에 **예의 그것**이 있다는 걸 들킬지도 모른다. 그렇게 되면, 우리 쪽이 압도적으로 불리해지지. 너무 엄중해도, 지나치게 경계를 해도 안 돼. 참고로 퀸은 이미 열다섯 번이나 이곳을 침공했지."

"괜찮은 거야?"

"아직까지는 말이지. 하지만 그들의 주요 표적이었을 티파레트의 도미니언이었던 미야후지 오카가 당한 이상, 그쪽에서 정보를 파악했다고 생각해야 해. ……즉, 남은 건 게부라, 헤세드, 호크마. 케테르는 예외일 테니, 이미 가능성의 폭은 충분히 줄어들었다."

마야의 얼굴은 약간 창백했다.

네차흐에서 들었던 이야기가 사실이라면, 인계의 붕괴도 코앞까지 닥쳐 있었다.

"게부라에서 『저』가 퀸의 군대를 격퇴하지 못한다면……."

"남은 선택지는 단 두개. ……아니, 여왕은 호크마를 수상하다고 여기고 있겠지. 그러니 게부라에서 토키사키 쿠루미가 반드시 승리해야만 한다."

정적이 주위에 감돌았다.

"지금쯤, 쿠루미 님은 어쩌고 있을까?"

까르트가 중얼거렸다. 마야는 경외심이 어려 있는 얼굴로 담담히 말했다.

"게부라의 던전에 들어갔겠지. 여왕을 비나로 후퇴시키기 위해, 죽을힘을 다하고 있을 게 틀림없다."

"……왠지 그 『저』라면 의외로 느긋하게 지내고 있을지도 모른다는 생각이 드는 군요. 유키시로 양의 이야기를 들어보니, 그곳은 판타지 세계인 것 같고요. 즐겁게 마법이나 써대고 있지 않을까요?"

"시스투스. 쿠루미 님의 분신이라고 들었지만, 생각은 얇은 것 같군. 쿠루미 님은 인계의 현 상황을 걱정하며, 한시라도 빨리 퀸의 군대를 격멸하기 위해 서두르고 계실 게 틀림없다."

"……그런 걸로 해두죠~."

쿠루미라면 분명 던전 탐색을 즐기고 있을 거라고 생각하면서도, 시스투스는 말하지 않았다.

○그리고 깊이 들어간다

엄청 즐겁다.

그렇게 생각하며 가볍게 스텝을 밟은 쿠루미가 몬스터를 손가락으로 가리켰다. 스킬은 【어둠 마법 : B】, 【시간 마법 : C】에 도달했다. 『다크볼』에 【형상변화】 스킬을 조합해서 볼 이외의 형태로 만들 수 있게 되면서, 범용성도 매우 좋아졌다.

"『다크볼』."

영창과 동시에 우선 『다크볼』의 형태를 바늘^{니들} 모양으로 변화시켰다. 그것이 근육질의 하이브리드 오거(갈색 피부를 지녔고, 갑옷과 방패와 검을 장비한 거대한 도깨비)의 가슴에 꽂혔다. 바늘이 반쯤 박힌 것을 확인한 후―.

"『형상변화·가시』."

그 바늘을 밤송이 모양으로 변화시켰다. 대부분의 몬스터는 심장이 갈기갈기 찢겨나가면서 대미지를 입었다.

"으음. 역시 최고 난이도 던전의 제4계층이라 그런지, 이 정도로는 안 죽네요."

"【적대자 감정】…… 심장이 세 개. 남은 두 개도 부숴야해."

창이 걸음을 내딛더니, 남은 두 심장을 향해 초중량 핼버드― 〈라일랍스〉를 휘둘렀다.

대미지에서 벗어난 하이브리드 오거가 어찌어찌 방패로 공격을 막으려 했다. 하지만 방패가 우그러지면서 하이브리

137

드 오거가 쓰러졌다.

"그럼 한 번 더【형상변화】."

쿠루미가 『다크볼』을 바늘처럼 가늘게 만들더니, 오거의 귓구멍에 집어넣었다. 거대한 도깨비는 기잇, 하는 기괴한 비명을 지르면서 쓰러졌다.

"아무래도 뇌는 하나뿐인 것 같군요."

"우와……. 전투방식이 점점 잔혹해지고 있어……."

숨어있던 히비키가 고개를 빼꼼 내밀었다. 히비키도 이미 레벨이 70대에 도달했지만, 그런데도 이 던전은 그녀에게 버거웠기에 결국 놈팡이로 직업을 되돌렸다. 놈팡이는 특성을 통해 스킬【헤이트 이스케이프】를 강화시킬 수 있으며, 히비키는 그것을 S랭크로 해두지 않으면 일격에 죽고 만다.

게다가 이 스킬을 발동시키더라도 전체 공격으로 죽을 가능성이 있기 때문에, 그 가능성을 없애기 위해 스카우트의 스킬인【은신(隱身)】을 취득했다. 전투 때마다 도망쳐서 숨는 겁쟁이 전법을 펼치고 있는 것이다.

"제3계층까지는 손쉬웠지만, 제4계층에서는 살짝 고전하고 있네요……."

"뭐, 우리의 스킬도 만렙을 찍고 있지만 말이야~……. 아,【불 마법 : S】. 이걸로 4대 마법은 올 S, 남은 건【빛 마법】뿐이네~."

"빠르군요……."

"4대 마법 스킬은 비교적 빠른 단계에서 만렙을 찍을 수 있나 봐. 중요한 건 부속 스킬인 것 같아.【범위 지정】,【적아군 자동식별】은 조금만 더 길러보고 싶네~."

"【형상변화】는 익히지 않을 건가요? 편리하답니다."

"으음…… 불도, 물도, 흑도 형상변화는 필요 없거든. 난 이도가 들쑥날쑥한데다, 결국 효과에는 크게 변화가 없어. 흙 계열이라면 형상변화를 활용할 수 있겠지만, 그럴 경우에는 너한테 맡기면 되잖아~?"

"그것도 그렇군요. 저는【범위 지정】이나【적아군 자동식별】중에 하나를 익힐까 하는데…… 히비키 양?"

쿠루미는 히비키에게 조언을 구했다. 쿠루미는 전투에 익숙해졌지만(익숙해졌다는 표현이 적절한지는 의문이지만), 게임 관련의 지식은 여전히 없었다. 히비키는 전투에선 공헌하지 못하고 있지만, 그녀의 지식은 크게 활용되고 있었다.

"으음, 그 둘 중 하나라면……【적아군 자동식별】이 나을 것 같네요."

"【범위 지정】으로 공격 계열 마법의 효과 범위를 넓히는 편이 좋지 않을까요?"

"앞으로는 한방에 해치울 수 없는 몬스터가 계속 나타날 테고, 창 씨가 돌격을 하잖아요? 그리고【어둠 마법】으로 지원을 해야 하고요.【어둠 마법】에는 상태이상이 많으니, 창 씨가 휘말리면 위험할 거예요. 순식간에 전선이 붕괴될 테고요."

"응. 내가 어둠이나 혼란에 걸리면 최악이야. 무심코 전체 범위 물리 공격을 사용한 바람에, 너희 모두 휘말릴 우려가 있어."

히비키의 창의 말이 옳다고 이해한 쿠루미는 【적아군 자동식별】을 선택했다.

"이건 스킬을 육성하지 않으면 실패하나요?"

"아, 실패는 안 할 거예요. 적아군을 식별할 때에 대미지가 감소하는데, 스킬을 육성하면 그 감소율이 줄어들죠."

이것으로 쿠루미는 한층 더 강해졌다. 【시간 마법】의 스킬도 성장하면서, 통상 사용이 가능했던 탄환은 전부 문제없이 쓸 수 있게 됐다. 게다가 〈시간을 먹는 성〉이 일부 몬스터에게도 통하게 되면서, 공수 양면으로 만전의 상태다.

창, 아리아드네도 특기분야를 육성하고 약점을 극복하면서 더욱 높은 경지로 비상했다.

유일하게 히비키만은 안전제일주의로 스킬을 짰기 때문에 전투에서는 기본적으로 도움이 되지 않았다. 그녀가 가능한 것은 척후 임무뿐이지만, 그것도 창이 적 탐지 계통의 스킬을 획득하면서 필요 없어졌다.

"히비킹~, 【취득물 감정】 부탁해~."

"예~. 즐거운 드랍품 감정 시간이에요~♪"

그래서 히비키는 헤이트 컨트롤이 능숙한 놈팡이 직업인

상태에서 전투 이외에서 도움이 되는 스킬을 취득했다. 스킬 포인트에 필요한 레벨업은 이 파티에 참가하면서 자동적으로 들어오는 경험치로 충당할 수 있었다.

"하이브리드 오거의 드랍품은~♪ 생간, 생가죽, 도깨비뿔~♪ 아, 그리고 무기는 무기 파괴로 가치가 9할 하락했는데, 필요한가요?"

히비키는 희희낙락하면서 오거를 해체했다. 하지만 그 해체는 게임 느낌으로 표현되며, 해체를 선언하기만 해도 펑하면서 시체가 드랍품으로 변한다.

참고로 드랍품은 각 계층에 최소 한 개는 있는 세이브존의 자동판매기로 매각이 가능하다. 세이브존에는 그것 말고도 소재에 맞춘 약품 조합과 무기 및 방어구의 가공 등 다양한 툴을 사용할 수 있다. 쿠루미 일행은 딱히 이용하지 않지만 말이다.

"필요 없어요. 그리고 생간은 아니랍니다."

"그럼 죽은 간인가요……."

"간과 생가죽은 팔거나 약의 조합에만 쓸 수 있어. 『도깨비뿔(황금급)』은 무명천사의 물리공격 강화에 쓸 수 있으니까…… 내가 쓰고 싶은데, 괜찮아?"

아무도 반대하지 않았다. 창의 공격은 이 파티의 핵심인 것이다.

"……아, 맞다. 갑자기 궁금해졌는데 말이죠."

"뭔데?"

"그 도깨비뿔로 강화한 효과는 게부라를 벗어나면 사라지나요?"

마법 관련의 스킬은 게부라를 이탈하면 쓸 수 없다. 【암시】 같은 것도 게부라를 벗어나면 효과가 사라진다고 한다.

하지만 육체적인 것— 히비키라면 【마작】, 【프로듀스】 같은 것은 게부라를 벗어나더라도 효과가 사라지지 않는다.

창의 【비행】, 【무명천사 숙련·핼버드】도 효과가 사라지지 않는다.

하지만 무기의 강화는 어떨까.

게부라에서 벗어나면, 강화된 무기의 상승 폭도 사라지는 것은 아닐까. 혹은—.

"아, 그걸 알려주지 않았네. 무명천사의 강화는 남아. 적어도 내 무기는 말이지. 하지만 너희 셋의 무기는 특수하기 때문에 모르겠어."

"그것도 그렇군요. 〈자프키엘〉의 물리 공격을 강화해서 총이 튼튼해지거나 회중시계가 튼튼해져선 의미가 없으니까요."

"내 실이 날카로워진다면 괜찮기는 한데~……."

"그렇다면 다음에는 아리아드네 씨가 무기가공을 하는 편이 좋을지도 모르겠네요~. 저의 〈킹 킬링〉은 너무 특수하니 논외고요."

"……"

"아리아드네 씨?"

"왠지…… 점점 히비킹이 파티 리더처럼 느껴져~."

"예?!"

창은 고개를 끄덕이며 그 말에 동의했다.

"스킬에 관한 지식이 풍부하고, 조합 쪽도 하나같이 의표를 찌르고 있지. 나 혼자였다면 그냥 힘으로만 밀어붙였을 가능성이 커."

"맞아요. 저도 【어둠 마법】과 【형상변화】의 조합은…… 히비키 양?"

히비키가 부들부들 떨고 있었다. 그 모습을 본 다른 이들은 고개를 갸웃거렸다. 방금 대화에서 히비키가 감동할 여지가 있었던 걸까. 그런 생각을 하고 있을 때, 히비키는 울상을 지으며 쿠루미에게 매달렸다.

"어머?!"

쿠루미는 비명에 가까운 목소리를 내고 말았다.

"버버버버, 버리지 말아주세요, 쿠루미 씨! 실은 「어라, 약해빠진 내가 왠지 파티 리더 같잖아」 하고 한순간 생각하기는 했어요! 이건 파티 추방의 플래그란 거죠! 「너 따위가 없어도 대신할 사람은 얼마든지 있어」 같은 말을 듣고 이러쿵저러쿵하다, 제가 해피엔딩을 맞이하게 되는 거예요!"

"……해피엔딩이라면 괜찮은 거 아냐……?"

창이 머뭇거리며 묻자, 히비키가 답했다.

"그 대신, 저를 추방한 여러분이 엄청 불행해져요."

"그~건~싫~어~."

"그러니 버리지 말아주세요, 쿠루미 씨. 쿠루미 씨. 쿠~루~미~씨~!"

"……〈자프키엘〉."

쿠루미는 히비키의 귓가에 총을 쐈다.

"……정신차렸어요……. 제가 아는 판타지 세계에 너무 비슷해서, 플래그가 선 줄 알고…… 곰곰이 생각해보니, 이럴 때가 아니네요……."

히비키는 하아~ 하고 안도의 한숨을 내쉬었다.

"너무 잘 아는 것도 문제네~."

"맞아요……. 버려진 제가 위험한 순간에 울트라 치트 능력에 각성해서 적들을 다 쓸어버리고, 세 사람한테도 깔끔하게 복수했을 즈음에 의욕이 바닥나서 이제 글 안 써도 되겠지 하고 생각하지만, 댓글 란에는 빨리 다음 편 올리라며 난리가……."

"현실로 돌아오세요. 현~실~로~!"

히비키가 이렇게 정신이 나간 상태에서는 제5계층으로 향할 수가 없다. 쿠루미가 어깨를 잡고 흔들어대자, 그제야 히비키의 눈에 이성이 되돌아왔다.

"마, 맞아요. 저는 제3계층 즈음부터 【지도 작성】 스킬로 매퍼(mapper)도 겸하고 있었죠. 직업이 놈팡이라고 놀고만 있지는 않다고요……."

"던전 탐색 중이니 어쩔 수 없지. 진짜로 놀고 있다면 나도 화내지 않을 자신이 없어."

"안다고요~. 으음…… 여기를 따라 쭉 가면 미지의 영역이 나와요."

"흠."

네 사람은 어두운 통로의 끝을 쳐다보았다. 아리아드네가 【빛 마법】으로 비추려 했지만, 불가사의한 힘이 작용하고 있는 건지 마법의 불빛이 강제적으로 소멸됐다.

"빛으로 비출 수 없나 보네~."

"【암시】 스킬에 의지해 나아갈 수밖에 없어. 다행히 전원이 스킬을 지녔으니, 이동에는 큰 지장이 없겠지."

"으음……."

"히비키 양, 왜 그래요?"

"……아, 아무것도 아니에요. 【암시】를 쓸게요~."

가슴 속에서 불길한 예감이 어렴풋이 생겨났지만, 히비키는 무시했다. 히비키는 동료 세 사람의 전투능력을 전폭적으로 신뢰하고 있었다.

결과적으로, 그것이 화가 됐다.

"기척이 느껴져. 준비해."

창이 그렇게 말하면서 〈라일랍스〉를 치켜든 순간, 히비키는 자신이 실수를 눈치챘다.

"큰일났다……!"

반사적으로— 히비키는 손을 뻗어서 쿠루미의 왼쪽 눈을 가렸다.

"이게, 무슨—."

그 갑작스러운 행동의 이유를 채 묻기도 전에, 엄청난 섬광이 일행의 눈을 마비시켰다.

"【빛 마법】! 아차……."

"꺄앗?!"

창과 아리아드네는 반사적으로 몸을 웅크렸다. 암시로 눈의 감각을 날카롭게 만든 상태에서, 빛 마법의 섬광을 정통으로 쐈다. 시야가 완전히 차단되며, 혼란을 유발했다.

"쿠루미 씨, 부탁해요!"

"알았어요……!"

히비키는 겨우겨우 쿠루미의 한쪽 눈을 지켰다. 쿠루미는 앞을 못 보게 된 한쪽 눈을 감더니, 어둠 속에서 자신을 덮치려 하는 몬스터를 한쪽 눈만으로 포착했다.

"〈자프키엘〉— 【베트】!"

감속의 탄환을 쐈다. 아무튼 지금은 내구전을 펼쳐야 한다. 섬광은 그저 앞을 못 보게 만들었을 뿐이다. 그러니 눈이 회복되면 전선은 다시 복구할 수 있다.

하지만…….

거대한 모기 같은 몬스터가 괴성을 지르며 엄청난 속도로 날아오자, 쿠루미는 혀를 찼다.

"빠르군요……!"

【베트】가 빗나갔다. 쿠루미는 일단 연사를 해서 탄막을 형성했다.

하지만 거대 모기는 탄환을 개의치 않으며 맹렬히 접근했다. 날개에 구멍이 뚫리고, 다리가 분단되는데도, 그 거대 모기는 빨대 같은 입으로 쿠루미의 피를 빨려고 했다.

"—결국은 벌레에 불과하군요."

쿠루미는 그대로 쓰러지듯 몸을 뒤편으로 크게 젖혔다. 그 반동으로 발이 솟구쳤다. 그리고 그 발이 접근한 거대 모기의 부드러운 복부에 꽂혔다. 돌진해오는 기세를 이용한 일종의 카운터— 발끝이 복부에 꽂힌 충격을 견디지 못한 거대 모기가 그대로 튕겨나며 천장에 격돌했다.

"자, 멈췄군요."

키에에에, 하는 괴성이 들리자, 쿠루미는 재빨리 눈을 감았다. 눈을 감았는데도 강렬한 섬광이 느껴졌다. 하지만 쿠루미에게는 통하지 않았다.

"같은 공격이 통할 거라는 그 얄팍한 생각이 몬스터답군요……!"

쿠루미는 천장을 향해 〈자프키엘〉을 난사했다. 벌집이 된 거대 모기는 그대로 추락했다. 추락한 사체를 피한 쿠루미는 재빨리 안쪽의 어둠을 노려보았다.

"더 있군요."

스킬【암시】를 끈 후, 기적을 감지해 상대를 쏘려 했다.

"쿠루밍, 피해!"

바로 그때, 아리아드네의 목소리가 들리자— 쿠루미는 바닥에 엎드렸다. 그녀의 머리 위를 초고속으로 무언가가 통과하며 지나갔다.

게비, 하는 억눌린 비명이 들렸다.

"……하아, 열 받네~…… . 진짜로, 제대로, 졸린데 깨운 너희의 자업자득이야……!"

아리아드네의 낮은 목소리를 들은 히비키가 온몸을 부르르 떨었다.

"죽어. 〈태음태양 24절기〉—!"

거대 모기 세 마리는 수은으로 된 실에 묶이더니, 꼼짝도 하지 못했다.

그리고 순식간에 갈기갈기 조각났다.

침묵— 적의 증원은 없는 것 같았다. 그것을 확인한 아리아드네는 그제야 한숨 돌렸다.

"휴우~…… ."

"크으…… 아직도 앞이 잘 안 보여……."

"여, 여러분, 괜찮으세요? ……저도 안 괜찮아요……."

"지금 그쪽으로 가겠어요."

쿠루미는 그렇게 말하더니, 양손으로 사방을 더듬으며 우왕좌왕하고 있는 히비키에게 다가갔다.

"반성회~!"

히비키는 그렇게 말하더니, 고개를 꾸벅 숙였다.

"우선 저부터 할게요. 【암시】를 쓰기 직전에 위화감을 느꼈어요. 지금 생각해보면 【빛 마법】이 효과가 없었던 시점에 그 가능성을 고려해야만 했어요. 죄송해요."

"다음은 나. ……제4계층의 몬스터가 이런 잔꾀를 부린다는 것을 알고 있었으면서도 이해하고 있지는 않았어. ……함정을 꿰뚫어보지 못했어. 미안."

"……뭐, 히비키 씨는 저의 눈을 감싸줬으니 플러스마이너스 제로예요. 당신의 활약이 없었으면 반성회는 고사하고 지금쯤 모두 다 목숨을 잃었겠죠. 반성 안 해도 될 사람은 아까 몬스터의 해치운 아리아드네 양 뿐이겠군요."

"아까 그건 화가 나서 소리가 들리는 방향으로 대충 실을 날렸을 뿐이야~. 그걸 내 공적으로 카운트하지는 말아줘~."

아리아드네는 고개를 돌리더니, 퉁명한 어조로 그렇게 중얼거렸다.

아까 발끈했던 것이 생각나서 부끄러워하는 것 같았다.

"……뭐, 제4계층까지 오고 겨우 이해했어요. 저희가 최고 난이도의 던전에 있다는 걸 말이죠. ……그 만큼, 보상도 크겠지만요. 무엇보다 이곳을 답파해야만 퀸에게 타격을 줄 수 있잖아요. 계속 나아가기는 하되, 신중을 기하도록 해요."

"히비키 양. 앞으로 히비키 양은 위화감을 중요하게 여겨 주세요. 아마 그것이 저희가 놓친 점일 테니까요."

쿠루미가 그렇게 말하자, 히비키는 고개를 끄덕였다.

"예. 다시는 실수하지 않겠어요."

그리고 소녀들은 다시 나아갔다. 한 걸음, 아니 반걸음만 헛디뎌도 그대로 죽음으로 이어지는 제5의, 그리고 최강의 던전 『엘로힘 기보르』.

이제 와서 그녀들은 이 던전이 얼마나 무시무시한지 재인식했다. 하지만 무시무시하다는 사실을 인식하는 것과 공포에 떠는 것은 비슷한 듯하면서도 명백하게 달랐다.

그녀들은 한치의 망설임도 없이 나아갔다. 공포를 느끼면서도 한결같이 앞으로, 앞으로—.

◇

—제6계층. 플로어 보스의 방.

"……잠시…… 쉬면 안 될까요……."

히비키가 그렇게 말하자, 다들 안도하며 고개를 끄덕였다. 격전을 치렀던 것이다.

제6계층 플로어 보스는 왈큐레 페가수스였다. 거대한 돌 격창을 든 은발의 소녀는 페가수스에 타고 있었으며, 광대한 보스 방을 종횡무진으로 날아다녔다.

거기까지는 예상을 했다. 하지만 그녀는 4대 마법도 풀로 사용할 뿐만 아니라, 권속으로 보이는 저레벨(그래도 제3계층의 에너미 수준은 되는) 왈큐레를 무한정 소환하는 최악의 적이었다.

게다가 더 최악이었던 것은 권속이 일정 숫자 이상 되면 왈큐레 페가수스가 파워업된 전체 폭격을 날렸다. 그래서 권속을 우선적으로 쓰러뜨려야만 하지만, 권속을 아무리 쓰러뜨려도 본체인 왈큐레 페가수스는 전혀 대미지를 입지 않았다.

게다가 한동안 방치를 해두면 자동 회복 능력이 발동하기까지 했다.

그런 미친 레벨의 강적을 상대로, 그녀들이 세운 작전은 아래와 같다.

우선 아리아드네가 권속을 전부 갈기갈기 찢었다. 쿠루미는 〈자프키엘〉과 【어둠 마법】으로 아리아드네를 보조하면서, 하늘을 나는 왈큐레 페가수스를 저격했다. 창은 【비행】스킬로 쫓아가면서 본체를 공격했다. 히비키는 모습을 감추면서 전원에게 지시를 내렸다.

……말로 설명하면 이렇게 간단했다. 하지만 왈큐레들의 숫자와 보스의 내구력은 상상을 초월했다. 특히 보스는 〈자프키엘〉의 공격을 정통으로 열 방, 창의 전력 공격을 스무

번 명중시킨 후, 대인 전투에서 최강을 자랑하는【자인】으로 시간을 정지시킨 다음에 세 사람이 일제히 공격을 해서 겨우 쓰러뜨렸다.

"누가 생각한 건지는 모르겠지만~…… 너무…… 하드코어한 것 같아~……."

아리아드네가 그렇게 중얼거리자, 다들 아무 말 없이 동의했다.

"……그런데, 히비키 양에게 질문이 있는데 말이죠……."

"예, 뭔가요……."

히비키가 꺼낸 깔개에 드러누운 쿠루미가 전투를 치르며 계속 신경 쓰였던 점에 대해 물었다.

"페가수스는 그리스 신화에 나오고…… 왈큐레는 북유럽 신화에 나오는데…… 왜 이 두 가지가 융합한 거죠……?"

"역시 쿠루미 씨…… 판타지의 원전 애호가는 납득이 안 되겠죠……. 아마 만든 준정령의 취향이 반영된 거 아니면 랜덤으로 탄생한 걸 거예요……."

"납득이 안 되는 군요……."

쿠루미는 짜증이 난 것처럼 발을 버둥거렸다.

"하지만 이걸로 제6계층도 클리어. 남은 층은 네 개."

창이 그렇게 말하자, 다른 세 사람은 일제히 안도의 한숨을 내쉬었다. 중반을 지나, 이제 끝을 향해 나아가고 있었다.

"아, 그 전에…… 왈큐레를【해체】해야겠네요……."

히비키가 비틀거리며 몸을 일으키더니, 소멸 직전인 왈큐레 페가수스에게 다가가서 손을 댔다.

"【해체】…… 어라?"

"무슨 일이죠?"

"【해체】를 하려고 하는데, 에러가 발생했어요. 아, 그래도 드랍 아이템은 회수했어요. 왈큐레의 방패뿐이지만요."

"그건 이상해. 【적대자 감정】에 따르면 왈큐레 페가수스의 드랍 아이템은 『왈큐레의 방패(전설급)』, 『왈큐레의 머리카락(전설급)』, 『페가수스의 날개(전설급)』, 이렇게 최소 세 종류는 존재해. 다른 레어 드랍품은 알 수 없지만……."

"……잠시만 기다려주세요."

쿠루미는 왈큐레에게 다가가서 그 몸에 손을 댔다.

"……윽."

"왜, 왜 그러세요?"

"아마 에러가 발생한 건…… 이 몬스터가 **준정령이기 때문** 같군요."

"예?!"

축 늘어져 있던 창과 아리아드네도 허둥지둥 몸을 일으켰다.

"정확하게는 준정령이 몰락하고 만…… 여왕의 유혹에 넘어간 분들이에요."

"……엠프티……!"

"대체 뭐가 어떻게 된 거야~……? 여기를 만든 도미니언이 몰래 인체 실험을 했다는 거야~……?"

"아니, 설마—."

"아니랍니다. 아리아드네 양."

쿠루미는 아리아드네의 말을 부정하더니, 창을 처다보았다.

"창 양. 퀸의 군대…… 엠프티들의 공격이 최근 들어 가속도적으로 격렬해졌죠?"

"응. 그래."

"그 중에는 몬스터 같은 모습을 한 엠프티들도 있다면서요?"

"그래. ……설마…….”

"……이 던전을 퀸 측에서 제패했어요. 상층부의 몬스터는 평범한 몬스터지만, 하층부는 그녀의 영역…… 엠프티를 몬스터에 융합시킨 거예요.”

비나에서 봤던 흉측한 몬스터들…….

그들 중 몇몇은 게부라에 있는 몬스터와의 융합체였을 것이다.

그녀들은 한없이 투명한 영력을 지닌, 한없이 순수한 존재다. 그렇기 때문에 어떤 존재와도 결합할 수 있다. 제 아무리 강력한 몬스터라도, 인공적으로 만들어졌다면 엠프티와의 결합 소재가 될 수 있다.

그렇다면 『퀸을 위해』라는 강한 의지를 지닌 엠프티들과 융합된다면, 당연히 엠프티의 꼭두각시가 된다.

하지만, 그렇다면…….

"하층부의 몬스터들이~, 퀸의 지배하에 있다……는 거야~……?"

아리아드네가 그렇게 말하자, 히비키와 창은 할 말을 잊었다. 최악을 넘어서는 최악의 사태다.

"……전부, 그렇지는 않겠죠. 만약 그랬다면 게부라의 전선은 옛날 옛적에 붕괴되었을 거랍니다. 그리고 또 하나, 중요한 점이 있어요."

"그건……?"

"만약 이 던전의 몬스터와 그저 융합할 뿐이라면, 플로어 보스라는 역할을 맡을 필요가 있을까요? 밖으로 나가서 싸우면 되지 않나요?"

"맞는 말이에요. 방금 싸웠던 왈큐레 페가수스가 던전 밖에 나왔다면 엄청난 피해가 발생했을 테니……. 어라? 왜 안 나온 거지?"

"이 최하층에 있다는 비나와 이어진 게이트를 지키고 있는 걸까?"

창이 그렇게 말하자, 쿠루미는 고개를 저었다.

"그럴 가능성도 있지만, 이렇게까지 해가며 지킬 대상은 아니랍니다. 비나에는 다른 게이트도 있으니까요. 수고를 들일 필요는 있겠지만, 일부러 전력을 할애할 정도는 아니지 않을까요?"

"으음, 그래……. 그럼 토키사키 쿠루미. 전력을 할애한 이유는 짐작이 돼?"

"거기까지는 모르겠군요. 하지만 나오지 않았다는 사실 자체가 가리키고 있는 점이 있습니다. 이 최하층에 **발견되면 곤란한 것이 있다**는 거죠. 즉, 저희가 예정대로 목적을 수행한다면 퀸의 군대가 약체화될 거라고 봐도 될 것 같군요."

지금 그녀들이 서있는 길은 퀸에게로 이어져 있는 것 같았다.

"……하지만, 제7계층부터는 더욱 조심해야 해. 이제까지 우리가 고랭크의 몬스터와 싸워올 수 있었던 건, 그들의 지능이 루틴워크에 근거하고 있었기 때문이야. 하지만 엠프티와 융합되어 있다면, 이야기가 달라져."

"그러고 보니…… 이번에 싸운 왈큐레 페가수스는 꽤 고도의 사고방식에 근거에 움직이고 있었어요. 숨어서 【헤이트 컨트롤】하고 있는 저도 열 번은 공격을 당했거든요."

"시간이 걸린 이유 중 하나가 그거죠. 히비키 양이 표적이 될 이유는 단 하나도 없었는데 말이에요……."

"제가 지시를 내릴 때마다, 퍼뜩 생각난 것처럼 공격을 하더라니까요……. 어라? 그럼 저의 【헤이트 컨트롤】은 이제 의미가 없는 거 아니에요……?"

히비키는 자기가 방금 한 말에 얼굴이 새파랗게 질렸다. 창이 그 말에 동의했다.

"여러모로 위험해. 내가 받은 느낌에 따르면『은신』은 효과가 있었어. 하지만 왈큐레 페가수스는【헤이트 컨트롤】이 거의 통하지 않은 듯한 느낌이 들어. 원래 그 스킬은 눈에 띄는 행동을 취해도 헤이트가 상승하지 않게 해주는데, 그것과는 무관계하게 **생각을 하며** 공격을 하는 것처럼 보였어."

"어, 어, 어, 어쩌죠?! 저는 한 방 맞고 운 좋으면 빈사, 보통은 즉사인데요?!"

"뭐, 진정해. 사고능력이 있다 해도, 인간 수준은 아닐 거야. 만약 그랬다면 히고로모 히비키가 지시를 내리고 있다는 것을 눈치채고 집중 공격을 했겠지."

"……어? 그러고 보니……."

확실히 왈큐레 페가수스의 행동은 이상했다. 히비키가 지시를 내리고 있다고 판단했지만, 그와 동시에 집중공격을 해도 이상하지 않은 것이다.

하지만 그녀는 일정시간이 흐르면 아무 일도 없었다는 듯이 다른 세 사람으로 타깃을 바꿨다.

"아마…… 아직, 몬스터와 엠프티의 융합이 완벽하게 이뤄진 건 아니겠지. 몬스터로서의 본능에 방해를 받고 있어."

던전 밖에 나오지 못한 이유는 바로 그것일지도 모른다고 창은 생각했다. 몬스터화한 엠프티들은 아직 약한 레벨의 몬스터였지만, 사고 자체는 준정령들과 같은 레벨이었다. ……하지만 광신에 빠진 탓에, 그녀들은 그저 힘으로 밀어붙이기만 했다.

"그렇다면…… 파고들 틈은 있을 것 같네요. 최선을 다해 볼게요. 그리고 헤이트 관련의 스킬이 아니라, 회피 및 방어 계열의 스킬 중에 적당한 게 없는지 뒤져봐야겠어요."

"전투가 시작되면 제가 『다크 실드』로 지켜주겠어요. 그건 방패 계열의 마법이지만, 【은신】을 무효화하지는 않으니까요."

"다른 방패 계열 마법은 눈에 띠어서 그런지 【은신】이 무효화되니까요……."

쿠루미는 자신이 취득 가능한 다른 스킬, 혹은 마법이 없는지 스테이터스 표시 화면을 살펴보기로 했다.

"스킬…… 없군요. 【어둠 마법】…… 없어요. 【시간 마법】은 저의 〈자프키엘〉이니까…… 어머?"

방금 말했다시피 【시간 마법】은 쿠루미의 고유^{유니크} 스킬이지만, 동시에 〈자프키엘〉의 능력이기도 했다. 그렇기에 【시간 마법】의 능력 상세를 표시 해봐도, 거기에는 【알레프】 같은 탄환의 이름과 〈시간을 먹는 성〉만 적혀 있었다.

그리고 지금까지 열한 번째 탄환^{유드 알레프}과 열두 번째 탄환^{유드 베트}은 표시 자체가 감춰져 있었으며, 쿠루미는 그것을 사용 불가 상태라고 여겼다. ……애초에 이 두 탄환은 전투가 아니라 다른 목적을 위해 쓰는 것이다. 그러니 사용 불가라도 어쩔 수 없으며, 별다른 문제는 없다고 여겼지만…….

"……『교환』……?"

스테이터스 표시 화면의 【유드 알레프】와 【유드 베트】를 만져보니, 『교환』이라는 표시가 나타났다.

쿠루미는 머뭇거리며 【?】를 터치해서 『교환』에 관한 설명을 표시시켰다.

『인계에서는 이 능력을 사용할 수 없습니다. 능력을 교환하면, 사용이 가능해집니다. 교환하겠습니까? YES / NO?』

······어, 어어어어.

이런 말도 안 되는 일이 있을 수 있을까. 쿠루미는 즉시 NO를 선택해서 스테이터스 표시 화면을 원래대로 되돌렸다.

"쿠루미 씨, 왜 그러세요?"

"히비키 양. ······아무것도 아니랍니다."

쿠루미는 하아~ 하고 숨을 토했다. 심장이 격렬하게 뛰었다. 느닷없이 불길한 느낌이 감도는 선택지가 나타나자, 쿠루미의 마음이 격렬하게 흐트러졌다.

······본래의 능력은 인계에서 사용할 수 없다. 그것은 어쩔 수 없다.

하지만 교환이 가능하다면······ 대체, 어떤 능력으로 교환되는 걸까. 아니, 그 이전에 교환을 해도 문제는 없는 것일까.

"슬슬 제7계층으로 출발하자."

창이 그렇게 말하자, 쿠루미는 자신이 오랫동안 생각에 잠겨 있었다는 것을 눈치챘다. 히비키가 쿠루미의 얼굴을 들여다보았다.

"무슨 일 있어요? 스테이터스 표시 화면을 보며 골똘히 생각하는 것 같던데요."

"……나중에 상의하겠어요."

쿠루미는 그렇게 말했지만, 진짜로 상의해도 괜찮을지 망설였다.

"그래요? 뭐, 언제든 상의해주세요!"

히비키는 평소처럼 구김 없는 미소를 지었다. 쿠루미는 시선을 다른 곳으로 돌렸다. 왠지 꺼림칙했다. 이 세상에서는, 누구나 특이한 능력을 지녔다. 히비키도, 그리고 쿠루미도 예외는 아니다.

물론 그 능력에는 강약이 존재한다— 쿠루미와 히비키 사이에는 넘을 수 없는 벽이 있다— 하지만, 특이하다는 점 자체에는 변함이 없다.

그리고 그 특이성은, 긍지이기도 했다.

아리아드네도, 창도, 히비키도, 자신의 무기를 갈고닦아 각자의 싸움을 펼치고 있었다.

그렇다면 그 특이성을 바꿔야 할 때는…… 홀로 숙고한 후, 홀로 판단해야할지도 모른다.

심호흡— 교환해서는 안 된다, 고 쿠루미는 결정했다. 어디까지나, 아직까지는 말이다. ……하지만—.

◇

—호크마.

시스투스, 까르트 아 쥬에, 그리고 유키시로 마야. 세 사람은 호크마 지하에 있는 거대한 건조물에 들어섰다.

높이 약 40미터, 폭 약 150미터. 매끈하고 거대한 기둥이 줄지어 있으며, 천장에 어린 희미한 빛 때문에 시야가 양호하지만— 그 끝은 보이지 않았다. 통로가 끝없이 이어져 있었다.

"이곳이……."

"그래. 인계의 영력 파이프라인. 배기구이자 흡기구. 저쪽에 있는 건—."

마야는 북서쪽을 손가락으로 가리켰다.

"케테르로 이어지는 게이트. 그러니 이 통로를 지키고 싶다."

"으음…… 각 영역의 지하에 이 규모의 통로가 존재하는 건가요?"

시스투스의 질문을 던지자, 마야는 고개를 끄덕였다.

"정답. 【하늘에 이르는 길】과 같은 경로를 따라, 파이프라인이 깔려 있다."
^{사마임 크비슈}

"하지만, 이건 대체…… 누가 만든 거지?"

"불명. 처음부터 존재했다고 여길 수밖에 없다. 이 기구 자체가 인계의 존재에 필요하지."

"만약 이게 파괴되면 어떻게 돼?"

"인계의 질서가 소실된다. 모든 영역이 게부라처럼 불안정화되지. 아니, 아마 게부라보다 악화될 거다. 영력이 흐트러지면서 엠프티화가 가속되고, 모든 영역이 서로의 영력을 빼앗으려드는 수라의 시대가 찾아올 거다."

혹은…….

실은 최악의 예상이 하나 존재했다. 하지만 유키시로 마야는 그 예상을 숨겼다.

"자아…… 이 통로를 지켜야 한다는 건 알겠는데, 우리는 뭘 하면 되는 거야?"

"호크마의 준정령들한테도 누설할 수는 없다. 그러니 우리끼리 자재를 옮겨서 이곳에 요새를 만들 거다. 거의 인력(人力)만으로 말이지."

"뭐……."

후, 후후 하고 마야는 웃음을 흘렸다. 하지만 그 웃음과 상반되듯, 눈은 공허했다. 사흘밤 사흘낮 철야로 원고 작업을 한 만화가 같은 얼굴이었다.

"이곳을 도미니언급 이외의 준정령에게 알려줄 수는 없다. 그렇다고 혼자서 요새를 만드는 건 무리지."

"즈, 즉…… 일손이 필요했다……?"

"그렇다. 특히 까르트에게는 매우 기대하고 있지. 넉 장의 트럼프가 있으니까 말이다. 아, 비밀을 누설하려 하면 불타게 하는 안전장치를 걸 건데 괜찮지?"

"그, 그건 어쩔 수 없겠네……."

까르트는 금세 체념했다.

『어쩔 수 없지 않소이다!』,『농담하지 마십쇼!』,『헛소리 말도록!』,『봐주세요~!』

"누설만 안 하면 아무런 문제도 없다. 개봉— 제4의 서 〈절대정의직하(絶對正義直下). 너희 네 명…… 넉 장은 네가 허가한 이 이외에게 이 장소에 관한 그 어떤 사실도 고백하는 것을 금한다. 어겼을 경우, 제5의 서 〈불꽃저택 살인사건〉에 의해 불타버릴 것이다."

『『『끄아~!』』』

트럼프들이 일제히 비명을 질렀다. 반투명한 사슬과 자물쇠가 트럼프들을 각각 묶더니, 찰칵 하는 소리를 내며 사라졌다. 하지만 트럼프들은 이해했다.

입을 잘못 놀렸다간 큰일이 난다는 것을, 불타버리고 말리라는 것을…….

마야는 농담투로 말했지만, 진심이었던 것이다.

"어이어이, 남의 부하에게 멋대로 그런 서약을 걸면 곤란하거든?"

까르트가 항의를 했지만, 마야가 품속에서 꺼낸 토키사키 쿠루미의 사진을 보고 그대로 굳어버렸다.

"네차흐에서 토키사키 쿠루미가 활약한 영상도 세트로 줄까 하는데⋯⋯."

"⋯⋯뭐, 비밀 유지를 위해서는 쐐기가 필요하지⋯⋯. 어쩔 수 없는 일이야."

『우리 보스는 정말 문제가 많소이다⋯⋯.』『아무렇지 않게 손바닥을 뒤집습다』, 『비나의 전 도미니언으로서의 긍지를 버리도록! 아니, 가지도록!』, 『야, 어쩔 수 없다는 말로 넘어갈 일이 아니잖아~!』

"한 사람은 말투가 달라졌네?! ⋯⋯뭐, 됐다. 너희가 고문 같은 것을 당할 일은 없을 거다. 끽해야 준정령들이 너희에게 뭘 하는지 묻기나 하겠지. 그때는 얼버무리며 도망치면 된다."

『『『(마지못해) 예~.』』』

트럼프들이 불만을 표시하면서도 동의하자, 까르트는 안도했다.

한편, 시스투스는 몸을 간들거리며 마야의 앞에 섰다.

"저기, 저는 육체노동에는 적합한 편이 아닙니다만⋯⋯."

"무슨 소리를 하는 거냐. 토키사키 쿠루미, 아니, 시스투스. 당신도 열심히 일해줘야겠다. 그리고 나 또한 평소 같으면 절대 안 할 막노동을 죽을힘을 다해 할 생각이다."

"마, 맙소사⋯⋯."

"자아, 서둘러라! 시간은 기다려주지 않는다! 케테르의 게이트를 사수하기 위해, 이곳에 자재를 옮기는 거다!"

마야는 달려갔고, 까르트는 그 뒤를 따랐으며, 시스투스
는 투덜거리며 걸음을 옮겼다.

"……다른 곳의 『저』는 어쩌고 있을까요. 제가 이렇게 고생
을 하는 만큼, 그쪽도 고생을 해줘야 수지가 맞을 것 같군요."

시스투스는 푸념을 흘린 후, 빙긋 웃었다.

아마 나름 고생하고 있을 것이다. 하지만 그녀라면 담담하
게, 가볍게, 그리고 산뜻하면서도 우아하게, 춤추듯 싸우고
있을 것이다.

자신이 약한 순간을 잘라내어 창조된 토키사키 쿠루미^{시스투스}라
면, 그녀는 누구보다 강한 순간을 잘라내어 창조된 토키사
키 쿠루미^저이니까…….

◇

제9계층.

─히고로모 히비키의 말투로 표현하자면, 『난리 났다』가
적절할 것이다.

히비키를 안은 채 달리고 있는 쿠루미가 멍하니 그런 생
각을 했다.

《여러분, 전방에 함정이 있어요! 숫자 셋, 바닥, 오른쪽
벽, 천장, 종류는 바늘 꼬챙이 타입! 각 함정 중앙에 있는
센서를 이용한 체온 감지식! 아리아드네 씨, 막아주세요!》

히비키가 【함정 감지】로 함정을 발견한 후, 【텔레파시】로 즉시 전달했다. 말이 아니라 생각을 전달해서, 콤마 몇 초 만에 의사소통이 가능했다.

아리아드네는 즉시 【물 마법】으로 전방에 『아이스 월』을 발동시켰다. 바닥, 벽, 천장 중앙에 있는 온도 센서를 얼린 것이다.

《……됐어요. 이대로 쭉 나아……갔다간 뒤편의 에너미에게 따라잡힐 거예요. 아리아드네 씨, 달리면서 얼음을 녹여 주세요!》

《나만 혹사당하는 것 같아~!》

《죄송해요! 마법사의 숙명이에요!》

아리아드네가 지팡이를 휘두르자— 생겨난 불꽃이 천장, 벽, 바닥을 불태웠다. 아까 전의 얼음은 순간적으로 녹이더니, 동시에 체온 이상의 온도를 감지한 센서에 의해 바늘이 튀어나왔다.

"예스!"

제9계층은 거의 일직선이다. 미궁^{라비린스}이 아니라, 통로 형태다.

하지만 문제는 그 통로 곳곳에 존재하는 무수한 함정이다. 지금까지 히비키가 길러왔던 【함정 감지】 스킬(랭크 A)이 빛을 발했다. 하지만 히비키가 함정을 발견해서 대처하는 것으로는 너무 느렸다.

그것도 그럴 것이, 후방에서 몬스터가 무한히 출현하는

구조였기 때문이다. 앞으로 나아가려 하면 함정이 발동하고, 그렇다고 멈춰서면 몬스터에게 협공을 당한다.

"이 제9계층을 만든 사람은 진짜 성격이 더러운 것 같아요!!"

"그 의견에는 찬성이에요……."

쿠루미는 지친 표정으로 땀을 닦았다.

몬스터가 다시 출현할 때까지의 짧은 시간 동안 휴식을 취했다. 깔개 위에 앉아서 물을 마시고, 땀을 닦으며, 심호흡을 했다. 2분도 채 되지 않는 시간이지만, 짧은 휴식만으로도 충분히 도움이 된다는 것을 일행은 실감하고 있었다.

"2분 경과, 몬스터가 출현할 거예요. 달려요~!"

히비키의 그 말에 세 사람은 묵묵히 몸을 일으키더니, 이번에는 창이 히비키를 들쳐 맸다.

"【함정 감지】를 발동시키겠어요. 출발!"

달렸다. 속도가 가장 느린 아리아드네에게 맞추며, 쿠루미가 최후미를 담당했다.

"요격하겠어요!"

〈자프키엘〉로 일제 난사를 했지만, 몬스터들은 전혀 움츠러들지 않으며 맹렬히 돌진해왔다. 이번에 출현한 몬스터는 날아다니는 거대 거북이, 강철제 이빨이 삐죽 드러난 커다란 원숭이, 제트 분사를 하는 백호였다.

《새로운 적은 플라잉 블루 토터스, 스틸 팽 콩, 화이트 타이거 제트, 예요! 하나같이 이름이 기네요…….》

【텔레파시】로 히비키가 적의 이름을 알려줬다. 쿠루미는 뛰면서 그 말에 답했다.

《몬스터의 이름은 아무래도 상관없지만, 하나같이 강해 보이는 군요…….》

《평범하게 싸워도 쉽지 않은 상대인데, 이 상황에서는 더 어려울 거야.》

《창 씨. 【적대자 감정】으로 알아낸 거라도 있나요?》

《으음, 【전체 내성·S】. 모든 대미지를 5분의 1로 억제.》

《완전 우리를 얕보고…… 아니, 너무 전력을 다하는 거 아니에요?!》

히비키가 고함을 지르다, 다들 고개를 끄덕였다.

《하지만~. 우리한테는 【전체 관통·S】가 있지? 편리하다며 다들 무리해서 익혔잖아~.》

아리아드네의 레어 스킬 【전체 관통】은 온갖 공격에 관통 속성을 부여해 대미지를 증강시키고, 동시에 적의 내성을 무효화시킨다. 엄연한 레어 스킬이지만, 취득 조건은 대량의 스킬 포인트뿐이다. 그래서 쿠루미와 창도 취득해서 S랭크까지 성장시켜뒀다. 제5계층 아래에서는 대부분의 적이 공격 내성을 소유하고 있기에, 관통 스킬이 없으면 전투에 도임이 되지 않는 것이다.

하지만 창은 한숨을 내쉬며 고개를 저었다.

《이제까지 【전체 관통】 스킬로 대미지를 증가시켰지만, 상대가 【전체 내성】을 지녔다면 효과가 차감되면서 일반 대미지만 들어가. 그렇게 되면 이제까지처럼 단기결전이 아니라 장기전을 치러야 하는데…… 장기전이 되면 후방의 몬스터가 재출현하면서 전투가 끝나지 않는 무한지옥이 펼쳐져.》

제9계층은 2분마다 몬스터가 세 마리, 전부 후방에서 출현한다. 2분 안에 쓰러뜨리지 않으면 새로운 몬스터에게 따라잡혀서 전투를 치러야 한다. 4분 후에는 또 새로운 몬스터가 나타난다. 물론 출현에도 한계는 있겠지만…… 그 한계를 확인해보자는 생각은 들지 않았다.

《창 씨의 말이 맞아요~! 도망칠 수밖에 없다고요~!》

쿠루미는 도망친다는 제안에 승복하기 어려웠지만, 무한지옥도 사양하고 싶었다.

《전방의 바닥에 함정! ……죄송한데, 파악할 수가 없어요. 그러니 틀림없는 S랭크! 그럼 쿠루미 씨. 부탁드릴게요!》

"알았답니다—〈자프키엘〉…… 【자인】!"

히비키의 함정의 존재만 파악하고 그 내용을 확인하지 못했을 경우에는 쿠루미가 【자인】을 써서 함정에 시간 정지를 걸었다.

시간을 대량으로 소비하지만, 함정을 돌파하기 위해서는 이 방법뿐이다. 몬스터에게서는 시간을 빼앗을 수가 없기 때문에, 정신적인 중압감은 컸다.

《쿠루미 씨, 앞으로 【자인】을 대략 몇 번 정도 더 쓸 수 있

을까요?》

《아마…… 네 번 정도는 가능할 것 같군요. 플로어 보스한 테도 써야 하니, 시간을 보충하지 못한다면 이제부터는 사용을 자제해야 할 것 같아요.》

《알았어요. 윽, 전방에 함정…… 두 개! 종류는 좌우의 벽의 압착식이에요. 이건 해제할 수 없는 타입이네요. 쿠루미 씨……에게 의지하는 건 무리네요. 그렇다면 그냥 확 뛰어넘는 편이 좋겠어요!》

《라져. 히고로모 히비키, 꽉 잡아.》

《타이밍을 재겠어요. 3, 2, 1…… 점프~!》

히비키의 텔레파시에 맞춰, 창이 허공으로 몸을 날렸다. 그와 동시에 미세한 소리— 두터운 돌 벽이 움직이는 소리가 들렸다.

그 뒤를 이어 대포를 연상케 하는 굉음이 울려 퍼졌다. 히비키는 자신의 코앞— 몇 센티미터 떨어진 곳에서, 좌우에서 튀어나온 벽이 완전히 맞물렸다는 것을 눈치챘다. 그리고 다시 벽이 움직였다.

《큰일 났어요. 이 벽, 엄청 움직임이 빨라요! 쿠루미 씨, 【자인】 부탁드려요!》

《라져— 아리아드네 양?!》

《미안, 미스했어……!!》

벽이 열리는 것과 동시에, 조급해진 아리아드네가 몸을 날렸다. 쿠루미가 바로 【자인】을 쐈지만, 오른쪽 벽에만 명중했다. 왼쪽 벽이 움직이는 것을 본 히비키는 기도했다.

제발, 벽이 한가운데에서 멈추길……!

아리아드네는 시간이 정지된 오른쪽 벽을 향해 점프했다. 왼쪽 벽이 통로 중앙까지만 튀어나온다면 문제될 것은 없다.

하지만 왼쪽 벽은 한가운데를 통과한 후에도 계속 나아갔다. 이대로 있다간 아리아드네가 짓이겨지고 만다.

"……윽!"

쿠루미가 【자인】을 쏘는 건 무리다― 〈자프키엘〉의 능력을 사용하기 위해서는 장전(리로드) 시간이 필요한 것이다.

그것은 1초도 채 되지 않는 공백이지만…….

현재 그것은 치명적인 순간을 자아내고 말았다.

아리아드네도 그것을 알고 있었다. 【자인】은 무리다. 이대로 있다간, 자신은 죽고 만다.

하지만 그녀는 도약을 한 순간, 거기까지 예상했다. 도약과 동시에 지팡이에 【흙 마법】의 【경질성 부여】가 걸렸다. 그리고 지팡이를 벽에 대며 버팀목으로 삼았다.

《1초만 버텨주면……!》

지팡이가 벽과 격돌한 순간, 아주 잠시지만 벽이 정지됐다. 하지만 그것은 한순간에 불과했다. 압력을 견디다 못한 지팡이가 허무하게 박살냈다.

"좋았어~!"

하지만 그 미세한 시간을 이용해, 아리아드네는 벽을 통과했다.

"다친 데는 없어?"

창이 묻자, 아리아드네는 고개를 끄덕였다. 그 뒤를 이어 쿠루미는 【자인】이 아니라 【베트】를 써서 차분히 벽을 통과했다.

"지팡이를 잃은 게 뼈아프지만 말이야~……. 그래도 무명천사는 회수했어."

"마법을 쓸 수는 있는 건가요?"

아리아드네는 그래, 하고 말하면서도 표정이 좋지 않았다.

"다른 걸 촉매로 삼아야 하지만~……. 튼튼한 게 아니면 마법을 발동시켰을 때 부서질 거야~."

아리아드네가 지팡이를 촉매로 선택한 것은 가볍고 튼튼하며 마법을 쓰는 이미지를 짜기 좋아서다(마법을 발동시킬 때 중요한 것은 『이렇게 된다』라는 이미지다).

"내 무명천사는 수은으로 된 실이라서, 마법을 이미지하기 어렵거든~. ……뭐, 어떻게든 해볼게."

아리아드네의 손목에서 실이 뻗어 나왔다.

"으음……『파이어볼』."

실의 끝에서 불덩이가 생겨났지만, 지팡이로 마법을 쓸 때보다 움직임이 어색하다는 것을 다들 눈치챘다.

"어때~? 좀 어설퍼 보이지~?"

"······익숙해지는 수밖에 없겠네요. 자아, 그것보다 서두르도록 해요. 유감이지만 또 몬스터가 출현했어요!"

히비키가 그렇게 말하자, 다들 지친 표정으로 몸을 일으키며 걸음을 옮겼다.

"어머? ······문이 보이는군요."

가장 먼저 그것을 눈치챈 이는 쿠루미였다.

"함정도 없어요. 몬스터 출현까지 1분 남았고요. ······그렇다면, 아마 여기가······."

"플로어 보스가 있겠지. 안 그래도 강한데, 엠프티와 융합했을 가능성이 커. 주의해."

"히비키 양. 당신은 특히 조심하도록 하세요."

"알고 있어요~. ······이제부터는【텔레파시】로 지시를 내리겠어요. 엠프티에게는 들키겠지만, 그때는 쿠루미 씨가 지켜주세요."

"알았답니다."

"그럼【은신】을 쓸게요."

히비키가 그렇게 말한 순간, 그녀의 기척이 사라졌다. 창이 문을 여는 것과 동시에, 아리아드네는 이 자리에 있는 이들 전원에게 버프를 걸어줬고, 쿠루미는 〈자프키엘〉을 들며 돌입했다.

비명을 지를 뻔한 히비키는 반사적으로 자신의 입을 손으로 막았다. 천진난만한 소녀의 얼굴을 지닌, 거대한 흰색 맨

사마귀

티스가 그곳에 있었다. 네 개의 팔로는 각각 무기를 쥐고 있었다. 검, 낫, 도끼, 창─.

《적대자 감정》…… 으, 실패. 에러. 명칭 불명, 능력 불명, 그 외 전부 불명.》

《히비키 양, 어떻게 하죠?》

《일단 처음에는 상황을 살피죠. 어떤 내성을 지녔는지 확인하기 위해, 우선 각종 공격을 해보는 수밖에─.》

《히비키…… 어디야……?》

히비키는 이번에야말로 윽, 하고 비명을 질렀다. 【텔레파시】가 상대방에게 들리고 있었다. 그뿐만 아니라 【텔레파시】 스킬을 이용해 대화에 개입했다.

그것은 바로…….

《찾았어찾았어찾았어찾았어어어어어어어어어어어어어.》

자신들의 【텔레파시】가 들통 나고 있다는 것을 뜻했다……!

《꺄아~! 저한테 말을 걸었어요! 쿠루미 씨!》

『다크 실드』!》

쿠루미가 만든 암흑의 방패가 히비키를 감쌌다. 맹렬하게 돌진한 맨티스가 방패에 부딪쳤지만, 그녀는 개의치 않는다는 듯이 방패에 공격을 퍼부었다.

《무, 무서워, 무서워, 무서──워!》

"어이, 거기. 이쪽을 봐……!"

창이 몸을 날렸다. 도약과 동시에 〈라일랍스〉를 휘둘렀다. 하지만 맨티스는 튕겨나는 건 고사하고 미동조차 하지 않았다.

《내성 확인. 관통이 있더라도 타격을 가하는 건 무리……! 체중이 너무 나가는 탓에 날려버릴 수도 없어! 간파된 건 이름 뿐, 이노센트 맨티스!》

《즉, 거대한 사마귀란 거군요!》

아리아드네가 수은으로 된 실의 끝으로 네 가지 속성의 마법을 한꺼번에 퍼부었다. 하지만 전부 효과는 없었다.

《4대 마법도 효과가 거의 없어. 이건…… 내성도 지녔지만, 재생 능력이 엄청나. 내성이 적용되지 않는 공격방법을 찾아야 해……!》

《다음은 제가— 쳇!》

쿠루미가 총을 든 순간, 맨티스가 뒤편으로 힘차게 도약했다.

《『올 실드』.》

그리고, 모든 공격에 대한 내성을 지닌 실드를 펼쳤다.

《……! 【빛 마법】을 쓰는 상대예요! 눈속임과 환영을 주의하세요!》

쿠루미가 〈자프키엘〉의 탄환을 쐈지만, 효과가 없었다. 상대가 히죽 웃자, 쿠루미는 미소를 머금으며 말을 건넸다.

"—외람된 소리 같지만, 저를 상대로 방패를 쓸 거라면 전후좌우에 전부 펼치는 편이 좋을 거랍니다."

탕, 하는 새된 소리가 들렸다.

《크, 윽⋯⋯?!》

방의 기둥에 부딪쳐서 튕겨난 탄환이 맨티스의 안구를 꿰뚫었다.

"탄환에 대한 내성은 지니지 못한 것 같군요."

《아파, 아파, 아프잖아. 왜? 왜 이런 짓을 하는 거야? 너는 대체 누구야?》

"왜? 라는 질문에는 숙명이라고 답하죠. 누구? 라는 질문에는 토키사키 쿠루미라고 답하겠어요."

《쿠루미, 토키사키 쿠루미, 배교자, 배신자, 살인자!》

"⋯⋯뭐, 부정은 하지 않겠어요."

《배신자, 배신자, 배신자! 죽여, 버리겠어!》

"어⋯⋯!"

쿠루미가 뒤편으로 몸을 날렸다. 맨티스는 자신이 사용한 방패를 내버려둔 채, 쿠루미를 향해 맹렬히 돌진했다.

피하고, 피하고, 또 피했다. 급히 【알레프】를 사용해 몸을 가속시켜서— 상대의 예측을 어긋나게 했다.

《엄청 원망을 산 것 같은데, 짚이는 데가 있나요?!》

《너무 많아서 셀 수가 없을 정도랍니다! 특히 엠프티가 섞여있다면 말이죠!》

《그건 그래요!! 어쩔 수 없죠! 창 씨와 아리아드네 씨는 일반공격이 아니라 쿠루미 씨에게의 버프와 적에게의 디버프에

주력해주세요. 쿠루미 씨, 상대가 【빛 마법】을 쓰니까, 〈자프키엘〉을 쏘면서 【어둠 마법】도 써주세요. 그리고 적은 쿠루미 씨를 타깃으로 삼은 것 같으니 회피에도 주력하세요!》

《저만 할 일이 너무 많은 것 아닌가요?!》

《저 사마귀 여자를 원망하세요!》

《비, 빛, 【빛 마법】― 『이조열광(二条烈光)』.》

맨티스의 이마가 빛난 순간, 강렬한 빛이 뿜어져 나왔다.

《광선 기술!》

쿠루미는 회피하지 못했다. 그것은 쿠루미의 반응이 느려서가 아니었다. 다른 곳에 정신이 팔린 것도, 방심한 것도 아니다.

그저 순수하게, 그 광선의 속도가 신들린 듯이 빨랐다. 극심한 통증을 느낀 쿠루미는 혀를 차면서 【어둠 마법】의 방패를 발동시켰다. 그리고 그 방패로 연이어 날아온 광선을 막아냈다.

"……꽤 하는군요."

쿠루미가 그렇게 중얼거린 순간, 다른 동료들이 몸을 부르르 떨었다.

토키사키 쿠루미란 소녀는 신중하지만 호전적이고, 우아하지만 도화선이 짧으며, 화사하지만 투쟁심은 텅 빈 자동차 가솔린 탱크 급이다.

쿠루미는 피가 흘러나오는 어깨를 손으로 누르며 뚜둑 소리가 나게 목을 풀었다.

"전력을 다해…… 죽여 드리죠!"

─참고로. 자동차 탱크는 텅 비면 산소와 가솔린의 비율이 폭발에 이상적으로 변하며, 불똥이 튀기만 해도 폭발해 버린다.

그리고 현재, 쿠루미의 투쟁님은 격렬하게 불타올랐다.

"【어둠 마법】─『경계도장(境界塗裝)』."

《자, 잠깐만요, 쿠루미 씨?! 그 마법은, 분명…….》

고랭크의 【어둠 마법】은 강력하지만 이용하기가 여러모로 어렵다. 예를 들어 이『경계도장』은 주위 일대를 검은색으로 물들인다. 【암시】로도 꿰뚫어볼 수 없는 이 어둠 안에서는 사용자인 토키사키 쿠루미만이 유일하게 자유로이 행동할 수 있다.

《제가 싸울 동안, 여러분은 방구석에서 히비키 양을 지키고 계세요.》

《잠깐만, 혼자서 해치우려는 거예요?!》

《암컷 사마귀 한 마리 정도는 저 혼자서도 충분히 해치울 수 있답니다!》

《이 사람, 방금 플래그 발언을 했어?!》

《어디…… 어디, 어디어디어디어디어디……!》

"이쪽이랍니다, 사마귀 아가씨."

쿠루미는 어깨에 입은 부상을 개의치 않으면서 〈자프키엘〉

두 자루를 난사했다. 쿠루미의 눈에는 탄환을 맞고 몸이 깎여 나가는 맨티스의 모습이 또렷이 보였다.

《크, 윽…………!『올 실드』!》

견디다 못한 맨티스가 전체 내성의 방패를 펼쳤다. 그러자 쿠루미는 주저 없이 몸을 날렸다. 영력으로 만들어낸 마법의 방패는 물리 공격을 막기 위해 물리적인 중량과 강도를 지녔다.

바로 그 점을 노린 것이다.

《죽여, 주겠어. 반드시, 절대로, 너, 를——?!》

"그건 제가 할 말이랍니다."

쿠루미는 눈에 보이지 않는 방패에 발을 얹고 정상까지 뛰어올라갔다. 그리고 소녀의 미간에 〈자프키엘〉을 겨누며, 선언했다.

"【자인】."

《히익…….》

미간에 【자인】을 맞은 맨티스가 그대로 굳어버렸다.

《그걸 써도 되는 거예요?!》

"아깝지만, 이 애를 한 번에 죽여 버리기 위해서는— 이 방법밖에 없답니다."

쿠루미는 부상을 당해서 격노하기는 했지만, 이노센트 맨티스의 전투 스타일(즉, 융합한 엠프티의 전투 스타일)이 지연 전투 및 장기전에 기초하고 있다는 것이 명료했다.

"【어둠 마법】—『다크볼』·『형상변화·탄환』."

시간이 정지된 맨티스는 비명을 지르기 직전인지 입을 벌렸다. 쿠루미는 단총을 집어넣은 후, 두 손으로 장총을 들었다.

그림자가 아니라, 어둠이 〈자프키엘〉에 장전됐다. 이것이 가능할지 고려해봤을 때, 토키사키 쿠루미는 **가능하다**고 판단했다.

〈자프키엘〉도, 〈엘로힘〉도, 그리고 이 【어둠 마법】이란 장난 같지만 장난 같지 않은 기술도, 전부 영력으로 이뤄져 있다.

그렇다면 탄환과 같은 형태와 성질을 지닌 물체라면, 그것은 탄환과 다를 바 없다.

장전 성공— 그리고, 그림자와 어둠은 동일한 소재일 것이다. 하지만, 후자는 마법이다. 그리고 【어둠 마법】에는 대상을 강화시키는 마법도 존재한다.

"『흑각(黑殼)』·5창 중첩."

위력 강화를 다섯 번 중첩시켰다. 일반적인 탄환을 납탄으로 친다면, 이것은 텅스텐 합금탄에 가깝다.

평소와 달리 양손으로 장총을 쥔 것도, 반동이 강할 거라고 판단했기 때문이다. 시간이 정지된 맨티스는 멍하니 허공을 응시하고 있었다.

하지만 곧 그 효과가 끝나면서 움직이기 시작할 것이다.

"이걸로 끝이랍니다."

쿠루미는 방아쇠를 당겼다.

히비키도, 창도, 아리아드네도, 제5던전을 답파하는 과정에서 쿠루미의 총성을 몇 번이나 들었다. 던전에 울려 퍼지는 총성도, 그녀들은 새의 지저귐으로 느껴질 만큼 익숙해졌다.

하지만 이 소리는 지금까지 들었던 그 어떤 총성과도 달랐다.

그 소리는 마치 하늘을 찢는 것만 같았다.

창과 아리아드네는 그것이 총성이 맞는지도 의아했다. 히비키는 실신할 것만 같은데도 필사적으로 버티며, 그 소리가 쿠루미의 〈자프키엘〉에서 비롯된 것이 틀림없다고 확신했다.

동시에 전율했다.

이제까지 들었던 것이 총소리라면, 이번 소리는 전차의 대포 같았다.

어둠이 걷히더니, 점점 방 안이 원래대로 밝아졌다―. 방구석에 대피해 있던 세 사람은 눈앞의 광경을 보고 숨을 삼켰다.

맨티스의 입을 통해 몸속으로 발사된 〈자프키엘〉의 탄환은 처절할 정도의 영력을 통해, 맨티스의 육체를 유리 세공품처럼 완전히 박살냈다.

"……끝났어요."

쿠루미는 머리카락을 쓸어 넘겼다. 땀이 났고, 초연이 주위에 자욱했다. 쿠루미의 영장에도 맨티스의 피가 묻어 있었다.

상태만 본다면, 아름답다는 말과는 거리가 멀었다.

하지만— 그래도 전투를 마친 토키사키 쿠루미는 예술적일 정도로 아름답다고, 히비키는 생각했다.

제9계층 돌파. 이리하여 소녀들은, 마지막 계층에 도전했다.

◇

─제10계층.

그 소환술사는 자신이 버림돌이라는 것을 알고 있었다. 하지만 그녀의 마음은 맑았고, 희망과 사랑으로 가득 차 있었다.

"응~ 응~, 응~ 으응~♪ 으~ 응~, 으응~♪"

콧노래가 절로 나왔다.

거대한 봉을 한손에 쥐고, 지면에 하염없이 문양을 그렸다.

"웃고, 웃고, 웃고, 울고, 울고, 울고, 하지만, 전부 필요 없어졌어. 여왕을 위해, 죽는 것만 생각하면 돼."

생각은 귀찮다.

노동은 괴롭다.

무념무상의 상태로 그저 움직인다.

소환술사의 역할은 그런 것이다. 방대한, 방대한 소환진—정확하게는 3D 프린터의 설계도 같은 것이지만—을 그저 하염없이 그렸다.

이것은 퀸에게서 받은 지식이었다.

컴파일 때 나타나는 검은 기둥, 거기서 얻은 기억을 베이스로 **그것**을 그렸다.

수식— 인계의 모든 것을 이루고 있는 영력에 지향성을 부여한다.

그것이 소환술사의 능력이다. 그녀는 퀸이란 이름의 신을 모시며, 수식과 문양을 조합해, 이 게부라에서 온갖 몬스터를 소환할 수 있다.

하지만 현재 소환술사가 창조하려 하는 건 그런 레벨이 아니다.

말 그대로, 또 한 명의 신을 현현시키려는 것이다.

퀸은 말했다.

"나에게는 **그것**의 기억이 있다. 몇 번이나 몇 번이나 몇 번이나 빼앗으며 목격했지. **그것**은 나와 같은 힘을 지녔다. 하지만 사고능력은 없어. 주의(主義)도 없지. 정도, 사랑도 없다. 너희들 엠프티보다 훨씬 공허한…… 허무한 인형이다. 하지만 분명 매우 도움이 될 거야."

게부라라는 판타지 월드에서만 가능한 일이다.

원래라면 이렇게 방대한 영력을 하나의 틀에 부어넣는 건 무리다. 방대한 물을 얼릴 수 없는 것과 마찬가지로 흩어져 버리고 만다. 준정령은 누구나 자신이란 틀을 지니고 있으며, 그 크기는 다양하다.

현재, 소환술사가 만들고 있는 틀은 퀸— 혹은, 토키사키 쿠루미에게 필적한다.

그녀는 그게 누구인지, 어떤 존재인지 모르지만……

딱 하나 이해하고 있는 건, 퀸은 지금 소환술사가 만들려 하는 소녀를 이용하려 하면서도, 마음 한편으로 그녀를 두려워하고 있다는 것이다.

"—솔직히 말하자면 두렵다. 하지만 게부라에서만 살 수 있는 폭탄이라면, 문제될 게 없어. 나는 거기에 가지 않을 테니 말이다."

그렇다. 맞습니다, 퀸.

이 폭탄은 인계를 뒤흔들 수 있는 핵폭탄이다. 또한, 이곳에 온 토키사키 쿠루미를 해치우기 위한, 최고의 병기다.

『토키사키 쿠루미가 제9계층을 돌파. 제10계층에 도달.』

"……대단하군요, 토키사키 쿠루미. 아아, 하지만……."

아쉽다. 당신의 속도는 나에게 미치지 못했다. 당신의 탄환은 나에게 명중하지 않았다.

그리고 나의 문양은, 지금 이 순간 다 그려졌다.

"소환진…… 완료."

두두두, 하며 땅이 흔들렸다. 소환술사가 완성한 문양은 영력을 모아서 어느 몬스터를 형태 지었다. 그녀는 숨 돌릴 틈도 없이 다음 작업에 착수했다.

"유출에서 형성을. 제1은 결락. 제3이 잉태. 제5가 반전. 승리와 영광을 획득하고, 제10에서 출생. 형성에서 인생을. 인생에서 요정을. 요정에서 ■■을."

소환술사가 짠 것은 인계 전체를 소환진으로 여기는 방대한 도형이다. 비나와 게부라의 연동. 제3이 아이를 배고, 제5가 **뒤집히는** 소환진을 구축.

그리고, 그 결과를 말쿠트에서 배출한다.

"……!"

─왔다.

그것은 틀림없는, 잉태의 축사(祝詞). 방대한 영력을, 인계 전체를 이용한 소환진으로 형성하는, 소환술사의 비기.

물론, 한때 엠프티였던 소환술사에게는 이런 능력이 없다. 그녀는 퀸으로부터, 이 무명천사를 받았다.

아마, 퀸이 어느 준정령에게서 빼앗은 능력이리라.

무명천사를 빼앗아 자신의 것으로 삼고, 그 무명천사마저 복제해 남에게 부여한다.

그렇기에 여왕의 칭호를 지녔고, 그렇기에 괴물이라 불리는 것이다.

소환을 한 소환술사는 이미 탄생한 무언가의 행방을 파악하고 있다. 말쿠트에서 태어난 그녀는 숨을 헐떡이며 이곳으로 올 것이다.

"와…… 똑바로. 이제 전송 준비를………… 어…………?"

소환술사는 소환해야할 **그것**이 무엇인지, 퀸에게 듣지 못했다. 그리고 진정한 의미에서 이해하지 못했다.

그녀가 퀸을 위해 만들어낸 몬스터와 엠프티의 융합체. 그것은 일종의 섬뜩함을 지녔으며, 강인할 뿐만 아니라 흉포하다.

그 연장선상에서, **그것**을 파악하고 있었다. 이것은 퀸의 인식이 그대로 소환술사에게 계승되면서 빚어진, 치명적인 착오였다.

소환술사는 이 인계에서, **절대 침범해선 안 되는 영역에 발을 들이고 말았다.**

◇

말쿠트.

창의 스승인 카가리케 하라카는 **그것**을 지그시 쳐다보고 있었다.

"저기…… 하라카 씨……."

하라카와 동행하고 있던 준정령이 머뭇거리며 입을 열었다. 하라카의 눈앞에 있는 건, 시꺼먼 덩어리였다.

크기는 경차 정도였다. 형태는 구체지만, 아래편이 으스러진 만주와도 비슷했다.

질척질척하고, 부글부글 끓고 있으며, 또한 무시무시한 한기마저 뿜고 있는 느낌이었다.

"다가가지 않는 편이……."

옆에서 지켜보고 있는 준정령들도 그런 느낌에 사로잡힐 정도로 무시무시한 물체였다.

"알아. 너희야말로 더 이상 다가가지는 마."

하라카는 말을 하면서도 절대 눈을 떼지 않았다. 눈을 뗀 순간에 무슨 일이 일어날까봐 두려웠다. 한순간 눈을 깜빡이는 것조차도 무서웠다.

아아, 하지만…….

(이건…… 대체, 뭐지……?)

말쿠트에서의 싸움은 너무나도 허무하게 끝났다. 주된 전투형 준정령 중에서도 유력한 강자들은 전 도미니언인『인형사』[돌마스터]에게 전부 살해당했기 때문일까.

하라카의 통치(즉, 대항하는 준정령을 힘으로 입 다물게 하는 것) 자체는 순조롭지만, 갑자기 출현한 이것은 하라카도 동요하게 만들었다.

콜타르 혹은 중유(重油) 같으면서도, 엄청난 영력이 느껴지는 물체.

마치 전설에 나오는 그—.

"……젠장. 바보 같은 생각을 하지 말자."

하라카는 자신의 머리를 주먹으로 때렸다. **최악의 악몽**. 그런 것을 생각할 필요도, 여유도 없다.

"어떻게 하죠?"

"……결계를 치겠어. 도울 생각은 절대 하지 마. 혼자 하는 편이 집중이 잘 되거든……!"

하라카의 발이 독특한 보법에 따라 움직였다. 마술적 보법— 도약을 하면서 오망성을 그렸다. ^매지컬 스텝

"오래간만이라 까먹었을 것 같은데…… 괜찮을지 모르겠네."

"불안한 소리 좀 하지 마세요, 하라카 님."

"나도 알아……! ……원리(怨離) 이뤄지면 대광(大筐)·대귀(大龜)·태음(太陰)·대수(大壽)에 축복하노라. 인충(仁忠) 피어나는 고야(高埜) 끊어낼지니. 육도(六道) 방황하며 황천길로 회귀하며, 이 모든 것에 유희와 윤허를 요하노라!"

찰칵, 하면서 열쇠가 잠기는 소리가 들렸다. 그와 동시에 반투명한 정육면체가 검은 덩어리를 감싸듯 생겨났다.

하라카는 알아주는 무투파지만, 이런 결계 작성과 퇴마에 있어서도 톱클래스의 실력을 지녔다.

"율령귀광(律令鬼筐)에 가뒀으니까 한동안은 괜찮겠지. 좋아~. 일단 이건 내버려둬~! 부서진 건물의 재건과 남은 준정령에게의 연락과 재편 등, 할일이라면 산더미처럼 있어~!"

"예~!"

하라카는 그 힘찬 대답을 듣고 만족한 것처럼 고개를 끄

덕였다.

이제 당분간 말쿠트는 안전할 것이다. 그 후로는 서로의 목숨을 빼앗는 일이 줄도록, 도미니언인 하라카가 컨트롤하기만 하면 된다.

하지만 게부라도 걱정됐다. 가능하면 한쪽은 창에게 맡겨 두고 싶은데—

그런 생각을 하고 있을 때였다.

"……아, 니……?"

온몸이 난도질당했다. 몸은 조각이 났고, 머릿속은 지리멸렬해졌으며, 자신이 누구인지, 무엇을 하고 있었던 건지조차 망각할 정도의 충격을 받았다.

이 살기가 느껴지는 방향을 쳐다보려던 순간, 본능이 경종을 울렸다.

절대 보지 마라. 눈을 마주한 순간, 박살이 나고 말 것이다.

그 결과는 옳다. 하지만 이성이 본능을 거부했다.

봐야만 한다. 도미니언으로서의 책임을 다해야 한다.

그래서 돌아보았다— 그리고 진심으로 후회했다.

아까까지는 만주 혹은 슬라임 같은 형상이었던 정체불명의 물체가, 지금은 그 방향성을 바꾸고 있었다. 하라카가 과거에 봤던, 거대한 3D 프린터가 무언가를 만들고 있는 광경처럼 보이기도 했다.

그 형상은 눈에 익었다.

이족 보행하는 생물, 무기를 든 생물, 옷을 입은 생물.

즉, 준정령이다. 하지만 그저 소녀의 모습을 하고 있을 뿐이라면 하라카도 받아들일 수 있었을 것이다.

손가락으로 수인(手印)을 맺고, 부적을 사용하며 대항할 수도 있었을 것이다.

하지만. 그곳에 있는 것은 단순한 준정령이 아니었다.

"……너, 는……!"

거대한 검을 가지고 있었다. 그 누구도 부정 못할, 최악의 재앙. 칠흑빛 영장을 입은, 차원이 다른 괴물. 침묵. 절대적 죽음의 상징.

침묵 속의 괴물이 검을 휘둘렀다. 원래 내부에서는 절대 부술 수 없는 강철 같은 결계가, 마치 종잇조각처럼 찢겨나갔다.

"아니—."

하라카가 경악하는 사이, 괴물은 하늘을 올려다보았다. 하라카는 반사적으로 그녀의 주위에 부적을 흩뿌렸다.

콰앙 하고 로켓이 발사되는 듯한 기세로 그 괴물은 하늘을 향해 날아갔다. 몇 초 후, 그제야 자신들이 살아있다는 것을 실감한 정령들이 안도의 한숨을 내쉬었다.

"방금, 그건……."

망연자실한 준정령들에게, 하라카가 외쳤다.

"미안한테, 말쿠트는 너희가 맡아. 나는 저 녀석을 쫓겠어. 위험해. 진짜로 위험하단 말이야. 저 녀석의 행선지를 알아둬야만 해……!"

다행히 탐지용 부적은 저 괴물의 영장에 부착됐다. 이러는 사이에도, 그녀는 엄청난 속도로 말쿠트를 비행하고 있었다.

"하라카 님!"

"잡담 나눌 시간 없어. 다녀올게!"

하라카도 그녀의 뒤를 쫓듯 하늘로 날아올랐다. 카가리케 하라카가 전속력을 내는데도, 괴물을 따라잡을 수는 없었다. 하지만 어느 게이트로 향하는지만 알면, 앞지를 수 있을지도 모른다.

"나야! 카가리케 하라카! 모든 도미니언에게 연락해! 말쿠트에…… **정령**으로 추정되는 게 확인됐어! 전투형 준정령 전원에게 출격 요청! ……젠장! 제9영역으로 향하고 있어! 미즈키, 리네무! 피난 경고를 내려! 서둘러!"

안 그래도 현재 인계에서는 퀸과 휘하의 군대가 날뛰고 있는데, 이 상황에서 **저런 괴물**까지 나타난다면 도저히 손쓸 방법이 없다.

"……잠깐만 있어봐."

가슴이 철렁했다. 왜, 이 타이밍에 저 녀석이 출현한 걸까? 우연인가? 아니면 고의인가?

고의라면, 누가 저런 걸 소환한 걸까?

……이쪽 편의 누군가가 폭주한 결과인가(어떤 방법을 쓴 건지는 모르겠지만). 아니면…….

이것도, 퀸의 수작일까.

"이익, 빌어먹을!"

하라카는 머리를 거칠게 긁었다. 키라리 리네무와 마찬가지로 향락주의자이면서도, 그녀보다 책임감이 강한 이가 바로 카가리케 하라카란 소녀다.

참고로 리네무는 책임감은 없지만, 선천적인 체질로 미래를 내다보면서 가장 낙관적인 미래를 무의식적으로 선택하는 능력을 지녔다……고 하라카는 여겼다(당사자는 자기 자신의 힘을 이해하고 있지 않지만).

—아무튼, 쫓을 수밖에 없다.

이 추적의 끝에 무엇이 기다리고 있든, 저 녀석의 위치를 계속 확인해야 한다.

재앙이란, 악의가 있든 없든— 접근하는 모든 것을 집어삼켜, 죽음에 이르게 하니까…….

○그리고, 재앙이 찾아오다

……우선, 그녀가 어떤 존재인지 밝혀둘까 한다.

그녀는 퀸의 소환술사가 품은 악의에 의해 창조됐으며, 그 목적은 게부라의 혼란 및 괴멸이다.

그녀에게 정신은 없다— 있는 건, 목적을 위해 움직이는 충동 뿐.

그녀에게 생각은 없다— 그건 것이 없더라도, 절망 그 자체의 힘을 보유하고 있다.

그녀에게 희망은 없다— 있는 것은, 파괴한다는 목적뿐이다.

틀은 완벽했다. 겉모습의 모방도 거의 완벽했다. 하지만 혼이 들어가지 않았다. 필요 없었으며, 애초에 소환술사는 혼을 집어넣는 방법을 알지 못했다.

그렇기에, 그녀는 완전한 전투기계임과 동시에 재앙의 화신이다.

……그녀의 모습을 본 적이 있는 준정령은 인계에서 사라진지 오래됐다. 현역 도미니언 중에서 그녀에 대해 알고 있는 이도 없으며, 필연적으로 추적을 하고 있는 카가리케 하라카도 『지뢰인 건 틀림없지만, 그 지뢰의 파괴력은 예상이 안 되는』 상황이었다.

말쿠트에서 예소드, 예소드에서 티파레트, 티파레트에서 게부라.

"빨라!"

카가리케 하라도 열심히 쫓고 있지만, 속도가 어마어마한 탓에 점점 뒤쳐지고 있었다. 그나마 추적용 영부(영력을 봉한 호부. 하라카는 이것을 이용해 다양한 전투방식을 펼친다)를 이용해 행방만은 알 수 있었다.

엄청난 속도로 날던 그녀가 그 영역에 도달하고 얼마 지나지 않아, 움직임을 멈췄다.

"게부라……."

하라카는 자신이 통치하는 영역이 그녀의 목적지였다는 사실을 깨달았다.

그곳에는 제자인 창이 있다. 그녀와 다른 전투형 준정령과 힘을 합쳐서, 그녀를 막아야만 한다.

"……몇 명이나 죽을까……."

하라카는 가라앉은 목소리로 중얼거렸다. 죽을 것이다. 분명 사상자가 발생할 것이다. 아니, 그 이전에 이길 수 있을지 의문이었다. 대체 몇 명이나 살아남을지—.

"하지만, 왜 저런 게……?"

말쿠트의 영력은 잠잠한 상태였다. 『돌마스터』가 토키사키 쿠루미에게 당한 후로 사투는 산발적으로만 벌어지고 있었기에, 카가리케 하라카는 순조롭게 통치를 할 수 있었다.

하라카와의 실력 차가 명백했기에, 그녀는 상대를 죽이지 않을 뿐만 아니라 전력을 다하게 할 수 있었다.

그런 와중에 느닷없이 나타난 것이 바로 아까 전의 시꺼 먼 덩어리였으며— 지금은 소녀의 모습이 되어 엄청난 속도 로 게부라로 향하고 있었다. 다시 생각해봐도, 그 검은 덩어 리는 아무런 징후 없이 나타났다.

"퀸과 관련이……."

있는 걸까. 그녀의 새로운 수족인 걸지도 모른다. 하지만—.

그 생각은 출구 없는 미궁 속에서 같은 자리만 빙빙 돌고 있었다. 일단 생각을 중단한 하라카는 그녀를 쫓는 것이 전 념했다.

게부라에 도착한 그녀는 갑자기 지상으로 내려가기 시작 했다. 아무것도 없는 초원에 내려서더니, 아무 말 없이 지면 을 향해 검을 휘둘렀다.

"……어?"

그 일격에 의해, 지면이 함몰됐다. 세계를 통째로 파괴할 지도 모르는 그 일격을 본 하라카는 아연실색할 수밖에 없 었다. 그리고 그녀는 착지자세를 취하지도 않으며, 함몰된 지면에 머리부터 밀어 넣었다.

"여기는…… 설마……."

제5던전 『엘로힘 기보르』. 현재 퀸의 군대가 주둔하고 있 는 최고 난관 던전이다.

"……역시, 누군가가 저 녀석을 부르고 있는 걸까?"

하라카는 이제부터 제5던전에 돌입하겠다는 뜻을 영부를

통해 수하에게 전달한 후, 각오를 다지며 지면에 뚫린 구멍에 홀로 뛰어들었다.

◇

"드디어! 제10계층에 왔어요! 야호~!"

들뜰 대로 들뜬 히비키가 덩실덩실 춤을 췄다. 쿠루미는 한숨을 내쉬면서 히비키의 머리에 꿀밤을 날렸다.

"아얏. 뭐하는 거예요."

"긴장 풀지 마세요. 좀 주의를―"

"하지만, 아까부터 몬스터가 한 마리도 나타나지 않잖아요. 아마, 최하층은 보스 전용이라서 졸개는 한 마리도 없는 패턴 아닐까요?"

"그럴지도 모르지만, 긴장을 풀지는 마세요."

"예~."

제9계층의 기나긴 복도와 달리, 계단을 통해 제10계층에 내려가자마자 널찍한 방이 나왔다. 양쪽 벽에는 철문이 있었다. 아마 계단의 정면에 있는 한층 더 큰 문 너머가 바로 보스의 방일 거라고 쿠루미는 생각했다.

"어떻게 할까? 옆방부터 가볼까?"

창이 그렇게 말하자, 아리아드네와 쿠루미가 서로의 얼굴을 쳐다보았다.

"뭔가 있을 것 같기도 하지만—."

"적이 기다리고 있을지도 몰라~."

"그럼 제가 제안을 하나 할게요. 우선 문을 하나 열어서 내부가 어떤지 살펴봐요. 만약 적이 있다면, 바로 보스 방으로 보이는 곳으로 향하는 거죠. 만약 재미있어 보이는 게 있다면, 전부 다 들어가 보는 거예요."

딱히 히비키의 의견에 반대하는 이가 없었기에, 일행은 일단 왼쪽 가장자리에 있는 문부터 열어보기로 했다. 일단 그 전에 히비키가 문에 손을 대면서 내부에 함정이나 적이 없는지 확인했다.

"……함정도, 적의 기척도 없네요. 뭐, 【스텔스】나 【불가시(不可視)】 같은 걸 썼을지도 모르지만요. 쿠루미 씨는 뭔가 느껴지는 게 없나요?"

"저는 그런 감지 스킬은 없지만…… 저의 직감에 따르면…… 이 안에는 생명체가 없는 것 같군요."

문에 손을 댄 쿠루미가 그렇게 말하자, 일행은 고개를 끄덕였다.

"뭐, 저보다도 쿠루미 씨의 직감이 더 믿음직하니까요. 그럼 열어볼게요~!"

문이 열렸다. 안에 있는 **것**을 본 누군가는 낙담했고, 누군가는 별생각 하지 않았으며, 누군가는 윽 하고 신음을 흘렸다. 그리고 누군가는—.

"저한테 맡겨주세요."

주저 없이 몸을 날렸다. 그 방 한가운데에는 검은 기둥이 있었다. 즉, 컴파일 때 출현하는 잉여 기억이다.

그리고 그 기둥에는 매우 높은 확률로⋯⋯ **어떤 소년과의 추억이 담겨 있었다⋯⋯!**

"쿠루미 씨, 여기는 제10계층이라고요!"

"왜 저래?"

"그, 글쎄~⋯⋯?"

두 사람은 어리둥절했고, 히비키는 당황했으며, 쿠루미는 그런 세 사람을 내버려두며 주저 없이 기둥에 손을 댔다.

그 순간, 압도적인 양의 정보가 그녀에게 밀려오더니—.

◇

불꽃. 폭염이, 주위를 감쌌다.

어디를 쳐다봐도, 어디로 향하더라도, 그곳은 불꽃의 지옥이었다. 그리고, **나는** 어린 소녀 같았다.

낮은 시점, 끝없이 움직이는 좌우의 팔, 눈에서는 뜨거운 무언가가 쉴 새 없이 흘러나오고 있었다.

내 의지에 따라 몸이 움직이고 있는 것이 아니다. 마치 꿈속에 있는 것 같았다. 몸은 이 아이의 의지에 따라 멋대로 움직이고 있었다.

이 애의 마음이, 쉴 새 없이 전해져왔다. 누군가가 도와줬으면 한다. 누군가가 구원해줬으면 한다. 누군가가 곁에 있어줬으면 한다.

순수하고, 심플하며, 또한 현재로서는 가장 어려운 일이다.

하지만 그녀는 몰라도 나는 확신하고 있다. 괜찮다. 분명 괜찮다.

─알고 있다. 이럴 때, 달려와 주는 히어로를 알고 있다.

─알고 있다. 그 사람은 자신이 할 수 있는 일이 없더라도, 도움을 원하는 목소리를 들으면 주저 없이 뛰어간다는 것을 알고 있다.

"■■■!", "■■!"

노이즈
잡음. 이름은 알 수 없다. 얼굴도 알아볼 수 없다. 언제나 그랬기에, 약간 마음에 상처 입었지만, 약간 불안해졌지만…….

아아─ 나를 향해 뛰어온 저 사람은…….

평소보다 조금…… 아니, 꽤나 어려 보였다. 하지만, 그 심성에는 전혀 변함이 없었다.

어린 그는 열심히 뛰어왔고, 넘어지더라도 다시 일어서더니, 이쪽을 향해 필사적으로 뛰어왔다─.

아아, 안다. 알고 말았다.

이 어린 아이가, 얼마나 그를 기다렸는지를. 얼마나 그를 믿는지를.

가슴속이 아려올 만큼, 알 수 있었다.

타인은 이해 못할, 가슴이 옥죄어드는 듯한…… 이 슬플 정도로 기쁜 마음은…….

◇

"만족…… 만족했어요……."

쿠루미는 도취된 듯한, 그야말로 사랑에 빠진 소녀 같은 표정으로 돌아왔다.

히비키는 저 모습에 익숙했지만, 창과 아리아드네는 충격을 받은 것 같았다.

"적의 본거지 근처에서…… 대체 얼마나 즐긴 거예요……?"

히비키는 어이없다는 투로 물었다.

"시간으로 따지면 5분도 안 될 거랍니다. 하지만, 그 분의 기억이었죠. 그 분이 여자애를 필사적으로 구하려 하는─ 그런, **당연한 순간**이었어요. 정말, 정말, 멋졌답니다……."

"어, 저기, 그게, 으음………… 너, 토키사키 쿠루미, 맞지?"

창이 머뭇거리면서 묻자, 쿠루미는 고개를 갸웃거리며 대꾸했다.

"창 양, 왜 그러죠? 머리라도 얻어맞았나요?"

"그래. 토키사키 쿠루미가 맞아……."

"하하~…… 예의 『소년』을 본 거구나. ……소문에 따르면 건너편 세계에 있다는……."

"아뇨. 실존한답니다. 분명 있어요. 틀림없어요."

"뭐, 한번 빠져든 준정령은 그 기억에서 헤어 나오지 못한다고 들었어~."

"아리아드네 씨는 본 적 있나요?"

"경험하지 않으려고 유의해~. 봤다간 건너편 세계로 돌아가고 싶어질지도 모르잖아. 그건 역시 용서받지 못할 짓이거든~?"

"으음…… 어째서 용서받지 못할 짓인 거죠?"

히비키의 입에서 그런 질문이 불쑥 튀어나왔다. 그 순간, 후회가 물밀듯이 밀려왔다. 방금 질문을 해선 안 되었다고 히비키는 생각했다.

그리고 아리아드네는 온화하면서도 반론을 용납하지 않는 듯한 기묘한 박력이 어린 목소리로 대답했다.

"죽은 자가 산 자의 세계에 돌아가면 안 된다고 생각하거든~."

―그 말을 들은 순간, 쿠루미는 무의식적으로 가슴을 움켜쥐었다.

반론할 말이라면 얼마든지 있었다. 예를 들자면 자신에게는 죽은 순간의 기억이 없다. 케테르가 미지의 영역이니 그곳에 가면 뭔가가 있을지도 모른다. 만약 진짜로 죽었다면, 자신들은 어째서 존재하고 있는 걸까. 그 이유를 알 수 없다.

하지만 반론을 하면서 이 논의를 이어가다 보면…….

자신에게 있어, 절망적인 결론에 도달할 듯한 느낌이 들었다.

"나는 죽지 않은 것 같아. 설령 죽었더라도, 되살아나겠어. ……뭐, 건너편 세계로 돌아가고 싶은 건 아니지만 말이야."

창은 그렇게 말한 후, 쿠루미의 얼굴을 힐끔 쳐다보았다.

쿠루미는 고개를 약간 숙인 채, 필사적으로 뭔가를 참고 있는 것 같았다.

쇼크일까, 충격일까. 고통 이외의 엄청난 감정이 창의 마음에 쏟아져 들어왔다. 아리아드네의 시선이 쿠루미와 창을 향하고 있었다. 창은 태연하게 말했다.

"토키사키 쿠루미는, 건너편 세계에 가고 싶어 해."

"흐음…… 진짜로 갈 수 있다면 좋겠네."

"어머, 아리아드네 양은 저를 응원해주시나요?"

아리아드네는 구김 없는 미소를 지으며 말했다.

"물론 응원할 거야~. 퀸을 쓰러뜨린 후라면, 얼마든지~."

"그런 말 안 해도, 퀸은 반드시 쓰러뜨릴 거랍니다."

기묘한 분위기였다. 서로가 미소를 짓고 있으며, 서로의 말을 신뢰하고 있다. 하지만 긴박감은 잦아들지 않았다.

마치 1초 후에 서로를 죽이려 들 것만 같은 기운이 이 공간을 가득 채웠다.

(어, 어라? 왜 이렇게 된 거지? 평범하게 이야기를 나눴을 뿐이잖아?)

히비키가 당황한 가운데, 쿠루미와 아리아드네는 어째서

이렇게 된 것인지 이해하고 있었다.

쿠루미는 아리아드네의 『쓰러뜨린 후라면 응원하겠다』라는 발언이 거짓이라는 것을 눈치챘고, 아리아드네는 『퀸을 반드시 쓰러뜨리겠다』는 쿠루미의 말을 거짓말이라고 여겼다.

하지만 두 사람이 서로의 말을 거짓말이라고 여긴 이유는 달랐다.

아리아드네의 거짓말은 자신의 입장에 따른 거짓말이며, 쿠루미의 거짓말은 그 말의 이행이 가능한지 불가능한지에 따른 거짓말이다. 즉, 아리아드네는 여차하면 응원하지 않을 것이다. **피치 못할 상황이 된다면**, 쿠루미가 현실로 돌아가려 하는 행동을 **죽는 한이 있어도 저지할 것이다**─ 그런 의미에서의 거짓말이다.

한편, 쿠루미의 거짓말은─ 퀸을 반드시 쓰러뜨린다는 말, 자체가 거짓이라는 것이다. 쓰러뜨릴 생각이 없는 건 아니다, 화해나 복종을 선택할 리도 없다. 그저, 단순히 **실력 차로 인해 질 가능성이 있다**─ 그래서 거짓말인 것이다.

즉, 서로가 살의를 품더라도 그 이상의 변화는 없다. 양쪽 다 아직 가정에 불과하기 때문이다.

하지만 이 공간의 공기가 살의로 가득 찼다는 점에도 변함은 없다.

"그럼 이제 다음 방으로 가자."

창이 갑자기 그런 말을 했다.

"창 씨, 이런 공기 속에서 말이에요?"

"공기 같은 건 그냥 다 빨아 마시면 돼."

"아니, 그건 그렇지만요. 아니다, 이 경우의 공기는 그 공기와는 다른 의미의 공기라고요."

창은 자신을 향하지 않은 살의, 특히 쿠루미와 아리아드네가 뿜는 이해하기 어려운 살의에는 별다른 관심을 보이지 않았다.

"그것보다, 아까 전에 토키사키 쿠루미가 보인 표정을 한 번 더 보고 싶어!"

창은 갑자기 힘찬 목소리로 그렇게 외쳤다.

"예?"

"뭐라고요?"

"호오~."

살기가 순식간에 걷히자, 아리아드네는 감탄했다. 의도한 건지는 알 수 없지만, 창은 이곳을 채우고 있던 공기를 간단히 파괴했다.

창은 당황한 쿠루미의 양손을 꼭 움켜쥐었다.

"이제 이해했어. **그게 토키사키 쿠루미의 사랑이구나.** 내가 품고 있는 사랑과는 형태가 다르지만, 너의 그런 표정은 흥미롭고, 재미있으며, 즐거워 보이는데다, 무엇보다 아름다워서 보는 내 가슴도 다 뛰어. 그러니까, 아까 그걸 또 하자."

창의 눈은 기대로 가득 차 있었다.

"아, 예······. 으, 음······ 히비키 양, 어떻게 하죠?"

"어떻게 하긴요. ······이렇게 되면 다른 방도 둘러볼 수밖에 없잖아요."

히비키는 자신의 방금 말투가 너무 퉁명했다고 생각했다. 이러면 안 되는데 말이다. 창은 쿠루미의 사랑을 아름답다고 말했다.

—정말, 순진무구한 평가다.

히비키는 두 번 다시 그렇게 평가하지 못할 것이다. 복잡한 심경, 울부짖고 싶을 정도의 짜증을 억누르며, 히비키는 마음속으로 심호흡을 한 번 했다.

"자아, 가죠! 쿠루미 씨의 소중한 사람에 대한 거잖아요. 하나부터 열까지 전부 알아둬야 해요!"

"히비키 양까지······ 정말······."

"뭐, 그렇다고 다른 방에도 저게 있을 거라는 보장은 없지만요. 그래도 방에 잘 모셔져 있는 걸 보면, 다른 방에도 있을 것 같기는 해요."

"하지만, 보스가 코앞에 있는데······."

"판타지보다 현실이 중요하다고요!"

"······깜빡 속을 뻔 했는데, 현실이 중요하다면 보스를 먼저 쓰러뜨려야 하지 않을까요?"

"저도 말하고 나서 좀 그렇다는 생각이 들긴 했거든요? 그래도 쿠루미 씨는 언제 어디서나 **그 사람**을 우선하는 쿠루미 씨였으면 좋겠어요."

히비키의 말을 들은 쿠루미가 잠시 생각에 잠기더니— 천천히 고개를 저었다.

"어? 괜찮겠어요?"

"괜찮지는 않답니다. 하지만, 보스를 쓰러뜨린 후에 기억을 접하면 더 차분하게 체감할 수 있을 것 같다고 생각했을 뿐이에요. 100퍼센트 사심이죠."

"……뭐, 그 편이 억지 여왕인 쿠루미 씨답기는 하네요!"

"누, 가, 말, 이, 죠?"

"우햐~, 이 도려내지는 듯한 아픔도 왠지 신선, 아야야야얏!"

쿠루미도 오래간만인 것 같다고 생각하면서, 히비키의 관자놀이에 꿀밤을 날렸다.

"으음. 그럼 보스를 우선하자는 거구나. 그럼 후딱 처리하자."

"후딱 처리할 수 있으면 좋겠지만~, 제9계층의 보스도 상당이 흉악했잖아~?"

"그래요. ……일단 마지막으로 전원의 스킬을 체크하도록 할까요."

다들 드랍 아이템 중에서 사용 가능한 회복약을 체크하거나 스킬의 최종 체크를 하는 가운데, 쿠루미는 다시 YES / NO 표시를 응시하고 있었다.

【시간 마법】— 탄환의 교환.

진짜로 그런 것이 가능할까. 그리고 가능하다면, 원래대로 되돌리는 것도 가능할까.

……잠시 동안 생각한 후, 결국 미루기로 했다— 어쩌면, 영원토록 미룰지도 모른다고 생각하면서…….

"왜 그러세요?"

"……아무 일도 아니랍니다."

쿠루미는 고개를 저은 후, 스킬 취득용 화면을 껐다.

"뭐, 쿠루미 씨라면 제9계층 때처럼 혼자서 쓸어버릴지도 모르지만요. 그래도 제가 할 수 있는 일이 있다면 언제든 말만 해주세요!"

히비키가 그렇게 말하자, 쿠루미는 잠시 동안 눈을 껌뻑거렸다.

"……그래요. 제가 모르는 것, 제가 할 수 없는 일이 있죠. ……당연한 것이겠지만, 히비키 양은 언제나 저의 부족한 부분을 메워주고 있답니다."

"예에?"

이번에는 히비키가 눈을 껌뻑거릴 차례였다. 쿠루미는 고개를 돌리더니, 머리카락을 만지작거리면서 삐죽 내민 입술로 말했다.

"……감사하고 있다는 말이에요."

—쿠루미가 부끄러워했다.

히비키는 어마어마한 정보량과 극도의 행복에서 비롯된 실신을 지시하는 뇌를 필사적으로 질타하며, 겨우겨우 태연을 가장했다.

"그리고 질문이 하나 있답니다."

"아, 예에~. 뭔가요~……."

태연을 가장하며(전혀 가장하지 못했다), 히비키는 대답했다.

"? ……취득하기 전의 스킬이 어떤 건지 알아볼 방법은 있나요? 【?】로 확인하려고 해도, 표시가 안 되는 군요."

"으음…… 취득 전에 어떤 건지 알 수 있는 건, 범용적인 스킬뿐이에요. 쿠루미 씨의 스킬인 【시간 마법】은 너무 특이해서 취득 전에는 정보를 볼 수 없는 것 같아요."

"저보다 오랫동안 인계에 있었던 히비키 씨에게 물어볼 게 있어요."

"예, 뭔가요?!"

"만약 이 스킬로 저의 능력이 변화할 경우— 그건 게부라에서만 유지되는 걸까요? 아니면 인계에서는 불변인 걸까요?"

히비키는 할 말을 잃었다.

"그, 건— 으음……."

모른다. 그것은 인계에 있는 그 어떤 준정령도 도전조차 해보지 않은 일이다. 이 게부라에서 익힌 스킬이 아니라, 스킬로서 등록된 무명천사의 힘을 변화시키는 것이니 말이다.

……예를 들어 정신적으로 큰 변화가 찾아왔을 경우, 무명천사와 영장도 그에 연동해 능력과 형상이 약간 변화하기

도 한다. 히비키도 그랬다. 엠프티일 적에는 아무 능력도 없었던 막대기가, 『돌마스터』를 쓰러뜨린다는 사명에 눈뜬 순간 〈킹 킬링〉이란 무명천사로 변화했다.

그 때, 막대기였던 형상이 거대한 갈고리 모양으로 변화했다.

하지만 이번에는 그런 케이스가 아니다.

"후천적으로…… 자신의 능력을 변이시킨다……는 거군요……. 그건…… 으음, **그것** 말인가요?"

히비키는 창과 아리아드네에게 들리지 않도록 낮은 목소리로 그렇게 말하면서, 쿠루미의 단총을 손가락으로 가리켰다. 쿠루미가 고개를 끄덕이자, 히비키는 필사적으로 생각하기 시작했다.

가능성은 두 가지…… 아니, 세 가지다.

첫 번째는 단순히 『그런 것을 불가능하다』는 것이다. 쿠루미의 〈자프키엘〉은 매우 특이하다. 아무리 게부라라도, 그것을 변이시키는 것은 불가능하다. 타당한 결말이라 할 수 있을 것이다.

두 번째 가능성은 『이 영역 안에서만 변화하며, 다른 영역으로 이탈하면 원래대로 되돌아간다』는 것이다. 게부라의 영력은 천변만화라 해도 과언이 아니며, 거대하고 치밀한 시스템으로 짜여 있다. 〈자프키엘〉조차도 그 영향에서 벗어날 수 없다. 하지만, 이 인계라는 세계에서는 다른 영역에 들어가면 다른 법칙이 성립된다. 그러니 다른 영역으로 이동하면 〈자프키엘〉의 변화도 풀리는 것이다.

……이 또한 타당한 생각이다.

그리고 세 번째. 『변화한 스킬은 영영 원래대로 되돌아가지 않는다』. 왜냐하면, 쿠루미도, 히비키도, 도미니언도, 이던전도, 전부 영력에 의해 구성되어 있는 것이다. 궁극적으로 보자면, 히비키의 발치에 굴러다니는 돌멩이도, 히비키도, 소재 자체는 동일하다. 현실세계의 산소와 질소는 원자 레벨에서 다르지만, 인계에서는 전부 영력이라는 동일한 것으로 이뤄져 있다.

—무시무시하게도, 논리적으로 생각해보자면 세 번째일 가능성도 충분히 있다.

토키사키 쿠루미가 정령이라는 점을 이제 와서 의심하는 건 아니다. 하지만, 그런 그녀조차도 인계의 법칙^{시스템}에 따르고 있다. 죽임을 당하면 죽으며, 불사의 존재가 아닌 것이다.

그렇다면…….

"……시스템 메시지의 표기가 이상하거나 하진 않은 거죠?"

"예, 정상이랍니다."

"그렇다면, 아마 그 변이는 진짜이고— 또한, 영구적으로 지속될 가능성이 커요."

"……그렇, 군요……."

"물론, 제 생각이 틀렸을 가능성도 있기는 하지만요."

"고마워요. 참고하겠어요."

"그런데…… 어떻게 할 거죠? 변이시킬 건가요?"

"아뇨. 원래대로 되돌아가지 않았을 때의 리스크가 너무 크니까요."

"맞아요~. 〈자프키엘〉의 능력은 엄청나니까요."

히비키는 지금까지 봤던 능력을 떠올렸다. 시간을 가속 및 감속시키고, 노화시키고, 되감고, 텔레파시 같은 것도 사용하고, 시간을 정지시키고, 분신을 만드는 것마저 가능하다.

쿠루미는 어찌된 건지 그 칭찬에 침묵으로 답했다.

확실히 〈자프키엘〉의 능력은 다른 무명천사와 비교해도 압도적이다. 하지만 한편으로 약점이 없는 것도 아니다. 직접적인 파괴력은 떨어지며, 여러 적을 한꺼번에 공격하는 것도 불가능하다([헤트]로 만들어낸 분신과 함께 공격하는 건 가능하다).

하지만 토키사키 쿠루미는 자신의 복잡한 능력을 충분히 파악하고 있으며, 그런 약점을 안고 있으면서도 온갖 강적과 싸워 이기며 지금까지 살아남았다.

쿠루미도 확신하고 있다— 인계에서 이겨올 수 있었던 것은 〈자프키엘〉의 힘 덕분만이 아니다. 토키사키 쿠루미가 이제까지, 필사적으로 살아남아왔기 때문이다.

히비키의 가설을 믿기로 한 쿠루미는 결단을 내렸다.

"……자아, 그럼 최종 보스와 싸우러 가볼까요."

"예, 힘내죠~!"

─결론부터 말하자면, 쿠루미 일행은 제10계층에 있던 소환술사와 싸우지 않았다. 만약 싸웠더라도 순식간에 해치웠을 것이다.

소환술사는 제5던전의 제1계층의 몬스터에게도 이길 수 없다. 그저 소환술사의 특성 중에 몬스터가 적대하지 않는다는 것이 있으며, 스킬인【던전 마스터】덕분에 이 던전의 도미니언으로서의 권한을 소유했기에 출현 몬스터를 자유자재로 조종할 수 있다.

그래서는 아니지만 소환술사는 이렇게 생각했다─ 토키사키 쿠루미와 싸우다 죽을 수 있다니, 정말 영광이라고 말이다.

퀸에게 필적하는 기량과 힘을 지닌, 악몽과도 같은 존재.

싸워서 이기면 좋고, 지더라도 후회는 없다. 비장의 카드(조커)는 이미 불러뒀으니까 말이다.

그리고 그 비장의 카드가 바로, 소환술사에게 최악의 결말을 안겨줬다. 던전을 파괴되는 굉음과 함께 나타난 그녀에게, 소환술사가 명령을 내리려던 순간─.

"어?"

죽었다, 고 생각했다. 이 자리에 나타난 그녀는 소환술사를 힐끔 쳐다보았다. 무기질적인, 감정이 깃들지 않은, 그리고 끝없는 허무가 담긴 눈동자에 꿰뚫린 순간, 혼이 으스러지는 듯한 충격을 받았다.

"커, 억……!"

소환술사는 입을 열었지만, 말을 할 수 없었다. 존재 자체가 너무나도 달랐다. 존재 강도가 너무나도 달랐다. 종족으로서의 격이 너무나도 달랐다.

……소환술사가 범한 실수를 하나 더 꼽자면, 움직이고 말았다는 것이리라. 소환술사는 비틀거리다, 무심코— 이곳에 찾아온 **그녀**와 가볍게 부딪쳤다.

"아."

우직, 하며 모든 것이 박살나는 소리가 들렸다.

◇

과거, 원초의 인계는 정령에게 지배를 당하고 있었다. 그것은 권력을 통한 지배가 아니라, 어디까지나 현상으로서의 지배였다.

폭풍이었다. 번개였다. 순수한 에너지였다. 파괴였다. 그 안에 악의는 존재하지 않고, 선의도 없으며, 또한 인간의 의지조차 느껴지지 않았다.

엎드려 벌벌 떨며, 하늘을 올려다볼 때마다 기도를 올렸다. 그것이 당시의 준정령들이 유일하게 할 수 있는 행위였으며, 또한 그것은 너무나도 무의미했다.

시대가 바뀌었다.

정령은 사라졌고, 준정령의 시대가 왔다. 소용돌이치는 영력은 인계를 발전시켰으며, 하나의 세계를 형성했다. 하지만, 준정령들은 마음 한편으로 두려워하고 있었다.

모든 것을 무로 되돌리는——— 괴물의 재림.

그것이 지금, 이름 없는 소환술사에 의해 이뤄졌다.

정령의 귀환, 재앙의 개선, 그야말로 악몽이 계부라 제5던전 제10계층에, 모습을 드러냈다.

"꺄앗?! 이이이, 이게 뭐죠?!"

진동과 엄청난 굉음을 들은 히비키가 비명을 질렀다. 창은 눈썹을 약간 찌푸렸고, 아리아드네는 사냥감을 노릴 때의 냉철한 눈빛으로 제10계층의 문을 노려보았다.

"무, 무슨 일이 벌어진 걸까요?"

"무슨 일이 벌어졌으니, 이런 소리가 난 거겠지."

"……가볼까~?"

아리아드네는 쿠루미를 쳐다보았다. 창도, 히비키도 마찬가지였다. 세 사람 다 쿠루미라면 당연히 이 문을 열거라고 생각하고 있었다.

하지만 쿠루미는 〈자프키엘〉을 꺼내 쥐는 것도 잊은 채, 양손으로 자신의 몸을 감싸 안았다. 그녀의 몸은 희미하게 떨리고 있었다.

"쿠루미, 씨?"

쿠루미만이, 그것을 눈치챘다. 이 문 너머에서는, 최악의 지옥이 기다리고 있다. 그녀의 범상치 않은 반응을 보자, 문을 열려던 다른 이들도 걸음을 멈췄다.

"……도망……."

쿠루미는 말을 끝까지 잇지 못했다. 쉬익 하는 미세한 소리가 들렸다. 창이 등을 보이고 있는 문에서, 얼음장처럼 차가운 바람이 불어온 것 같은 느낌이 들었다.

하지만, 그것은 **공격이었다.**

한순간, 창이 쿠루미가 신경 쓰여 걸음을 멈춰서 정말 다행이었다. 한걸음만 더 내디뎠다면, **그녀는 문과 함께 그대로 잘려나가면서** 이 세상에서 소멸되고 말았을 것이다.

창은 뒤돌아볼 수 없었다.

돌아본 순간, 죽을 거라고 직감이 속삭이고 있었다. 하지만, 등 뒤에 무언가가 있다는 것도 알고 있다. 그러니 돌아봐야만 한다— 하지만, 몸이 그것을 거부하고 있었다.

아리아드네는 눈을 감고 싶다고 생각했다.

봐선 안 되는 것을 본다는 것은 금기의 행위다. 확 잠들어 버리고 싶지만, 몸이 그녀 앞에서 잠드는 것을 거절하고 있었다.

전투 중에도 졸음이 몰려오는데, 그저 대치만 하고 있을 뿐인데 이렇게 잠기운이 달아난 것은 처음이었다.

쿠루미는 아까와 마찬가지로 떨고 있었다.

마주쳐서는 안 되는 존재, 싸워서는 안 되는 존재와 대치했다는 공포가, 온몸을 꿰뚫었다.

그리고 유일하게 히비키만이 제대로 말을 하고, 움직일 수 있었다.

"조심……하세요! 물러나요!"

그 말에 튕겨나듯, 창, 아리아드네, 쿠루미가 뒤편으로 몸을 날렸다.

"쿠루미 씨는『그녀』가 뭔지 알고 있나요?"

"……."

"쿠루미 씨!"

질타하는 듯한 그 외침을 듣고서야, 쿠루미는 정신을 차렸다.

"예, 예. 잘, 매우 잘 알고 있답니다. 정확하게 말씀드리자면, 알고 있는 건 그녀의 원천이 된 분이지만 말이에요."

이름은 기억나지 않는다. 하지만, 알고 있다. 그녀에 대한 정보는 본능에 새겨져 있는 것이나 다름없다. **동족**이기에…….

"그녀는 저와 같은 정령. 아마도 그 반전체랍니다. ……저와 마찬가지, 아니, 저 이상으로…… 이곳에 있어서는 안 되는 인물이죠."

이 자리에 있는 이들 모두가 경악했다. 그리고 경악을 하며, 눈앞의 소녀를 응시했다.

칠흑색으로 빛나는 갑옷, 어둠의 빛깔을 머금은 치마, 유리처럼 투명한 눈동자, 한손에 쥔 거대한 검.

그 모든 것이 아름답고, 광적이며, 절망적이었다.

순수한 괴물이자 허무의 재앙—이 이 자리에 존재했다. 일기당천의 소녀들이 아무 소리도 내지 못할 만큼, 눈앞의 존재는 이 인계 전체를 압도하고 있었다.

히비키가 겨우겨우 목소리를 냈다.

"여러분, 저 사람의 뒤편을 보세요……."

그리고 다들 눈치챘다. 파괴된 문 안쪽에는 산산조각이 난 채 소멸되고 있는 엠프티 한 명이 있었다. 그리고 바닥에는 복잡한 문양으로 무언가가 그려져 있었다.

"소환진 같네~? 그럼 저 엠프티는 소환술사일까……. 아, 혹시, 이걸 불러낸 걸까~? ……완전 바보 아냐~?"

아리아드네는 어이없다는 투로 중얼거렸다.

"부른다고 불러낼 수 있나요?"

"불러냈다기보다, 만들어냈다는 게 적절할지도 몰라. 몬스터와 같은 수단을, 훨씬 대규모로 써서."

"마법 스킬을 폭넓게 획득한 내 의견을 말하자면~, 소환 마법으로 저런 걸 불러내는 건 무리~. ……그걸 가능케 하려면, 어마어마하게 대규모 진을 구축해야만 할 거야~."

"얼마나 대규모여야 하는 거죠?"

"으음…… 이 영역 전체를 뒤덮을 정도~?"

아리아드네가 그렇게 말한 직후, 하늘에서 큰 목소리가 들렸다.

"틀렸어, 아리아드네! 정답은 인계 전체야!"

제5던전에 생긴 구멍을 통해 단숨에 최하층에 온 그 소녀는 창의 옆에 착지했다.

가슴 앞섶이 깊이 벌어진 무녀복을 입은 소녀였다. 드세어 보이는 눈동자에는 살의가 어려 있으며, 투쟁심을 드러내듯 거친 숨을 내쉬고 있었다.

"……사부?!"

창은 드물게 동요하며 고함을 질렀다. 사부라고 불린 카가리케 하라카는 영부를 손가락으로 들며 말했다.

"하고 싶은 말과 전해야 할 말이 없는 건 아니지만, 우선 이 녀석부터 어떻게 해야 해. 단언하는데, 이 녀석에게는 혼이 없어. 그저 자동적으로 움직이는 인형 같은 거야."

"인, 형…… 이, 이게 말인가요?"

히비키는 망연자실한 목소리로 그렇게 중얼거렸다.

"혼이 없다는 게 무슨 소리야~?"

"이 녀석에게 있는 건 전투능력 온리라는 거야. 그리고 주어진 명령조차 없어. 그저 생물로서의 본능만 지닌 거지."

"그렇다면……."

"해를 끼치려고 하면 요격을 해. 간단하지? 문제는 말이 야. 그 요격만으로 이 게부라가 붕괴될지도 모른다는 거야."

하라카의 말을 뒷받침하는 듯한 일이, 이 순간 일어났다.

제9계층에서 출현한 몬스터가 느닷없이 정령의 등 뒤에 나타났다. 아무래도 정령이 만든 구멍을 통해 낙하한 것 같 았다.

몬스터는 공포를 느끼지 않는지, 본능이 시키는 대로 정 령을 향해 송곳니를 드러냈다.

"▬▬▬▬."

중화기로 공기를 찢는 듯한 기이이이이이이잉 하는 굉음 이 울려 퍼졌다. 히비키는 비명을 지르며 귀를 막았다. 몬스 터가 먼지처럼 찢겨나갔다.

그리고 그 여파에 의해 등 뒤에 있는 방이 파괴됐다. 하라 카는 어이없다는 듯이 한숨을 내쉬었다.

"보다시피, 이 녀석은 자신을 공격한 상대에게 자동적으 로 요격을 해. 할 수 있는 건 그게 전부지만, 그에 따라 발 생한 무시무시한 여파에 다른 것들도 휩쓸려버리고 마는 거 야. 내버려둘 수는 없어."

"……그렇겠군요."

"그리고, 네가 토키사키 쿠루미지? 이 녀석의 약점, 알아?"

"약점이 없기 때문에 정령인 거랍니다. 최대 화력을 가장 빠르게 최대한 퍼붓는다, 같은 생각밖에 안 떠오르는군요."

농담 투로 대화를 나누고 있지만, 사실 절망적인 상황이다. 방금 일격만 봐도 이해가 됐다. 저것은 자신에게 닿은 모든 것에 죽음을 안겨주는, 그런 재앙이다.

"저기, 후퇴……할 수는 없나 보네요~. 예, 예, 알고 있다고요!"

히비키는 머리를 감싸 쥐더니, 쿠루미의 곁으로 다가갔다.

"왜 그러죠? 솔직히 말하자면, 저도 지금 여유가 없답니다."

"쿠루미 씨가 약한 소리를 할 때도 다 있군요. 저도 비슷한 심정이에요. ……저 사람, 역시 강한 건가요?"

"정령은 강하다 약하다 같은 말로 논할 수 있는 존재가 아니랍니다, 히비키 양."

"아…… 뭐, 그렇겠죠……."

히비키와 잡담을 나눈 덕분인지, 쿠루미의 어깨에 들어가 있던 힘이 아주 약간이지만 빠졌다. 쿠루미는 심호흡— 기합을 다시 넣었다. 눈앞에 있는 절망에, 도전할 기력을 억지로 끄집어냈다.

한편, 하라카는 창에게 말을 건넸다.

"창. 너한테 지원 스킬로 버프를 최대한 걸어줄 테니까, 저 녀석을 공격해보지 않겠어?"

공포 탓에 얼굴이 희미하게 질려있던 창은 그 말을 듣고 대담한 미소를 머금었다.

"사부는 매번, 도리에 맞지 않는 무모한 짓을 시켜. ……

알았어. 해볼게."

"아리아드네, 보아하니 너도 마법사 계통이지? 너도 협력해."

"알았어~."

"다른 두 사람의 능력은 나도 모르니까, 알아서 해."

"큭…… 느닷없이 나타난 준정령이 멋대로 지휘를 해대네
요! 뭐, 이야기의 흐름상 카가리케 하라카 씨 같지만요!"

"딩동댕~."

"기억 안 해도 되지만, 저의 이름은 히고로모 히비키! 그
리고 이쪽에 계신 토키사키 쿠루미 씨는 꼭 기억해두세요!"

하라카는 씨익 웃더니, 지원 스킬로 창의 방어력을 상승
시키기 시작했다.

"걱정하지 마. 창 덕분에 둘 다 똑똑히 기억하고 있어.
……어? 혹시 히비키가 리더였던 거야?"

"예? 그, 그게, 일단은……."

"그렇구나. 그럼 뒷일을 부탁해! 전투가 시작되면, 우리는
남 신경 쓸 여유가 없을 거야!"

"예, 에에에에엣?!"

히비키는 그 말을 듣고 절규를 토했다. 하라카가 히비키에
게 리더를 맡으라는 말도 안 되는 소리를 한 것이다.

쿠루미는 히비키의 어깨를 두드리더니, 웃으면서 말했다.

"자기만 농땡이 칠 생각 마세요, 히비키 양."

"아……."

그 농담을 들은 순간, 히비키가 느끼던 압박감이 사라졌다. 이제부터 이곳에는 종이 한 장 너머에 지옥이 기다리고 있는 수라장이 펼쳐진다. 발치에는 미덥지 못한 얇은 판자 하나뿐이다. 발에 너무 힘을 줬다간, 그대로 떨어지고 만다.

"쿠루미 씨, 고마워요."

"어머, 무슨 소리인지 모르겠군요."

"……할게요. 창 씨가 박살이 난 후에 진짜 싸움이 시작되는 거죠?"

"어이, 히고로모 히비키. 나는 박살이 날 예정인 거야?"

"아, 말실수 했어요. 누구라도 박살이 나면 그 순간에 이 싸움은 게임 오버예요! 여러분, 힘내죠!"

"오케이……. 그럼 선제공격을 하겠어!"

창은 우선 몸을 날렸다.

"하앗——!"

도약, 치켜든 변형 핼버드— 〈라일랍스〉. 거기서 적의를 느낀 걸까. 정령은 아무 말 없이 검을 치켜들었다. 그 여파만조차도 어마어마한 충격파가 되어 창을 덮쳤다.

"체, 엣……!"

그 충격파를 견뎌내지 못한 창의 몸은 그대로 밀려났다. 방어 계열의 버프를 복합적으로 걸었는데도 불구하고, 영장에 균열이 생겼다.

"정통으로 맞지도 않았는데, 단 일격에……."

히비키가 아연실색하며 그렇게 중얼거렸다.

"이번에는 내가 나서도 돼~?"

아리아드네가 손을 들며 그렇게 말했지만, 히비키는 제지했다.

"안 돼요. 이번에는 쿠루미 씨에게 부탁드릴게요. ……만약의 사태에 대비해, 자기 자신에게 【알레프】를 써주세요."

"알았답니다. 그럼―."

【알레프】로 몸을 가속시킨 쿠루미는 뒤편으로 도약하면서 정령을 겨눈 단총과 장총의 방아쇠를 당겼다.

"!"

정령은 아무 말 없이 그 공격에 반응했다. 하지만 회피가 아니라, 검을 휘둘러서 요격한다는 선택지를 골랐다.

그 공격의 충격파가 쿠루미를 향해 뻗어갔지만― 몸을 가속시킨 그녀는 그것을 피했다. 다른 이들은 급히 쿠루미에게서 떨어졌다.

"추가 탄환― 【알레프】!"

2중 가속. 종이 한 장 차이로 충격파를 회피― 동시에 사격. 이번에는 명중. 하지만 차원이 다른 강도를 자랑하는 정령의 영장이 쿠루미의 탄환을 간단히 막아냈다.

충격파가 빗나간 데다, 추가 공격까지 받았기 때문일까. 정령은 주저 없이 쿠루미를 향해 돌격했다.

"창 씨, 【함성】!"

"······라져!"

스킬 【함성】은 헤이트를 모으는 스킬이다. 그것이 정령에게 효과가 있을지는 히비키도 알지 못한다. 하지만 가능성은 높다고 생각했다.

정령이 반응을 보였다. 쿠루미가 아니라, 창을 표적으로 삼았다. 좋았어, 하고 생각하며 히비키를 주먹을 말아 쥐었다. 예상대로, 정령은 완전 요격형 몬스터와 움직임이 흡사했다. 창이 【함성】을 타이밍 좋게 써준다면, 다른 상대가 공격을 당하지는 않을 것이다.

"창 씨, 부탁해요! 방어에 전념하며 어떻게든 버텨 주세요!"

"무모한 소리 마, 히고로모 히비키. 하지만 해보겠어! 【방어 전념】!"

정령의 표적이 된 창은 〈라일랍스〉로 방어에 전념했다.

정령이 아무렇게나 휘두른 대검에서 뿜어져 충격파를, 창은 자신의 무명천사로 찢었다.

"충격파는 방어로 막아낼 수 있어. 하지만······."

충격파가 효과가 없다는 것을 학습한 건지, 정령은 걸음을 내디디며 대검으로 창을 직접 공격했다.

"큭······!"

정령이 대검을 내리긋자, 창은 〈라일랍스〉를 그어 올리면서 그 공격을 막아내려 했다.

그 순간, 눈앞에 번개가 떨어진 듯한, 처절한 소리가 터져 나왔다.

"하, 앗······!"

고통 탓에 얼굴을 일그러뜨리면서도, 창은 어찌어찌 버텨
냈다.

"아리아드네 씨, 하라카 씨, 정령에게 디버프를 걸어주세요."

"오케이~!"

"알았어!"

아리아드네가 실을, 하라카가 영부를 촉매로 삼으며 상태
이상을 부여하는 마법을 펼쳤다.

정령이 침묵에 빠진 직후— 가는 실이 그녀를 옭아맨 것
처럼 보였다. 슬로우 계통의 디버프지만, 정령은 표정 하나
바꾸지 않으며 그것을 찢어발겼다.

"미안, 실패야." —하라카가 한탄했다.

"마찬가지야~······." —아리아드네가 한숨을 내쉬었다.

"알았어요. 그럼 두 분에게는 창 씨의 엄호를 부탁드릴게요!"

히비키는 심호흡을 한 후, 떨어진 곳에 있는 쿠루미에게
말을 걸었다. 쿠루미는 아까부터 벽과 천장을 박차고 이동
하면서 사격을 펼치고 있었다.

하지만 그 공격이 통하고 있는 것 같지는 않았다. 정령의
영장이 쿠루미의 탄환은 무효화하며 튕겨내고 있었다.

"쿠루미 씨. 일단 사격을 멈추세요~! 그리고 최대 위력의
【어둠 마법】으로 공격하세요!"

"……알았답니다."

쿠루미는 분한지 입술을 깨물면서 사격을 멈췄다. 그리고 【어둠 마법】으로 공격했다.

"최대 위력의 【어둠 마법】이라면 『암일섬(闇―閃)』맞죠?"

히비키는 기록을 해뒀던 메모를 보면서 물었다.

"예. 설명을 보면 최대급의 어둠 속성 참격이라는 군요."

"하지만 이 공격에는 『흑각』의 위력 강화는 반영 안 되죠?"

히비키의 지적을 들은 쿠루미가 고개를 끄덕였다. 『암일섬』의 설명 란에는 위력 강화가 무효화된다고 적혀 있었다.

"그 점을 고려하더라도 최대 위력의 마법이랍니다."

"오케이. 해보죠. 효과는 없을 것 같지만요."

쿠루미는 그럴 리가 없다고 생각하면서도, 창이 정령에게서 떨어진 타이밍에 『암일섬』을 펼쳤다.

예를 들자면, 금속 배트로 철판을 두들겨 팬 듯한 소리가 났다.

그 소리의 크기는 어마어마하지만, 공격이 통한 듯한 느낌은 전혀 들지 않았다. 정령 또한 공격을 한 쿠루미를 힐끔 쳐다봤지만, 곧 창에게 다시 직접 공격을 날리기 시작했다.

"【어둠 마법】의 최대 공격도 통하지 않는 건가요."

쿠루미는 두통을 참듯 머리를 누르며 중얼거렸다.

"……그럼 다음으로 넘어가죠."

히비키는 긴장한 건지 마른 침을 삼켰다.

"예의 『다크볼』·『형상변화·탄환』에 『흑각』 5창 중첩 콤보로 공격해주세요."

"위력은 『암일섬』이 더 나을 텐데요?"

"그래도 해봐주세요. **제 예측이 옳다면 통할 거예요.**"

—웬일인지, 히비키는 그렇게 단언했다.

쿠루미는 잠시 눈을 깜빡거린 후, 빙긋 웃으며 고개를 끄덕였다.

"평소의 히비키 씨 같네요. 그럼 해보도록 할까요!"

"효과가 없다면 저한테 벌을 줘도 돼요."

히비키는 가슴을 펴며 선언했다.

"【어둠 마법】—『다크볼』·『형상변화·탄환』·『흑각』·5창 중첩."

쿠루미는 장총으로 표적을 조준했다. 정령의 공격을 지원 마법이 걸린 창이 필사적으로 막았다. 그러나 결국 창은 버텨내지 못하며 뒤편으로 밀려났다.

저격.

어깨에 강한 반동이 가해졌다. 검은색 탄환이 희미하게 커브를 그리면서 정령의 머리에 정통으로 명중했다. 정령의 머리가, 눈에 보이지 않는 무언가에 두들겨 맞은 것처럼 흔들렸다.

"좋았어!"

"명중했잖아요?!"

히비키는 주먹을 말아 쥐며 기뻐했지만, 공격을 명중시킨 쿠루미는 경악을 금치 못했다.

아리아드네, 하라카는 당황했고, 창은 이틈에 반격을 했다.

그리고 정령은 자신에게 달려드는 창을 무시하며 쿠루미를 노려보았다.

"쿠루미 씨, 창 씨에게 헤이트가 집중될 때까지 도망 다니세요. 아마 어마어마한 기세로 공격해올 거예요!"

"큭…… 【알레프】!"

몸을 가속시킨 쿠루미가 회피했다. 히비키도 허둥지둥 【은신】으로 이 자리를 벗어났지만, 그보다 빨리 정령이 쿠루미를 추격했다.

"거기 서!"

창이 그런 정령을 쫓아가려 했지만, 유도 미사일 같은 집요함, 그리고 맹렬한 기세로 쫓아간 정령이 쿠루미의 등을 향해 대검을 휘둘렀다.

"〈자프키엘〉…… 【자인】!"

뒤를 돌아본 쿠루미가 돌진해온 정령을 향해 〈자프키엘〉을 쐈다. 대인전에서 최강이라 해도 과언이 아닌 『시간 정지』의 탄환이지만, 정령은 그것을 맞고도 잠시 동안 움직임을 멈춘 후에 다시 움직였다.

하지만 그 잠시의 틈을 이용해, 창이 쿠루미와 정령 사이에 끼어들었다.

"―【함성】!"

그 목소리를 들은 정령이 표적을 창으로 변경했다.

"이럴 줄 알았어!"

유일하게 상황을 파악한 듯한 히비키가 그렇게 외쳤다. 일련의 공격을 통해, 저 정령의 특성을 대략적으로 파악한 것이다.

우선, 그녀는 몬스터. 생각을 하며 행동하는 준정령 같은 존재가 아니다. 소환술사가 왜 사망한 건지는 모르겠지만⋯⋯ 아마, 정령(편의상 『정령』이라 부르지만, 쿠루미와는 별개의 존재다)이 반사적으로 행동한 결과일 것이다.

그리고, 저 정령에게는 『이 던전에 침입한 자를 살해하라』라는 몬스터에게 주어지는 명령조차 주어져 있지 않았다. 만약 그랬다면, 더욱 격렬한 공격을 펼칠 것이다. 구체적으로 말하자면, 쿠루미 일행은 이미 전멸했을 게 틀림없다.

하지만 이렇게 어찌어찌 정령을 막아내고 있는 건, 그녀가 어디까지나 『공격을 한 자에게 요격을 한다』라는 시스템에 따르고 있으며, 또한 요격이 발동한 순간에 **몬스터로서의 지능을 획득하기 때문**이다.

쿠루미의 사격을 맞은 순간, 정령은 쿠루미를 쫓기 시작했다. 아마 대미지가 남아있는 동안은(혹은 창이 끼어들지 않았다면), 쿠루미를 계속 쫓았을 것이다.

그리고 『암일섬』이 전혀 통하지 않았는데, 초기 마법인 『다크볼』이 【형상변화】와 위력강화가 중첩됐다고는 해도 통한 것은, 정령이 지닌 몬스터로서의 특성 탓이 아닐까 하고 히비키는 생각했다.

……이 인계에서 준정령이 받은 대미지를 수치로 환산한다면, 그 수치가 동일할 경우에는 받는 대미지 또한 동일할 것이다. 넘어져서 머리를 찧었을 때와 머리를 두들겨 맞았을 때의 대미지 수치가 동일하다면, 그 대미지는 동일하리라.

하지만 이 게부라의 환상 구역에서는 『암일섬』과 『위력 강화 다크볼』의 수치가 동일하더라도, 받게 되는 대미지는 다르다.

그것은 시스템 면에서의 방어수치 때문이다. 대미지 중 일정 비율만 받게 해주는 것이다.

저 정령의 영장에는 그런 시스템 방어가 설정되어 있다. 그런 의미에서 봐도, 역시 그녀는 소환술사에 의해 창조된 몬스터가 틀림없다.

내부의 계산식에 의해, 『암일섬』은 대미지 수치가 계산되지 않으며, 거꾸로 『〈자프키엘〉의 탄환(위력 강화 상태)』는 대미지 수치가 계산됐다.

고 대미지 수치일수록 높은 비율로 대미지가 감소하며, 거꾸로 대미지 수치가 낮으면 그 비율 또한 낮아진다. 그리고 중요한 점이 하나 있다. **위력 강화 수치는 대미지 감산 계산에서 빠져 있는 것이다.**

즉— 단순한 100 대미지보다, 10×10으로 계산된 대미지가 더 크게 작용하는 것이다.

"창 씨, 버프를 받은 후에 작은 기술로 대미지를 반복해서 입히세요. 큰 기술보다 효율이 좋을 거예요!"

"히고로모 히비키, 알았어."

창은 하단 발차기를 날린 후, 〈라일랍스〉를 이용한 연속 공격으로 정령을 몰아붙였다.

히비키가 말한 것처럼, 큰 기술보다는 작은 기술이 대미지 효율이 좋았다. 적어도, 정령의 반응은 과민했다.

하지만 공격이 먹히고는 있지만 치명상과는 거리가 멀었다. 영장에 상처가 늘어나더라도, 곧 재생이 시작됐다.

"히고로모 히비키! 대미지를 들어가는 것 같지만, 재생이 빨라! 완전 회복되어버리니 그다지 의미가 없는 것 같아!"

"그, 그쪽 대책도 빨리 세울게요!"

아리아드네는 일류 직업인 마법사다. 아마 이 게부라의 도미니언인 하라카도 비슷한 직업일 것이다.

이 두 사람이 사용하는 디버프가 효과가 없는 것을 보면, 아마 디버프 자체가 통하지 않는다고 봐야 타당할 것이다. 전체 내성의 강화판을 지닌 것일까. 겨우겨우 통한 것은 쿠루미의 【자인】…… 1초도 채 안 되는 시간이었지만, 저 정령은 분명 정지됐다.

화상도 입지 않고, 저주도 통하지 않으며, 독도 먹히지 않는다.

물리적 대미지는 통하지만, 재생속도가 너무 빨라서 대미지를 늘릴 수가 없었다.

게다가 정령의 공격은 격렬하기 그지없었다. 지금은 겨우겨우 버티고 있지만, 곧 궁지에 몰리고 말 것이다.

"히비키 양. 당신의 말대로 대미지가 들어가기는 했어요. 하지만—."

"예. 〈자프키엘〉의 최대 무기인 【자인】조차 1초도 채 유지되지 않았어요. ……하지만, 1초 미만이라고는 해도 디버프가 들어가기는 했죠. 아마, 쿠루미 씨의 【시간 마법】—〈자프키엘〉만이 저 정령에게 통하는 유일한 디버프일 거예요."

논리적으로 생각해보면, 그런 결론에 도달한다.

아리아드네와 하라카의 마법으로는 디버프 그 자체의 위력을 강화할 수 없다. 독을 부여한다는 디버프에서 독의 양을 두 배로 늘린다, 같은 식으로 위력을 강화할 수 없는 것이다.

"유감스럽게도 【자인】을 남용했다간 제 시간이 바닥나고 말 거랍니다. 그건 강한 만큼, 시간의 소비도 격렬하니까요."

남은 【자인】의 사용 가능 횟수는 한두 번이 전부다. 쿠루미의 경험상, 【자인】을 두 번 쏘면 【알레프】조차 쓸 수 없을 만큼 시간이 고갈될 것이다.

"문제는 그걸 어떻게든 해야 된다는 거네요. ……확 그냥 도망쳐볼까요?"

"도망……?"

히비키는 정령 너머에 있는 파괴된 문을 손가락으로 가리켰다.

"이 방 가장자리를 빙글 돌아서 이동한 후, 정면에 있는 박살난 문을 통해 탈출하세요. 그냥 도망치자는 건 아니에요. 서둘러 마을에 가서, 긴급사태이니 시간을 회복한 후에 돌아와 주세요."

"과감한 작전이군요. ……괜찮겠어요?"

"괜찮지는 않겠지만, 괜찮을 수 있도록 해서 괜찮게 해볼 테니 아마 괜찮을 거예요. 그러니 서둘러 주세요, 쿠루미 씨!"

"……거의 착란 상태 같지만, 하고 싶은 말이 뭔지는 이해가 되는 군요."

"창 씨, 【함성】으로 주의를 끌어주세요!"

창이 고개를 끄덕이더니, 【함성】으로 정령의 관심을 끌었다. 그 사이에 공중에 둥실 떠오른 쿠루미는 정령을 신중히 관찰하면서 우회하려 했다.

정령의 공격에만 조심한다면 우회 자체는 쉬울 거라고 쿠루미는 결론지었다. 조금만 속도를 높여서 정령의 배후를 지난 후, 도약을 하려고 한 순간이었다.

"—어?"

한순간이었다. 단 한순간 만에, 정령이 토키사키 쿠루미에게 육박했다. 정령과 가장 근접한 상태에서 방어에 전념

하고 있던 창조차, 그 뒤를 쫓지 못했다.

회피도 요격도 허락하지 않겠다는 듯이, 정령은 쿠루미의 지근거리에 도달했다.

고(叩)와 참(斬).

절(切)과 단(斷).

분(分)과 절(絕).

쿠루미는 어깻죽지부터 대각선으로 베인— 직후……

"【달렛】……!!"

요격과 회피가 불가능하다고 판단한 쿠루미는 이미 그것을 기동시켰다. 〈자프키엘〉의 시간 역행이 시작되는 것과 동시에, 쿠루미는 정령을 걷어차며 거리를 벌렸다.

어깨에 박힌 검을 빼기 위해서는 어쩔 수 없는 행동이지만, 상상을 뛰어넘는 극심한 고통이 쿠루미를 덮쳤다.

"토키사키 쿠루미——!!"

창이 고함을 질렀고, 카가리케 하라카가 반사적으로 공격용 영부를 던졌다. 자신을 향한 적의에 반응한 정령은 검을 반원 모양으로 휘두르며 방패로 삼았다.

그것이 더한 혼란을 불렀다.

"천장이……!"

안 그래도 약해져 있던 던전의 천장과 벽이 붕괴됐다. 몇 톤이 넘는 바위가 쿠루미와 정령 사이를 분단했다.

"큰일 났다~……!"

아리아드네가 아연실색한 목소리로 그렇게 외쳤다. 쿠루미에게 적의가 향하지는 않겠지만, 몇 톤이나 되는 바위가 쿠루미의 행동 자체를 막은 것이다.

(어쩌지…… 어쩌지……!)

히비키는 패닉에 빠졌다. 창과 하라카, 아리아드네도 효과적인 전술을 찾아내지 못했다.

전멸, 이란 단어가 이 자리에 있는 이들 모두의 뇌리에 떠올랐다.

◇

끊어지고 이어지기를 되풀이하고 있던 의식이, 어찌어찌 연속성을 지니기 시작했다.

"아얏……."

【달렛】으로 시간을 역행시켰지만, 상처가 완전히 아물지는 않았다. 시간이 거의 바닥난 것이다. 현재의 쿠루미에게는 【알레프】조차 쓸 여유가 없었다.

하지만 몸을 일으킬 수 없는 건 아니다. 그러나 어깻죽지뿐만 아니라 다리도 아팠다. 살펴보니 무너진 바위에 다리가 깔려 있었다. 억지로 빼낸 순간 느껴진 고통을 통해, 다리가 부러졌다는 것을 이해했다.

있는 그대로 보자면, 토키사키 쿠루미는 빈사나 다름없는 상태에 처해 있었다.

"여기는……."

엉망으로 파괴되어 있기는 하지만, 아직 제5던전의 어딘가라는 사실은 알 수 있었다. 다행스럽게도 주위에 몬스터는 없었다. 아무리 쿠루미라도 현재 상태로는 제1계층의 몬스터한테도 이길 수 없을 것이다.

"회복, 을……."

【어둠 마법】과 【시간 마법】에는 회복 계통의 마법이 없다. 일시적으로 다른 스킬의 포인트를 환원해서, 【물 마법】의 초급 회복 마법을 획득하면 문제가 없겠지만…….

system error— 아무리 눌러도, 자신이 취득한 마법 이외의 항목은 전부 시꺼먼 상태라 조작할 수가 없었다.

"아, 큭—."

어깻죽지의 상처가 아팠다. 단순히 베이기만 한 것이 아니라, 마치 그 상처를 통해 피와 그 이상의 무언가가 유출되고 있는 것 같았다.

"……어?"

눈앞에는 붉은색과 검은색 반점으로 뒤덮인 기묘한 구조물이 있었다.

"컴파일……?"

하지만 컴파일의 징후 같은 것이 없었다. 게다가 아까 전의 것보다 훨씬 작고, 또한 금방이라도 무너질 것처럼 약해 물러 보였다.

『만져서는 안 된다.』

『방금 상처에서, 봉인되어 있던 것이 튀어나왔다. 이것은 **나**의 기억, 소중한 보물, 계속 감춰왔던 것, 언젠가 마주해야만 하는 것.』

정보가, 말이, 멋대로 흘러들어왔다……!

"이게, 대체……?!"

패닉에 빠졌는데도, 팔이 멋대로 움직였다.

『두려워하던 것과, 마주하도록 하세요. 더는 두려워할 필요가 없으니까요.』

떨리는 손가락 끝이, 그 기억에, 살며시 닿았다.

◇

슬라이드 쇼. 흘러나온 기억에는, 벌레에 파 먹힌 것처럼 구멍이 나있었다.

하지만 그래도 알 수 있다. 알고 말았다. 실감이 났다. 닿은 순간의 감정마저 되살아났다.

나는 그 사람이 사랑스러워서, 처음이자 마지막 사랑을 했다.

적인데도 상냥했다. 적인데도, 손을 내밀어줬다. 웨딩드레스를 입은 자신에게, 얼떨떨해 하면서도 미소지어줬다.

하루도 채 되지 않는, 잠시에 가까운 시간을 위해서라면 그 무엇도 아깝지 않다고 생각했다.

그래서 **칠석의 종이**에 이런 소원을 적었다.

다시 한 번, 다시 한 번, 부디, 단 한 번만이라도, 만나고 싶다.

『――씨와 다시 만날 수 있기를. 토키사키 쿠루미』

만나고 싶다.

하지만 이미 알고 있다. 나는, 그때, 그 장소에서, 어둠에 삼켜진 순간, 틀림없이―― 죽었던 것이다.

"……아아, 그래요."

눈물이 났다. 그 정령의 일격이, 모든 것을 드러나게 했다.

"저는 분신. 그리고 그 사람을 사랑하게 된 후―."

죽었다.

건너편 세계에서 소멸되어 사라졌다.

알고 있는 사실이다. 인계에 존재하고 있으니 말이다.

……원망할 생각은 없다. 본체인 토키사키 쿠루미와 같은 입장이라면, 자신도 그렇게 했을 것이다.

왜냐하면― 왜냐하면, 토키사키 쿠루미의 반역은 반전체를 탄생시킬 수 있기 때문이다.

다른 정령과 달리, 토키사키 쿠루미는 반전체가 되려 하

씨와 다시 만날 수 있기를.

는 상황에 처하는 것조차 위험했다. 왜냐하면, 그것은 【헤트】로 분신을 만들 때에 **위험한 불온분자를 만들어내는 것**으로 이어질 수 있기 때문이다.

"―어머, **저**답지 않게 꼴이 참 말이 아니잖아요."

쿠루미는 퍼뜩 놀라며 고개를 들었다. 어둠 속에는 테이블 하나와 의자 두 개가 놓여 있었다.

그리고 그 의자에 앉은 소녀가 웃음을 흘리며 자신을 응시하고 있었다.

"드디어 생각이 났나 보군요."

토키사키 쿠루미가, 눈앞에 있었다.

"당신은…… 아니, 『저』……는……?"

고통이 느껴지는 발로 겨우겨우 몸을 일으킨 쿠루미가 의자에 앉았다. 눈앞에 있는 자신은 상처 하나 없으며, 우아한 미소를 머금고 있었다.

"잠시 이야기 좀 나누죠, 『저』."

마주앉아서, 자기 자신을 조용히 노려보았다.

"시간이란, 저희에게 있어서 무엇이죠?"

맞은편에 있는 『쿠루미』가 그렇게 말했다. 상대방이 무슨 말을 하려는 건지 이해 못한 쿠루미는 고개를 갸웃거렸다.

"시간이란 진실을 거짓으로 만든답니다. 한때 좋아했던 것이, 시간의 흐름에 따라 빛바래면서 부끄럽게 느껴지듯 말이죠."

"……그건…… 당연한 것 아닌가요……."

과거에 멋지다, 예쁘다고 여겼던 것이다. 하지만 시간이 지나면서 그런 것을 좋아한다는 사실이 부끄럽게 느껴졌다.

인간의 심리는 시시각각 달라진다. 아무리 신뢰하던 자라도, 그 자에게 배신을 당한다면 증오하게 될 것이다.

"반대로, 그저 방해되는 존재였던 분이 사랑스러운 이로 변하는 경우도 있죠."

"……당신은, 아니……『저』는……."

"알고 있다시피, 저는 『저』가 되기 전의 저랍니다. 그 분의 이름도 모르고, 사랑도 모르며, 그저 사명감에 따라 싸우는 저죠."

쿠루미는 눈앞의 자신이 정체모를 존재처럼 느껴졌다. 같은 얼굴, 같은 목소리, 같은 말투를 지녔지만, 사상이 너무나도 달랐다.

"그리고, 당신—『저』가 눈을 돌려왔단 사실을 직시하게 하는, 토키사키 쿠루미랍니다."

"……제가 죽었다는 사실을, 말인가요?"

눈앞의 자신이 미소를 지으며 고개를 끄덕였다.

"저는 그 순간, 분명 죽었어요. 틀림없이, 의심할 여지도 없으며, 구원의 가능성은 전무할 정도로 완벽하게, 사망했죠. ……그 절망과 공포가 저의 기억을 봉인했어요."

"……그랬, 군요……."

이렇게 소중한 기억을 봉인한 건, 다름 아닌 자기 자신이다. 자신이 죽었다는 사실을 인정할 수 없어서— 그런데도, 그 사람의 기억을 갈구하며, 발버둥을 쳐왔다.

　"뭐, 그것은 미래의 제가 한 선택이죠. 지금은 코앞까지 닥쳐온 일부터 해결해야 하지 않을까요?"

　"코앞까지 닥쳐온 일……?"

　쿠루미가 고개를 갸웃거리자, 눈앞의 소녀는 한숨을 내쉬며 쿠루미의 뒤편을 손가락으로 가리켰다. 뒤를 돌아본 쿠루미는— 눈을 치켜떴다.

　어깨가 피범벅이고, 다리가 부러진, 빈사 상태의 토키사키 쿠루미가 흐릿한 눈빛을 머금은 채 쓰러져 있었다.

　"곧 죽을 거랍니다. 그래서, 저는 이렇게 선택을 강요하는 거죠. **어떻게 할 건가요?**"

　즐거운 듯이 옅은 미소를 머금은 소녀에게 죽음을 선고당했다. 말투는 가벼웠지만, 그 사실은 무거웠으며, 무엇보다 진실의 울림이 어려 있었다.

　"……뭘, 어쩌라는 거죠?"

　눈앞의 소녀가 손가락을 흔들자, 눈에 익은 스테이터스 화면이 표시됐다. 그녀는 【시간 마법】을 선택하더니, 예의 선택지를 보여줬다.

　"불가역적이군요. 선택을 하면 돌이킬 수 없고, 어떻게 될지도 모르며, 행선지 또한 알지 못한답니다. 하지만 선택하지 않는다면 『저』는 죽고 말아요."

"그건—"

"이대로 토키사키 쿠루미로서 죽는 것도 괜찮겠죠. 분신다운 최후라고 생각하지 않나요?"

—아아, 그렇구나.

쿠루미는 이해했다. 그녀의 말에 깊이 납득했다.

눈앞의 그녀는 과거의 자신이다. 목적을 달성하기 위해서라면, 언제 죽어도 괜찮다고 생각하던 시절의 자신이다. ……그렇다. 확실히 과거의 자신이라면 그렇게 생각했을 것이다.

과거는 보석처럼 소중하지만…….

미래는 황금처럼 귀중하지만…….

"—아뇨. 전혀 그렇게 생각하지 않는답니다, 『저』. 저는 살아갈 거예요."

"혹시, 라는 미래를 위해선가요?"

"그것도 이유지만, 지금은 코앞까지 닥친 문제를 해결해야 한답니다."

도움을 바라고 있는 동료가 있다.

아직도 싸우고 있는 전우가 있다.

목숨을 걸고 자신을 따라온, 소중한 친구가 있다.

만약, 만약 이대로 죽음을 선택해 그녀들을 버린다면……. 죽는 순간에 그 사람의 얼굴을 떠올리는 것조차 용납되지 않을 거라고, 쿠루미는 생각했다.

사랑을 했다.

사랑을 한 것이다. 그래서, 그 사랑과 **똑바로 마주하지 못하게 될 짓은 절대 하고 싶지 않다.**

테이블 너머에 있는 토키사키 쿠루미가 한숨을 내쉬었다.

"이해가 안 되는군요. 그 분들이 그렇게 소중한가요?"

"……그래요. 때때로 짜증나고, 때때로 화나게 하지만, 때때로 너무 재미있으며, 때때로 어처구니없고, 때때로 시끌시끌하며, 때때로— 너무나도, 소중하답니다."

"그런가요. 역시 『저』는 이제 저와는 다른 존재군요. 부디 뜻대로 하세요."

스킬 취득 윈도우가 쿠루미의 앞으로 이동했다.

불가역(不可逆).

결코 변하지 않는다. 되돌릴 수 없다.

"……생각했던 것보다 더, 용기가 필요하군요."

손가락이 떨렸다. 목이 말라 들어갔다.

"스스로도 이해하고 있기 때문이랍니다. 이것을 선택한 순간, **토키사키 쿠루미가 아니게 된다**는 것을 무의식적으로 받아들이기 때문이죠. 그리고 한 말씀 더 드리자면…… 당신의 능력을 변화시키는 건 이 게부라의 시스템이 아니랍니다. 바로 **당신 자신이죠.** 원래, 당신은 게임 시스템에 포함되기에는 이질적이었죠. 스테이터스의 버그가 그 증거예요."

쿠루미는 그 말을 듣고 납득했다. 이 스킬 변화 메시지는 외부로부터의 간섭이 아니다. 그저 자신의 내면에 원래 있던 것을 끄집어냈을 뿐인 것이다.

"그 말을 듣고 안심했어요. 저의 능력이 제삼자에 의해 함부로 뜯어고쳐지는 걸지도 모른다고 생각했죠. 그렇다면, 저 스스로 판단을 내리기만 하면 되겠군요."

그렇게 말했지만, 손가락이 떨렸다.

하지만, 이미 결심했다. 다양한 이유가, 신념이, 정이, 이 떨리는 손가락을 밀어줬다. 그리고 무엇보다······.

―변화를 두려워하는 건 도리지만······.

―앞으로 나아가지 않는 건, 절대 싫다.

토키사키 쿠루미의 의지야말로, 마지막 카드였다.

『【시간 마법】을 재구축합니다.』

『〈자프키엘〉이 변화합니다.』

『〈시간을 먹는 성〉의 유효범위가 확장됩니다.』

『토키사키 쿠루미로서의 동기화 시스템을 차단합니다.』

『【유드 알레프】와 【유드 베트】의 능력이 현재 상황에 적합한 것으로 변화합니다. 이 변화는 불가역합니다.』

『―당신은, 이제, 그 누구도 아닙니다.』

"그럴지도 모르겠군요. 하지만, 제가 누가 될지는―"

제가 정하겠어요.

손가락이, 버튼을 눌렀다.

그와 동시에 테이블이 사라지고, 의자가 사라지더니, 눈앞의 토키사키 쿠루미가 노이즈에 휩싸이며 사라졌다.

"그럼 안녕히 가세요. 참, 당신은 대체 누구죠?"

"저는 토키사키 쿠루미랍니다. ……하지만, 아마 여러분과는 다른 누군가일 테죠."

그리하여 쿠루미는 빈사의 상태에서 귀환했다.

어깻죽지에서는 여전히 피와 영력이 흘러나오고 있었으며, 이대로 있다간 죽고 말 것이다.

이대로 있다간, 말이다.

이제까지 쿠루미는 몬스터에게서는 시간을 빼앗을 수 없었다. 빼앗을 수 있을 거라는 실감이 없었다. 하지만 지금은 **할 수 있다**는 감각이 온몸에 감돌았다.

그들에게 주어진 시간은 적지만, 그들은 영력이 순환되는 한 무한히 재출현된다. 다소 시간이 걸리겠지만, 사고능력과 감정이 전무한 몬스터를 상대로 쿠루미가 자비를 베풀 리도 없다.

"……〈시간을 먹는 성〉."

그림자가 자신을 중심으로 샘솟아 나오더니, 제5던전을 뒤덮었다.

○여행의 끝에서, 부디 기도를

비나, 알현실.

—불태워졌을 때의 일을 떠올렸다. 그것은 정말 불합리하고, 어처구니없으며, 화나는 일이었다.

—총에 맞았을 때의 일을 떠올렸다. 그것은 **최악**이었다.

아무리 시간이 흘러도, 그 공포와 분노만은 잊을 수가 없다. ……아니, 시간 같은 건 이 인계에서 의미가 없다고 해도 과언이 아니다.

"게부라에 유사 정령이 실체화해서 날뛰고 있지만 전체 유입량에는 변동이 없나. ……그렇다면 이걸로 결론이 났군."

알현실에는 아무도 없다. 평소 퀸의 시중을 드는 엠프티들도 없다. 그들을 총동원해 게부라를 공격하고 있는 것이다. ……이제 이 성에도 볼일은 없다. 원래 이곳의 도미니언이었던 까르트 아 쥬에가 원한다면 줘도 괜찮겠다고 소녀는 생각했다.

바로 그때, 소녀의 눈썹이 희미하게 떨렸다. 그녀 본인의 의지에 의해서가 아니라, 입이 멋대로 움직였다.

"호크마. 역시 호크마에 있는 거네. 케테르로 이어지는 게이트와 파이프라인의 입구 말이야. 하지만 일전에 조사했을 때는 게이트가 존재하지 않았다는 보고를 받았잖아."

『레이디』가 부드러운 어조로 그렇게 말하자, 『제너럴』은 약간 짜증 섞인 딱딱한 목소리로 답했다. 이 두 사람은 퀸의 인격 중에서도 가장 『뜻』이 맞지 않았다.

"……게부라와 마찬가지다. 게이트를 숨기고 있는 거겠지. 그렇다면, 그 장소는 도미니언인 유키시로 마야만 알고 있을 거다."

"그래. 그럼 전력을 게부라에서 호크마 쪽으로 돌릴까?"

"어리석군, 『레이디』. 우리는 물량으로 게부라의 방위군을 몰아붙이고 있지만, 두 영역을 동시에 상대하려 했다간 수적으로 열세에 처한다. 게부라에서 호크마로 향하기 위해서는 티파레트를 경유해야만 하는데, 그러다간 협공을 당하지."

"그럼 어떻게 할 거야? 병사를 대동하지 않고, 우리만 갈까? 그것도 어리석인 생각 아니려나?"

"삼기사를 다시 만드는 건 어떨까 합니다. 그녀들을 호크마에서 날뛰게 한 틈에, 저희가 그것에 도달하는 겁니다."

『제너럴』은 『레이디』가 아니라, 다른 인격을 향해 그렇게 말했다.

그녀가 공경하는 상대는 이 세상에 단 한 명— 단 하나의 인격뿐이다. 진정한 『여왕』…… 옥좌에 앉아있는 소녀의 메인 인격이다.

잠시 동안 침묵이 이어진 후, 차분한 목소리가 알현실에 울려 퍼졌다. 『레이디』의 달콤하고 부드러운 말투도, 『제너럴』의 엄격한 말투도 아니었다. 예를 들자면 투명한 물처럼 무해한 목소리였다.

"삼기사를 다시 만드는 건 괜찮아요. 하지만 당신의 제안에는 부족한 점이 하나 있군요. 누구를 전갈의 꼬리로 찌를 것인가, 라는 점이에요."

"……엠프티면 괜찮지 않겠습니까?"

"**평범한** 엠프티로는 안 돼요. 『정치가』에 따르면 엠프티에게도 삼기사와의 상성이 있다는 것 같군요. **죽고 싶어 하는 자, 살고 싶어 하는 자,** 희망을 가진 자, 절망을 품은 자."

"……그 아이들에게 개성이 있었구나. 의외네. 겉모습은 전부 똑같잖아."

"그럼 어떻게 하시겠습니까? 적성이 있는 자가 나타나길 기다리겠습니까?"

"아뇨. 『폴리티션』이 적성을 지닌 자를 한 명 찾아뒀어요. 우선 그 애만이라도 손에 넣는 편이 좋겠다는 군요. 저도 그 의견에 찬성이에요. 다른 이들은 적당히 고르도록 하죠."

서브 인격인 두 사람은 적성을 지닌 소녀의 이름을 듣고 숨을 삼켰다.

"—흠. 『여왕』이시여. 실례지만 그건 **사적인 원한에서 비롯된 판단이 아닌 거지요?**"

『제너럴』이 지적을 하자, 『여왕』은 웃었다. 기품이 묻어나는 웃음을……

"물론이죠."

퀸의 육체가 자리에서 일어났다. 조작권한을 『제너럴』에게
양도한 『퀸』은 휴면 상태에 이행했다.

이런이런, 하고 말한 『장군』은 혼잣말을 중얼거렸다.

"……원한 때문에 이러는 것이 아니라면 좋겠지만……."

아무튼 방침은 결정됐다. 『제너럴』은 어디까지나 서브 인
격이지만, 그래도 토키사키 쿠루미를 향한 증오한다는 점에
는 변함이 없었다. 그리고 이 인계란 존재에 대해서도…….

결국, 그녀들은 모든 것을 미워했다. 자신을 헌신적으로
따르는 엠프티들마저도 말이다.

퀸에게 있어, 이 인계는 천국이 아니다. 그저 끝없는 지옥
이다.

◇

절망적인 상황이다. 가속한 정령이 날린 공격을 창과 카가
리케 하라카가 필사적으로 막아내고 있다.

히비키 또한 필사적으로 공격을 피하고 있었다. 자신의 무
명천사로 막아낼 생각은 절대 하지 않았다. 그녀가 지닌 대
검은 허구이기는 해도 무시무시할 정도로 강력했다.

아마 맞닿은 순간에 무명천사는 박살나고 말 것이다. 그래
서 히비키는 상대가 공격을 날린 순간에 전력으로 회피하면
서 뒷일을 천운에 맡긴다고 하는 전법을 쓸 수밖에 없었다.

아리아드네는 이미 전선에서 이탈했다. 미처 회피하지 못한 정령의 검이 복부를 스친 결과, 벽에 내동댕이쳐지듯 나가떨어진 것이다.

살아있기는 하지만, 전선 복귀는 절망적일 것이다. 지원마법이 끊어진 탓에, 정령의 공격이 더욱 격렬해졌다.

—아, 그렇지 않다.

공허한, 혼이 담겨 있지 않던 이 정령은, 서서히 혼을 구축하기 시작했다. 히비키 일행의 필사적인 저항을 성가시게 여기기 시작했고, 공격에 공포를 느끼기 시작했으며, 그에 따라 공세가 격렬해진 것이다.

"▬▬▬▬▬."

정령이 입을 벌렸다. 그리고 말이 아닌 포효가 터져 나왔다. 그것은 상대를 위축되게 하고, 스스로를 독려하는, 소리 아닌 목소리였다.

"큭……!"

그 기백에 압도당한 탓인지, 하라카의 전투태세가 한순간 무너졌다.

"사부!"

"바보……!"

창은 한순간, 하라카에게 정신이 팔렸다. 그리고 정령이 그 틈을 놓칠 리가 없었다.

무자비한 일격이, 하라카와 창을 덮쳤다.

"〈라일랍스〉……!"

창은 반사적으로 자신의 무명천사로 공격을 막으려 했지만, 정령의 공격을 막아낸 해머 형태의 무명천사가 한계에 도달하며 파괴됐다.

"아—."

창에게 보호를 받던 하라카가 이번에는 자신의 영부를 발동시켰다. 모든 방어 효과를 중첩시켰지만, 정령의 대검 앞에서는 『겨우 목숨을 부지했다』 정도의 결과만을 가져왔다.

튕겨져 날아간 두 사람은 그대로 벽에 내동댕이쳐졌다.

"……."

히비키는 멍하니 선 채, 창과 하라카를 살펴보았다. 겨우겨우, 겨우겨우, 두 사람 다 살아 있었다. 하지만 그게 전부다. 창은 머리에서 피가 흘러나오는 가운데, 몸을 웅크린 채 부들부들 떨고 있었다.

공포 때문이 아니라, 단순히 대미지가 극심해서 움직이고 싶어도 움직일 수 없는 상태 같았다.

하라카는 초췌한 표정으로 히비키와 정령을 쳐다보고 있었다. 정령의 눈이 히비키를 포착했다.

"……윽!"

정령이 한걸음 내디뎠다. 히비키는 그에 맞춰 한걸음 물러났다. 공격을 받은 게 아닌데도, 정령은 서서 움직이고 있는 준정령을 우선적으로 죽이려 했다. 히비키는 주저 없이 회

피 보조 용도로 획득해뒀던 【미래시】 스킬을 삭제한 후, 회
피 랭크의 상승에 투자했다.

틀림없다. 본능조차 결여된 기계 같던 정령은 다른 존재
로 다시 태어나려 하고 있었다.

그것은 원래라면 축복받아야 할 일일지도 모른다. 기계적
인 존재가 혼을 지니게 됐으니 말이다.

하지만 히고로모 히비키에게 있어서는 최악 그 자체의 상
황이었다. 치켜든 대검— 이제까지라면 【미래시】로 공격의
궤도를 읽은 후에 회피했겠지만, 그래서는 늦는다는 것을
히비키는 실감하고 있었다.

【미래시】 없이 공격을 읽고, 즉시 회피하는 수밖에 없다.
주위의 공기가 타들어가는 냄새가 감돌았다.

대검이 어렴풋이 빛나기 시작했다. 오한— 검의 끝에 빛이
집속된 순간, 히비키는 옆으로 몸을 날렸다.

이제까지는 그저 충격파만 날렸지만, 어느새 에너지를 동
반한 공격으로 바뀌었다. 던전의 벽, 바닥 가리지 않고 사방
팔방이 그 공격에 의해 파괴되어갔다.

히비키의 호흡이 가빠진 것은 공포 탓이다. 이제까지 몇
번이나 죽을 뻔 했지만, 이번이 가장 위험하다고 그녀는 생
각했다.

……그리고, 과거에 인계에 있던 준정령들이 정령을 『재해』
라고 부른 것도 이해가 됐다. 눈앞의 소녀가 쿠루미처럼 희

로애락의 감정을 보이더라도, 이 힘을 본다면 도망치고 말았을 것이다.

다리가 피로 탓에 떨렸다. 방금은 모든 신경을 집중시켜서 도약했지만, 두 번은 무리다. 즉, 다음번에도 공격을 피할 가능성은 극히 낮았다.

토키사키 쿠루미의 모습은 보이지 않았다. 시간을 재는 건 관둔지 오래다.

……미래를 생각하는 것도 관뒀다. 중요한 것은 눈앞의 위기를 벗어나는 것뿐이다. 순서는 변함없다. 지금은 토키사키 쿠루미도 생각하지 않는 편이 낫다.

이마에 맺힌 땀이 방울져 흘러내리기 시작했다.

큰일 났다, 하고 히비키는 생각했다. 땀이 눈에 들어갈 것만 같다. 손으로 땀을 닦고 싶지만, 공포와 긴장 탓에 그런 단순한 행동도 매우 어려웠다.

하지만 어찌어찌 팔을 움직여서 손가락 끝으로 이마의 땀을 닦았다.

하지만 그 순간, 무심코, 실수로, 히비키는 손가락으로 자신의 시야를 가렸다. 다음 순간, 정령이 히비키의 눈앞에 나타났다.

"아──."

아차, 하는 심정도 물론 있었다. 하지만 눈앞에 있는 정령의 아름다움과 무시무시함이 그런 감정을 전부 날려버렸다.

—아, 죽었다.

확신하고 말았다. 1초 후, 머리부터 양단된 자신의 모습을 상상할 수 있었다.

정령이 검을 치켜들었다— 그리고 휘두른 순간, 자신의 생각도 꿈도 희망도, 전부 끝나고 말 것이다. 아아, 그건 그렇고…….

검을 치켜든 정령은 용맹함과 아름다움을 겸비하고 있었다. 최후의 순간, 이렇게 아름다운 존재에게 아름답게 썰려나가는 최후도 나쁘지는 않—

"아뇨, 나쁘거든요?! 결과적으로 두 동강이 난다는 사실에는 변함이 없다고요!"

너무나도 어이없는 생각을 한 히비키는 반사적으로 고함을 질렀다. 혼자서 만담을 하는 것 같았다. 타고난 기질이, 그녀에게 그런 대사를 무심코 내뱉게 했다.

그리고 그것이, 기적을 일으켰다.

"……어?"

히비키가 갑자기 괴성을 지르자, 기계적으로 움직이고 있던 정령 또한 당황하고 말았다. 이 어처구니없는 말로 번 시간은 겨우 5초에 불과했다.

하지만, 그 5초는 너무나도 치명적이었다.

하라카는 보았다. 정령의 머리에서 복부까지의 부위에 총탄이 박히는 순간을…….

"다섯 발인가……."

"아냐."

창의 말을 들은 하라카가 고개를 저었다.

"방금은 틀림없이 다섯 발이었어. 잘못 센 거야?"

"그렇지 않아. 저기 봐."

하라카가 손가락을 곳을 쳐다보자, 아연실색한 히비키와 그녀에게 등을 보이고 선 정령의 모습이 눈에 들어왔다. 정령의 등에는 생채기 하나 없었다.

"……환각인가?"

"아냐. 아마, 저건— 살기."

창은 그렇게 말하며 옅은 미소를 머금었다. 그렇다. 저것이다. 저게 바로 그녀다. 슬그머니 등 뒤에 서서, 살기가 담긴 눈길로 노려본다면, 누구라도 눈치챌 것이다.

일류 전사라면, 그 살기를 통해 상대의 실력을 유추할 수 있을 것이다. 그 살기를, 총이나 칼 같은 이미지로 자각할 수도 있다.

하지만 그것은 무관계한 타인도 느끼게 한 것은 범상치 않은 일이다.

"살아 있었어……!"

환희에 사로잡힌 온몸이 떨렸다. 창은 비틀거리며 몸을 일으키더니, 파괴된 〈라일랍스〉를 고쳐 쥐었다.

"아리아드네, 사부. 쉴 때가 아냐."

"나도 알아~, 하아······."

"아아, 젠장. 용케도 살아있네. 게다가 완전히 회복됐잖아. 너무 늘어져 있었던 거 아냐?"

카가리케 하라카는 쿨럭 거리면서 빈정거리듯 그렇게 말했다.

"죄송하군요. 그래도 최선을 다해 서두른 거랍니다. 몬스터에게서 전투가 가능해질 정도의 시간을 보충하는 건 어려워서 말이죠."

천 마리 이상의 몬스터에게서 시간을 빨아들였다. 그 덕분에 【자인】은 물론이고 **예의 탄환**도 쓸 수 있게 됐다. 쿠루미가 유드 알레프와 유드 베트와 교환해서 얻은 그 탄환은 이 상황을 타개할 수 있을 정도의 가능성을 지니고 있었다.

"▬▬▬▬."

그림자가 정령을 향해 다가가고 있었다. 원래라면 즉시 공격을 해야겠지만, 정령은 움직이지 않았다.

"자아, 저나 당신이나 순수한 정령과는 거리가 먼 반편이죠. 그건 인정하겠어요. 하지만 공감도, 공동도, 우호도, 교섭도, 저희에게는 필요하지 않고, 또한 어울리지도 않죠."

등 뒤에는 거대한 회중시계, 손에는 고풍스러운 총, 그리고 칠흑빛의 화려한 갑옷이 용맹한 느낌을 자아내고 있었다.

그런 소녀가 키히히히히, 하고 웃었다. 히비키는 그 웃음소리를 들으며 반갑다는 느낌마저 들었다. 헤어지고 30분도 채 지나지 않았는데도 말이다.

아아— 토키사키 쿠루미는, 저기에 있다.

"▬▬▬."

"자아. 시작해볼까요, 정령 씨. 저희의 전쟁을 말이죠!"

정령의 대검이 빛을 머금었다. 그 모습을 본 쿠루미는 눈을 깜빡였다.

"어머, 어머."

"▬▬▬!"

대검이 휘둘러진 순간, 파괴적인 에너지를 머금은 빛이 뿜어져 나왔다. 그것을 본 쿠루미는 아무 말 없이 총을 겨눴다. 그 방대하고 순수한 힘을 두려워하지 않으며, 부드러운 목소리로 고했다.

"〈자프키엘〉— 【자인】!"

정지. 정령이 아니라, 정령이 만들어낸 에너지파의 운동이 완전히 정지됐다.

"거짓말……."

하라카가 아연실색하는 것도 무리는 아니다. 말도 안 된다. 당치도 않다. 확실히 그녀의 탄환은 명중한 대상의 시간을 정지시킨다. 그러니 영력 덩어리 같은 에너지파 또한 고정시키는 것이 가능할 것이다.

하지만 쿠루미가 그렇게 인식하고 있을 때만 가능한 이야기다. 핵에 버금갈 정도의 방대한 에너지를 **단순한 물체**로 인식하며 총을 쏴야만 하는 것이다……!

쿠루미는 완만한 동작으로 공격을 피했다. 그리고 다시 움직이기 시작한 에너지파는 아무도 없는 공간으로 향하더니, 벽을 파괴했다.

"……큰일 났네요. 던전이 더는 버티지 못할 거예요."

히비키의 말에는 비통한 감정이 섞여 있었다.

간헐적이었던 진동은 격렬해지는 것과 동시에 지속적인 것으로 바뀌어갔다. 던전에서 탈출하고 싶지만, 지금 상황에서는 여의치 않다.

적어도 저 정령과 결판을 낼 때까지는 이 던전에서 탈출하는 건 불가능하다.

"여러분. 이제부터 5초 동안, 정령의 움직임을 정지시키겠어요. 그 틈에 전력을 다해 공격을 퍼부어주세요."

"……그랬는데도 정령이 안 죽으면 어떻게 돼~?"

아리아드네가 묻자, 쿠루미는 환하게 웃었다.

"그때는 전멸하게 되겠죠. 또한 인계도 통째로 소멸할 거랍니다."

농담이 아니라, 쿠루미는 진짜로 그렇게 될 거라 여기고 있었다. 저 정령은 퀸조차도 제어할 수 없는 괴물이다. 이 던전을 빠져나간다면, 퀸과 도미니언 양 진영을 비롯해 인계의 모든 것을 파괴해버리고 말 것이다.

……물론, 도망친다면 해를 끼치지 않을 것이다. 하지만

그것도 짧은 기간뿐이다. 혼을 지니지 못한 이 정령은 조금씩 외부의 정보를 받아들이고 있다. ……결국 원래의 정령과는 전혀 다른 인격을 지니게 될 것이다.

그리고 쿠루미는 그 인격이 선량할 거라는 생각이 도저히 들지 않았다.

이 자리에서 해치우지 못한다면, 인계는 붕괴된다.

"시작하겠어요, 여러분. 제 타이밍에 맞춰주세요!"

""""라져!""""

다들 한 목소리로 외쳤다. 파티를 짜서 싸워온 그녀들은 이제 무의식적으로 전원이 호흡을 맞출 수 있었다.

"【어둠 마법】『형상변화·탄환』/ 〈자프키엘〉— 【자인】/ 장전 / 【어둠 마법】『흑각』50창 중첩."

"오십……?!"

히비키를 비롯한 동료들이 경악했다. 하지만 쿠루미는 개의치 않으며 양손으로 장총을 쥐더니, 정령을 겨눴다.

"시작하겠어요……!"

클래식한 장총의 주위에서, 어둠과 그림자가 소용돌이쳤다. 쿠루미는 두 발에 힘을 주더니, 신중하게 조준했다.

"■■■■■."

정령이 대검을 치켜들었다. 쿠루미는 역시, 하고 생각하며 마음속으로 혀를 찼다. 히비키가 고함을 질렀다.

"그게 날아올 거예요. 여러분, 회피해요! 쿠루미 씨도요!"

쿠루미는 도약했다. 하지만 정령의 목이 인형처럼 돌아가더니, 쿠루미를 시선으로 포착했다.

"쿠루미 씨를 노리고 있어요!"

"그런가 보군요!"

"■■■■."

정령이 소리 없이 입을 벌렸다. 대검의 에너지파가 쿠루미를 향해 방출됐다.

쿠루미는 벽을 박차며 회피했다. 하지만, 이미 정령은 쿠루미를 최우선 표적으로 삼으며 노리고 있었다.

"끈질기군요……!"

장총으로 조준을 하는 것은 고사하고, 쏠 기회조차 없었다. 정령의 시선은 끊임없이 쿠루미를 쫓고 있었다.

"쿠루미 씨!"

히비키가 고함을 지르면서 오른손 검지와 엄지를 내밀었다. 쿠루미는 고개를 끄덕인 후, 장총을 집어넣고 단총을 재빨리 꺼내 들어서 쐈다. 조준은 제대로 하지 못했다. 빗나갈지도 모른다. 게다가 평범한 탄환이 정령에게 대미지를 주지 못한다는 것도 이미 입증됐다.

다른 세 사람이 의아해 하는 가운데, 히비키는 정신을 집중하며 정령을 관찰했다.

"■■■■!"

정령은 **재빨리 회피했다.**

"역시……!"

히비키는 계속 생각했다. 다른 네 사람에 비하면 전력 면에서 압도적으로 뒤떨어지는 그녀는, 사고 회전을 통해 다른 이들을 도와야만 했기 때문이다.

《결론. 저 정령은 **아직 공격을 분간하지 못해요.**》

《……그렇군요. 일리가 있어요.》

파블로프의 개나 다름없는 것이다. 쿠루미의 공격이 자신에게 통한다는 것을 이해하고 있지만, 그것이 어떤 공격인지는 아직 이해하지 못했다.

그렇다면…….

《쿠루미 씨의 공격을 미끼로 쓰는 건 어떨까요.》

《그건 안 돼요. 모든 탄환이 빗나갈 가능성이 크니까요.》

히비키가 【텔레파시】로 그런 제안을 하자, 쿠루미는 딱 잘라 부정했다.

《맞아요. ……제가 장총을 쓴다는 건 어때요? 전에도 한 번 한 적이 있잖아요.》

과거에 예소드에서 룩과 싸웠을 때 쓴 방식이다. 그때, 히비키는 쿠루미의 미끼가 되기 위해 장총을 썼다. 그걸 재현한다면―.

《그럴 수는 없어요.》

《어, 어째서요~?!》

《현재 제 장총에는 엄청난 양의 영력과 시간이 담겨 있어

요. 히비키 양이 방아쇠를 당겼다간, 아마 몸이 찢겨져나가고 말 테죠.》

《히익! 하, 하지만 보조 마법으로 보강한다면…….》

《지금의 〈자프키엘〉은 일반 상태의 제가 쏠 수 있을지 의문일 정도랍니다. 오히려 제가 보조를 부탁하고 싶을 정도죠.》

《으으~……. 그럼 무리네요…….》

《텔레파시에 참가할게~. 창은 어때? 덩치도 좋으니까, 버틸 수 있지 않을까?》

《참가. 나는 덩치가 좋지는 않고, 오히려 슬림한 편. 뭐, 체력에는 자신이 있어.》

《……마지막 정보 말고는 필요 없지 않아? 뭐, 좋아. 그건 그렇고, 나는 반대야. 내 예측이 정확하다면, 저 방아쇠를 당길 수 있는 건 토키사키 쿠루미뿐이거든.》

《그럼 어떻게 명중시키지?》

《……으음…… 열심히……?》

《사부는 도움이 안 돼. 다른 나이스 아이디어가 있는 사람?》

《야, 무시하지 마~!》

《으음…… 쿠루밍은 아이디어가 있지 않아~?》

아리아드네가 지적을 하자, 쿠루미는 인상을 쓰며 긍정했다.

《딱 하나 있답니다. 들어보겠어요?》

《당연히 들어봐야지. 뭔데?》

《좋아요. ……함부로 발설하지 마세요.》

그리고 쿠루미는 경탄해 마지않을 아이디어를 내놨다. 아리아드네와 카가리케 하라카는 솔직히 말해 완전히 질렸다. 창은 변함없는 표정으로 고개를 끄덕였으며, 히비키는 엄숙한 태도로 그 말을 받아들였다.

《즉, 저보고 하라는 거죠?》

《예, 예. ……죄송해요. 히비키 양 말고는 적임자가 없답니다.》

《잠깐만, 토키사키 쿠루미. 그거라면 나도 할 수 있어.》

《창 양은 어태커로서 움직여야 하니, 이 역할은 무리랍니다. **만일의 상황**을 고려한다면 더욱 그렇죠.》

《우리는 무리~.》

《그래. 우리가 맡기엔 리스크가 너무 큰데다, 너를 그 정도로 신뢰하고 있지는 않아. 아니, 믿음직하다고는 생각하지만, 네 제안은 까놓고 말해 목숨을 바치라는 거나 다름없잖아.》

《나는 괜찮은데…….》

《……히비키 양, 정말 괜찮겠어요?》

《예. 그리고 애당초 그 조건에 부합되는 사람은 저 뿐이잖아요. 하아.》

 히비키는 몸에서 흘러나오는 불길한 땀을 닦았다. 자신이 해낼 수 있을지가 아니라, 아무리 토키사키 쿠루미의 힘을 빌렸다고는 해도 **진짜로 그게 가능한지**를 의심하고 있었다.

 평소 쿠루미의 힘을 전면적으로 신뢰하는 히고로모 히비

키조차도, 뇌리에 의문이 떠오를 레벨의 작전이다. 왜냐하면— 쿠루미 본인조차도 그 능력을 의심하고 있는 것이다.

《……시간을 조금만 더 들인다면, 다른 작전이 생각날지도 모른답니다.》

쿠루미의 유혹을, 히비키는 고개를 저으며 거절했다.

《아뇨. 전투가 길어지는 게 훨씬 무섭거든요. 진짜로 위험하다고요. 제 직감이 최고 수준의 경계 사이렌을 울려대고 있어요. 이건 하늘에서 떨어지는 쿠루미 씨를 봤을 때 이후로 처음 울리는 거라고요!》

《후후후. 칭찬으로 받아들이겠어요. 칭찬 맞죠?》

《물론이죠! ……그런데, **그건** 아픈가요?》

《전부 미지수랍니다. 정말 괜찮겠어요?》

히비키는 침묵했다. 시간상으로는 몇 초밖에 안 되지만, 정령이 아무렇게나 날려대는 에너지파를 필사적으로 피하고 있는 쿠루미에게 있어서는 영원처럼 느껴질 만큼 긴 침묵이었다.

《……하겠어요!》

그렇기 때문에, 이 한 걸음을 내딛기 위해서는 용기가 필요했다.

《타이밍을 맞추겠어요. 제가 【자인】으로 저항하면, 그녀는 아마 다음 단계로 넘어가겠죠.》

《라져. 비행 스킬 강화할 수 있는 스킬을 취득해둘게요.

여러분, 저에게 민첩 상승 버프를 걸어주세요.》

《방어 보조는 필요 없어~?》

《걸어봤자 소용없거든요! 저는 최속, 최선의 타이밍에 쿠루미 씨에게 맞출 뿐이고요.》

그런데도 떨림이 멎지 않았다. 이 정도의 공포는 히비키가 〈킹 킬링〉으로 쿠루미와 자신을 교환할 때 이후로 처음 느꼈다.

그때는, 자기 자신을 상실하는 공포에 사로잡혔다.

그리고 지금은, 자기 자신과 쿠루미가 상실되는 공포에 사로잡혔다.

《이게 안 통하면, 저희는 같이 죽겠네요~.》

《예, 예. **확실히 죽을 거랍니다.** 작전상, 둘이 함께 살아남거나 혹은 함께 죽거나 중 하나겠죠.》

그것은 히비키에게 있어 매우 매력적인 선택지였다. 살아남아도 좋고, 죽어도 좋겠다고 히비키는 생각했다— 말하지는 않았지만 말이다.

《……좋아요. 각오를 다졌어요. 언제든지 시작하죠!》

《그럼 우선…… 〈자프키엘〉·【자인】. 5초 후!》

5— 정령은 여전히 표정 변화 없이, 움직이지도 않으며, 그저 하염없이 대검으로 공격을 날렸다.

4— 쿠루미가 씨익 웃으며 〈자프키엘〉을 기동시켰다. 등 뒤에 거대한 회중시계가 나타났다.

3— 쿠루미가 선언했다. "【자인】."

2— 쿠루미의 회중시계에서 흘러나온 그림자가, 단총에 담겼다.

1— 총구를, 공격에 의해 발생된 에너지파를 향해 들면서 방아쇠를 당겼다.

아까와 마찬가지로, 에너지파가 정지됐다. 정령이 한걸음 내딛자, 쿠루미는 크게 도약했다.

"시작하겠어요!!"

쿠루미는 날카로운 숨을 재빨리 내쉬었다. 그리고 벽을 박차더니, 자기 자신이 탄환이 된 것처럼 정령을 향해 돌격했다.

"▬▬▬▬."

정령은 한손으로 대검을 휘두르려다, 머뭇거리듯 움직임을 멈췄다.

"?!"

쿠루미가 경악한 순간, 정령은 양손으로 대검을 고쳐 쥐었다.

바로 그때, 쿠루미 일행은 엄청난 영력의 폭풍을 감지했다.

"이, 건……!!"

정령이 급속도로 주위의 영력을 빨아들이기 시작했다. 그 영력은 전부 대검에 집중됐다.

"지금까지 날린 공격의 응용한 건가요. 파괴력과 범위를 한계까지 끌어올릴 심산이군요……!"

아무래도, 정령은 자신의 공격이 계속 빗나간 것이 마음에 들지 않는 것 같았다. 쿠루미가 공격을 피하자, 절대 피하지 못할 공격을 먹여주려는 것이다.

단순하면서도 절대적인 절망이었다.

《히비키 양 이외의 세 사람은 정령의 뒤편으로 대피하세요. 히비키 양은— 알고 있죠?》

《예. 지금, 갈게요!》

히비키가 달렸다.

알고는 있지만, 다리가 떨려서 금방이라도 쓰러질 것만 같았다. 그녀의 곁에 존재하는 건 닿기만 해도 목숨이 소멸하는, 맹렬한 회오리 같은 것이다.

이제부터 히비키는, 저 회오리 안에 뛰어들어야만 한다……!

쿠루미는 신중하게, 냉철하게, 타이밍을 쟀다. 〈자프키엘〉— 숨겨져 있는 그 능력, 강력하기 그지없으나 인계에서는 의미가 없기에 봉인해뒀던, 열한 번째와 열두 번째 탄환.

저 정령을 쓰러뜨리기 위해, 쿠루미는 자신의 능력을 자신의 의지로 뜯어고쳤다.

……원래, 〈자프키엘〉은 자신이 다룰 수 없는 능력이다.

버리는 것 자체에는 아무런 미련도 없다. 그저— 그저, **토키사키 쿠루미와는 다른 존재가 되어버리는 것은 아닌가라**

는, 어렴풋한 의심을 품고 있었다.

그게 어쨌다는 거냐, 하고 생각하며 쿠루미는 이를 악물었다.

"〈자프키엘〉!"

"?"

"쿠루미 씨!"

히비키가 쿠루미의 앞에 섰다. 그녀를 감싸듯이, 방패가 되려는 듯이…….

정령은 그 행동을 보고 처음으로 혼란에 빠졌다. 하지만 정령은 그 혼란이 겁, 의심, 고찰로 바뀔 정도로 성장하지는 않았다.

—그것이, 이 싸움의 분기점이 되었다고 할 수 있을 것이다.

"!"

정령이 온힘을 쏟아 부은 대검을, 상공에 있는 쿠루미와 히비키를 향해 단숨에 휘둘렀다.

닿는 모든 것을 소멸시키는, 황금의 일격. 정령의 배후로 이동한 창 일행의 시야도 완전히 가릴 정도의, 빛의 홍수가 생겨났다.

"【——째 탄환】."

빛의 홍수가, 두 사람을 집어삼켰다.

"토키사키 쿠루미……!!"

창이 비명에 가까운 목소리로 그렇게 외쳤다. 정령은 그녀들을 무시— 그저 결과만을 바라보고 있었다.

대지의 진동이 점점 커졌으며, 이 던전은 곧 붕괴되고 말 것이다.

아까 전의 일격이 결정타로 작용했다. 머지않아 제5던전은 흔적도 남기지 않으며 소멸될 것이다.

하지만 그 정도의 일격을 먹였는데도…….

"…………푸핫!"

쿠루미의 앞에 서있던 소녀가 큰 소리를 내며 숨을 들이마셨다. 지금까지, 숨을 쉬는 것도 잊고 있었던 것이다.

히고로모 히비키— 소멸되지 않았다. 다치지 않았다. 영장에 흠집 하나 나지 않았다.

"████████."

그것은 말도 안 되는 광경이었다. 목숨을 부지한 히고로모 히비키가, 숨을 쉬고 있다.

그리고 그 뒤편에는 경직된 정령을 향해 장총의 총구를 든 소녀가 있었다.

정령은 움직일 수 없었다. 그녀 본인은 자각하지 못했지만, 전심전력, 모든 영력을 쏟아 부어서 날린 방금 일격은 그녀에게 엄청난 부담을 줬다.

도약도, 회피도, 방어도, 전부 불가능한— 찰나와도 같은 순간.

【어둠 마법】『형상변화·탄환』 / 〈자프키엘〉— 【자인】 / 장

전 / 【어둠 마법】『흑각』 50창 중첩.

발사된 탄환은 정령의 가슴에 정확하게 꽂혔다.

……쿠루미가 내놓은 것은 견제를 위한 공격이 아니라 전심전력을 다한 일격을 막아낸 후, 상대가 경직된 순간을 노린다고 하는 어처구니없는 작전이었다.

쿠루미가 탄환의 성능을 변질시키지 않았다면…… 그것은 여전히 어처구니없는 작전이었을 것이다.

〈자프키엘〉의 능력 중에서도 공방에서 가장 핵심이 되는 건 【알레프】와 【자인】이다.

특히 【자인】의 효과는 강력하다. 명중하기만 하면, 정령이든 준정령이든, 시간이 정지된 이상 완전한 무방비 상태가 된다.

이때 중요한 것은 시간이 정지된 것은 표적이 된 존재뿐이라는 것이다. 정지된 표적에게 타격을 가하면, 시간이 다시 흐르기 시작한 순간에 타격의 대미지가 침투된다.

즉, 【자인】은 공격에는 이용할 수 있으나 방어에는 이용할 수 없다.

"진짜로 생각대로 됐군요……."

변질된 탄환은 본질적으로 보자면 【자인】과 동일하다. 대상의 시간을 동결시키는 것이다.

하지만 정지된 것은 대상의 내적 시간이 아니라, **외적 시**

간이다. 예를 들자면, 얇은 막이 대상을 감싸고 있는 것 같은 상태다(실제로는 막 같은 건 없으며, 편의상 『막』으로 부르는 거지만).

그 막에는 접촉한 것의 시간을 정지시키는 효과가 있다.

시간이 정지된다는 것은 그 순간 에너지의 방향성마저 강제적으로 정지시킨다는 의미다.

날아온 것이 탄환이라면, 탄환은 접촉한 순간에 그 운동을 멈추며 낙하한다. 적이 검을 내질렀다면, 정지된 동안에는 무효화된다.

【열한 번째 탄환】— 그것은, 그 무엇도 비교조차 안 되는 절대방어의 탄환이다.

"여러분, 가죠!"

【자인】을 50번이나 중첩해 쐈지만, 아마 정지 시간은 10초도 채 되지 않을 것이다. 하지만, 그 정도 시간이면—!

"〈라일랍스〉—— 다짜고짜 쪼개기!"

"〈태음태양 24절기〉……!"

"〈극광영환(極光靈幻)·적호성(赤虎星)〉!"

각자가 각각, 곡격을 퍼부었다. 쿠루미도 두 자루의 총으로 전력을 다해 공격했다.

4초가 경과됐다. 쿠루미의 직감에 따르면, 현시점에서 정지 가능한 시간의 절반이 흘렀다. 하지만 정지된 정령은 부상을 입지 않았다.

공격이 통하지 않는 건 아니다.

그저 시간이 정지됐는데도 내구력이 차원이 다르다는 점에는 변함이 없는 것 같았다.

"████████!"

정령을 옭아매고 있는 시간의 사슬이 삐걱거린 듯한 느낌이 들었다.

"잠시 후면 해제될 거랍니다! 그 전에 어떻게든……!"

"그건 알지만, 이렇게 때렸는데도 효과가 없는 건 계산밖……!"

평소 무표정한 창조차도 초조해 하고 있었다.

"평범한 준정령이라면 백 번은 죽고도 남을 레벨의 공격이잖아."

"단순하게 방어력이 높다는 게 이렇게 성가신 거구나~……"

"히비키 양!"

"아, 예! 쿠루미 씨, 왜요?!"

"멍하니 보고 있기만 할 건가요?! 뭔가 작전은 없나요?!"

"있기는 해요!"

"그럼 그걸 실행하는데 필요한 건 뭐죠?!"

"……여, 여러분, 힘을 빌려주세요!"

남은 시간은 3초. 선택의 여지가 없다.

"〈킹 킬링〉―【무명천사·성능 진화 극(極)】·【반동 제어 무효화】!"

"……어?"

창을 비롯한 다른 이들이 당황한 가운데, 쿠루미는 재빨리 히비키의 목적을 눈치챘다.

"히비키 양!"

"쿠루미 씨는 【달렛】을 준비해주세요. 이걸 하면, 제 몸이 폭발해서 산산조각 날지도 모르니까—."

"준비해두겠어요."

〈자프키엘〉— 【달렛】 / 【어둠 마법】【흑각】20창 중첩.

이미 쿠루미는 준비를 마쳤다. 히비키가 죽을지도 모르는 짓을 벌이려 한다면, 무슨 수를 써서라도 살려내고 말 것이다.

"할게요. 〈킹 킬링〉·【무장 모방】!"

남은 시간은 2초.

히비키의 영창에 맞춰, 그녀가 지닌 무명천사의 모습이 변화했다.

"**그건**?! 너, 그런 것도 모방할 수 있는 거야?!"

하라카는 아연실색하며 고함을 질렀다.

"뭐, 이런 짓을 하면 제 무명천사는 죽고 말겠지만요! 그래도 할 수밖에 없어요!"

남은 시간은 1초.

히비키가 모방한 무장은 눈앞의 정령이 지닌 대검이었다. 모방한 순간, 이 무명— 아니, **천사**의 이름을 이해했다.

"크윽, 이, 게…………!"

히비키가 무거운 대검을 치켜들자, 창이 그녀의 등 뒤에 붙으며 도와줬다. 그리고 아리아드네와 하라카, 그리고 마지막으로 쿠루미가 단총을 히비키에게 겨누며 다가오더니, 대검의 자루를 둘이서 함께 쥐었다.

제로.

정령이 움직이기 시작했다. 눈앞에 느닷없이 나타난 소녀들을 보고 놀라지도 않으며, 다시 공격을 이어가려는 듯이 대검을 치켜든 순간— 정령은 눈을 치켜떴다.

눈앞의 소녀가, 자신과 똑같은 대검을 쥐고 있었다.

"〈포학공(暴虐公)〉—【종언의 검】."

히비키는 의미를 이해하지 못한 채, 대검의 이름을 외쳤다.

그 말에 의해 모방이 완성됐다. 과거, 일부 만이었다고는 해도 토키사키 쿠루미를 모방했던, 히비키의 무명천사 〈킹 킬링〉.

암흑의 빛이 가득 찼다.

이것이, 눈앞의 정령이 지닌 대검— 그 진가. 정령은 이해했다. 이 대검의 원래 사용법은 **이러하다**는 것을.

하지만 늦었다. 정령이 치켜든 대검을 휘두르는 것보다, 소녀들이 대검을 휘두르는 것이 콤마 몇 초 정도 빨랐다. 혼이 없이, 그저 틀에 의해 굳혀져서 창조됐을 뿐인 그녀는, 늦었다는 사실에 아쉬움을 느꼈다.

……원래부터, 축복받은 탄생은 아니었다.

……원래부터, 사랑받기 위해 태어난 것은 아니었다.

자신의 삶에 가치는 없고, 자신의 죽음에만 가치가 있다. 개체로서 생각한다면, 죽게 되어 아쉽다. 하지만 전체로서 보자면— 아아, 그렇다.

『폐를 끼치지 않아 다행이다.』

최후의 순간, 정령이 느낀 것은 안도감이었다. 결국, 그녀를 틀로 선택한 시점에 소환술사의 패배는 확정됐다.

정령이 암흑의 궤적을 그리는 일격에 이해 소멸된 순간, 히비키가 쥐고 있던 대검이 박살났다— 그와 동시에, 그녀의 두 팔에서 **으지직** 하는 불길한 소리가 들려왔다.

"【달렛】."

하지만 쿠루미가 그것을 막았다. 두 팔이 박살나기 전에 고속으로 시간을 역행시킨 것이다.

"큰일 날 뻔 했네에에에! 팔이 작살나는 줄 알았어……!"

히비키는 허둥지둥 자신의 팔을 만져보며, 무사하다는 것을 확인했다. 그리고 무너지듯 풀썩 주저앉았다.

"……히비키 양, 무사하다고 여겨도 되는 거죠?"

"그러는 쿠루미 씨야말로 무사한 것 맞는 거죠?"

히비키가 씨익 미소 짓자, 쿠루미는 즐거운 듯이 웃음을 흘렸다. 다치기는 했지만, 중상을 입지 않았다. 군이 피해를 따지자면, 〈킹 킬링〉이 박살났다는 점이다.

"아아~. 내 비밀병기가……."

"고칠 수는 없는 건가요?"

"뛰어난 대장장이 기능을 지닌 준정령에게 의뢰한다면……."

창은 박살이 난 무명천사의 파편을 줍더니, 고개를 저었다.

"히고로모 히비키. 이건…… 무리야. 아무리 솜씨가 좋은 대장장이라도 이건 고칠 수 없어."

"아차~, 역시 무리인가요."

"무명천사는 준정령에게 있어, 무기이자 살아가기 위한 수단이야. 설령 타인의 무명천사를 빼앗더라도, 자신의 것이 되진 않아."

"엠프티화가 가속되는 일도 있어~. 히비킹, 괜찮겠어?"

히비키는 창과 아리아드네의 말을 듣더니, 어깨를 으쓱했다.

"으음…… 뭐, 어떻게든 되겠죠! 남들과 다르게, 저의 존재 이유는 강도가 상당하거든요~."

ㅡ토키사키 쿠루미와 이별한 후에는 어떻게 될지 모르겠지만…….

히비키는 그 점을 전혀 티내지 않으며, 의기양양하게 가슴을 폈다.

"아무튼 이겼네요. 이제 니트로드레스로 이 던전에 있는 비나와 이어진 게이트를ㅡ"

"……그럴 필요는 없을 것 같군요."

"예?"

정령을 쓰러뜨렸다는 사실에 흥분해 눈치채지 못했지만, 던전은 이미 붕괴되기 시작했다. 땅은 끝없이 흔들리고 있었으며, 머리 위에서도 거대한 돌이 낙하하기 시작했다.

"우와…… 하긴, 정령이 그렇게 날뛰었으니 이렇게 될 만도 해요."

무너진다. 무너지고 있다.

당초의 퀘스트인, 비나와 연결된 게이트의 봉쇄는 결과적으로 이뤄졌다. 오히려, 던전 그 자체가 붕괴되고 있는 것이다.

"전송진도 같이 박살이 나버리겠지. 적어도 비나로부터의 침공은 막았다고 봐도 되겠어."

비나의 게이트 바로 옆에 전송진이 있으며 엠프티들은 게부라 곳곳에 신출귀몰하게 있지만, 이제 그것은 불가능하다. 이것으로 지나치게 확대된 전선이 뚫릴 일은 없으며, 이 영역에도 평화가 찾아올 것이다.

다들 하라카의 말을 듣고 안도의 한숨을 내쉬었지만— 곧 이럴 때가 아니라는 사실을 깨달았다. 이 제5던전은 현재 붕괴가 진행 중인 것이다.

쿠루미가 외쳤다.

"올라가죠!"

그 말을 들은 히비키, 창, 아리아드네, 하라카가 일제히 몸을 날렸다.

제5던전 『엘로힘 기보르』가 무너지기 시작했다. 거대한 바위 덩어리가 떨어지는 것을 본 쿠루미는 단총을 뽑아들었다.

"〈자프키엘〉―【자인】!"

쿠루미 일행은 낙하 도중에 시간이 정지된 바위를 우회하거나, 혹은 창이 〈라일랍스〉로 장애물을 부쉈다.

위로, 위로, 위로…….

몬스터들은 별다른 반응을 보이지 않으며, 그대로 붕괴에 휩쓸려 짓이겨졌다. 히비키는 약간 감상적인 기분에 사로잡힐 뻔 했지만, 애초에 그들(?)은 혼이나 감정이 없고, 다른 던전에 멀쩡히 존재할 거라는 점을 떠올리며 마음을 다잡았다.

……게부라에서 할 일은 다 했다고 생각해도 될 것이다. 그렇다면 이제는 퀸을 쓰러뜨리기만 하면 된다.

그 후, 쿠루미는 케테르로 가서 건너편의 세계로 떠날 것이다.

작별의 순간은 이제 코앞까지 다가온 것이다―.

"히비키 양!"

"어? 아얏?!"

딴 생각에 사로잡힌 바람에, 낙하하는 돌이 히비키의 머리를 스쳤다. 쿠루미는 화난 듯이 히비키의 손을 확 잡아당겼다.

"아직 탈출한 건 아니에요. ……당신의 분전이 결실을 맺었는데, 이제 와서 전부 물거품으로 만들지 말아주세요."

"아, 알고 있어요~."

"뭐, 지친 거라면 어쩔 수 없죠. 잠시 동안 제가 부축해주겠어요."

"……히익, 고마워요."

"방금 그 『히익』은 어떤 의미죠?"

"평소 냉혈한 쿠루미 씨가 웬일로 온정을 다…… 아야야야얏!"

사실 방금 그 『히익』에는 쿠루미가 자신의 손을 잡아줬다는 사실에 대한 놀라움과 사모의 정이 어려 있었다. 하지만 사실대로 말하는 것보다는 평소처럼 한심한 소리나 늘어놓는 편이 좋을 거라고 히비키는 판단했다.

"갸륵해~."

그리고 아리아드네가 히비키에게 귓속말을 했다. 그러자 히비키는 발끈하면서 옆에서 날고 있는 아리아드네를 노려보았다.

"방금 뭐라고 했죠?"

"별말 안 했어~. 하지만 충고를 해주자면 말이야. 그거, 언젠가 폭발하는 거 아냐~?"

아리아드네가 하고 싶은 말이 뭔지는 이해가 됐다. 히비키는 뿌루퉁한 표정을 짓더니, 퉁명한 어조로 대답했다.

"절대, 그럴 일은 없어요."

"무덤까지 가지고 갈 생각이야~?"

"그건—."

바로 답할 수 없는, 주저할 수밖에 없는 질문이었다. 하지만 답은 처음부터 정해져 있었다.

"물론 가지고 갈 거예요. 당연하잖아요."

"……흐음…… 하아아아암…….."

아리아드네는 졸음이 밀려오는지 눈가를 비볐다.

"사람이 진지하게 대답했는데, 졸지 말아줄래요?! 게다가 지금 나는 중이잖아요!"

"아, 격전을 치러서 그런지 졸려 죽겠거든~. 뭐, 네 생각이 그렇다면 그것도 괜찮아~……. 아니지, 괜찮지는 않나~……."

"제 마음이에요~."

삐친 히비키는 고개를 휙 돌렸다. 아리아드네는 그런 그 모습을 곁눈질하면서, 그녀에게서 조용히 떨어졌다.

"어떤 이야기를 나눈 거죠?"

"별거 아니에요. 아리아드네 씨가 심술쟁이라는 게 판명됐을 뿐이거든요."

언성을 높이며 흥 하고 코웃음을 치는 히비키를 본 쿠루미는 신기하다는 듯이 눈을 동그랗게 떴다.

이렇게 일행은 제10계층에서 지상으로 날아갔다.

○정령 변주곡의 끝에

던전 밖으로 탈출한 쿠루미 일행은 그제야 안도의 한숨을 내쉬었다.

"지쳤어~……."

아리아드네는 그렇게 중얼거리면서 벌러덩 드러누웠다. 하지만 다른 이들도 그런 그녀를 말리지 않았다. 하라카와 히비키도 아무 말 없이 드러눕더니, 안도의 한숨을 내쉬었다.

"기운이 남은 건 우리뿐인가."

"……아, 저도 마음 같아서는 드러눕고 싶답니다. 하지만 아까부터 창 양의 시선이 너무 신경 쓰여서 말이죠."

쿠루미는 푸념을 늘어놓았다. 탈출한 순간부터, 쿠루미를 바라보는 창의 눈이 빛나기 시작했다. 그게 정말— 무시무시했다.

게다가 창의 저런 행동에는 연정과 투지가 섞여 있는 것 같았다. 볼은 내면의 감정을 표현하듯 발그레했지만, 눈은 싸움을 고대하며 찬란히 빛나고 있었다.

……아무래도, 진짜로 지금 이 자리에서 약속을 지키기를 바라는 것 같았다.

"……약속, 약속♪"

콧노래라도 부르듯 그렇게 중얼거렸다. 쿠루미는 크게 숨을 들이마시더니, 「하아아아아아아」 하고 토하면서 시체 같은 눈길을 머금으며 질문을 던졌다.

"진, 짜, 로, 하자는 건가요?"

"진, 짜, 로 하자."

"저기…… 솔직히 말해, 의미가 없답니다. 창 양이 저를 죽이려 한다면 저도 죽일 각오로 반격하겠지만, 이제 와서 당신이 그럴 리도 없잖아요?"

"하지만 토키사키 쿠루미는 곧 먼 곳으로 가버릴 거니 어쩔 수 없어."

갑자기 진실을 듣고 만 쿠루미는 거북하다는 듯이 창에게서 고개를 돌렸다.

"아, 딱히 붙잡으려는 건 아냐. 말렸다간, 나와 너의 관계에 마침표가 찍힐 것 같거든. 하지만, 그렇다면 제대로 작별을 해두고 싶다는 건 단순한 내 억지가 아니라고 생각해."

"……하지만 싸움이 작별 방식이라는 건 좀 부적절하지 않나요?"

"흐흥. 어쩔 수 없어. 나는 말쿠트나 게부라처럼 싸움이 일상인 장소에서만 살 수 있는 준정령이거든. 마지막으로 너와 화끈하게 싸우고 작별하고 싶어."

쿠루미와 창의 시선이 교차됐다. 그리고 쿠루미는 곧 세 번째 한숨을 내쉬며 고개를 푹 숙였다.

"이곳은 지면의 상태가 나쁘니 장소를 바꾸지 않겠어요?"

"좋아. 이 앞에 적당한 숲이 있어. 거기서라면 마음껏 싸울 수 있을 거야."

"어쩔 수 없지. 목숨이 오가는 사투로 발전하지 않도록, 내가 심판을 봐주겠어."

"……단둘이 있고 싶은데……."

"피가 머리까지 솟구칠 수도 있잖아? 불평하지 마."

창은 마지못해 승낙하듯 고개를 끄덕였다.

"그, 그럼 저도……."

"……아, 히비키 양은 쉬고 계세요. 많이 지쳤잖아요?"

쿠루미는 비틀거리면서도 몸을 일으키려하는 히비키를 제지한 후, 대지를 박찼다.

"저도—."

"아, 히비킹. 기다려~. 할 이야기가 있어."

그래도 히비키가 따라가려 한 순간, 아리아드네가 그녀를 잡았다.

"……무슨 일이죠?"

히비키가 경계심이 어린 눈길로 쳐다보자, 아리아드네는 빙긋 웃었다. ……토키사키 쿠루미가 이곳까지 올 수 있었던 것은 분명 히고로모 히비키가 도와줬기 때문이라고 아리아드네는 생각하고 있었다. 본인은 부정할지도 모르지만 말이다.

"중요한 이야기야. ……내가 무슨 말을 하려는 건지 어렴풋이 눈치챘을 테지만 말이야."

"맞아요. 그럼 이야기를 나눠볼까요."

히비키와 아리아드네는 서로가 지니고 있던 동료 의식을 제쳐놓으며 얼굴을 마주했다.

◇

"방해꾼이 끼어들지 못하도록, 반경 500미터에 결계를 쳐두겠어."

카가리케 하라카는 영부를 대충 집어던졌다. 그 영부는 조그마한 새로 변신하더니, 곧 하늘로 날아갔다.

"그럼 이제 알아서들 해. 내가 지켜보기는 하겠지만, 웬만해서는 끼어들지 않을 거야. ……그리고 스킬은 일단 해제할래? 마법 관련 말이야."

게부라의 일부에서만 사용할 수 있는 마법 관련 스킬을 봉인한다, 는 제안에 두 사람은 고개를 끄덕였다.

획득한 스킬을 사용해도 비겁한 짓은 아니지만, 두 사람은 전투에서의 전술 바리에이션이 지나치게 폭넓어지는 것을 서로가 우려하고 있었다.

쿠루미는 창이 마법을 써서 원거리 공격을 해오면 성가시며, 창 또한 쿠루미가 마법을 이용한 함정이나 약은 수를 사용한다면, 사고능력이 거기까지 쫓아가지 못할 것이다.

"물론. 그게 좋아."

"상관없답니다. ……그럼 창 양. 시작할까요?"

"응. ……왠지 기분이 개운해."

피로한 상태인데도, 몸의 일거수일투족에 힘이 실렸다. 날카로운 신경은 나무에서 떨어지는 나뭇잎마저 인식할 수 있었다. 마치 골인 직전의 러너스 하이 상태의 마라토너처럼, 이 세상 전체가 사랑스러운— 그런 느낌이다.

"……창. 무명천사 〈라일랍스〉, 영장은 〈브리니클〉. 이기겠어."

"토키사키 쿠루미. 천사 〈자프키엘〉, 영장은 〈엘로힘〉. 지지 않을 거랍니다."

시원한 바람이 숲을 휘감았다.

그 순간, 쿠루미가 총을 쐈다. 눈 한번 깜짝하는 것보다 빠른 엄청난 속사였다.

보이지 않았다. 탄환이 아니라, 탄환을 쏘는 순간이 창에게는 보이지 않았다.

하지만, 그래도 상대가 쏜 것은 탄환에 불과하다. 지금의 창이라면 방어에 치중해서 충분히 막아낼 수 있다.

팔과 〈라일랍스〉로 안면을 감싸며 최단거리를 달렸다. 하지만 탄환이 명중한 순간, 그녀는 뒤편으로 튕겨져 날아갔다.

"……윽!"

"어머, 어머. 정말 튼튼하군요."

쿠루미는 어이없다는 표정을 지으며 연이어 공격했다. 하지만 금세 몸을 일으킨 창은 도약을 하며 나뭇가지를 걷어차더니, 재빨리 좌우로 이동하며 쿠루미를 교란했다.

눈으로 상대를 쫓을 수 없게 된 쿠루미는 총구를 좌우로 움직였다. 바로 그때, 창이 단숨에 달려들었다. 창은 정면이나 좌우가 아니라, 쿠루미의 사각지대인 머리 위편에서 쇄도했다.

하지만 소리 없이 〈라일랍스〉를 치켜든 창을 향해, 쿠루미는 다른 손에 쥔 장총을 겨눴다.

"유감이지만, 예측했답니다."

창의 신경이 예민해진 것처럼, 격전을 마친 쿠루미의 신경 또한 예민하기 그지없었다.

공기를 피부로 느끼고, 투지를 정신으로 감지했다.

소리 없는 습격을 감지한 쿠루미는 당연히 방아쇠를 당겼다. 하지만 창은 쿠루미의 예측을 아득히 넘어서는 행동을 취했다.

"……윽!"

믿기지 않게도, 창은 쿠루미가 쏜 탄환을 공중에서 피했다. 발사된 탄환을 눈으로 쫓으며, 온몸을 비틀었다. 볼을 스치고 지나간 탄환에는 눈길조차 주지 않으며, 창은 〈라일랍스〉를 쿠루미의 머리에 꽂았다.

……손맛이…… 느껴지지 않아……?

정통으로 명중했다. 하지만 두개골이 박살나는 둔탁한 반동이 느껴지지 않았다.

그런 창이 느낀 것은 종이를 때린 듯한 공허한 느낌이었다.

"아⋯⋯."

착지한 순간, 창은 이해했다.

"흘려 넘겼어⋯⋯?"

두개골을 박살내기 위해 휘두른 〈라일랍스〉를, 쿠루미는 머리를 지면으로 향하게 공중제비를 돌면서 그 충격을 대부분 상쇄시켰다.

말로 하면 간단했다. 간단하지만— 창은 믿기지 않는 광경을 본 것처럼 감탄했다.

콤마 몇 초만 판단이 늦었다면, 1밀리미터라도 오차가 발생했다면, 그대로 중상을 입었을 것이다.

"말도 안 돼⋯⋯."

심판을 맡겠다고 했던 하라카조차 무심코 그렇게 중얼거렸다.

그리고 무방비하게 착지한 창을 놓칠 만큼, 쿠루미는 둔하지 않았다.

〈자프키엘〉의 탄환이 수평으로 내리는 소나기처럼 창의 온몸을 두들겼다.

"〈브리니클〉⋯⋯!"

하지만 창의 영장은 최고였다. 탄환을 회피할 수 없다고 판단한 창의 의지에 따라, 눈앞의 공기가 동결됐다.

탄환의 움직임이 둔해지자, 〈라일랍스〉를 휘둘렀다. 탄환이 주위에 흩날렸으며, 몇 개는 핼버드에 정통으로 맞고 깨졌다.

"어머, 어머. 창 양, 성장했군요."

"토키사키 쿠루미와 싸울 때에 대비해 준비해둔, 비장의 카드야."

쿠루미는 창이 귀여운 말을 한다고 생각하며 마음속으로 쓴웃음을 흘렸다. 원래라면【알레프】나【베트】아니면【자인】을 쓰면 되겠지만, 정정당당하게 싸우려 하는 창을 본 쿠루미는 그런 능력을 사용하는 것을 머리 구석으로 밀쳐놨다.

쿠루미는 창을 기술로 능가하고 싶다는 생각을 품고 있었다.

"하지만 머리를 노린 아까 공격은 좀 허술하지 않나요?"

혼신의 일격으로 보였지만, 머리에 닿은 순간에 『죽이지 말자』라는 느낌이 전해져왔다.

"……그게, 죽지 않았으면 하니까……."

창이 삐친 듯이 고개를 돌리자, 쿠루미는 웃음을 참을 수가 없었다.

쿠루미는 즐겁다고 생각했다. 싸움 자체가 즐거운 것이 아니라, 창과 이러는 것이 즐거웠다.

자칫 잘못하면 죽을 수도 있지만, 죽지만 않는다면 스포츠나 다름없다.

가속된 사고능력은 멈출 줄을 몰랐으며, 온갖 전술이 머릿속에서 만들어지고 있었다. 공격의 선택지가 무수히 생겨나고 있었으며, 그 중 존재하는 정답을 찾으려 했다.

"토키사키 쿠루미."

"왜 그러죠?"

"역시 다시 제안하겠어. 이 인계에서, 같이 살지 않겠어?"

"……예?"

"나는 너를 좋아해. 너도 나를, 조금은 좋아하는 것 같아. 나만이 아니라, 이 인계에 사는 준정령 중에서 너를 아는 애들은 대부분, 너를 좋아한다고 생각해."

"……그건 참 감사한 말이군요."

"너와 싸우는 게 좋아. 너와 이야기를 나누는 것도 좋아. 너와 히고로모 히비키가 시시덕거리는 걸 보는 것도 꽤 좋아. ……평화도 약간은 좋아. 때로는 이렇게 몸을 움직이고 싶지만 말이야."

"그러니까……."

"게부라가 아니라도, 예소드에 산다면 싸움도 적을 거야. 뭐, 아이돌 활동을 해야 한다는 제약이 있지만 말이야. 그리고 나와 토키사키 쿠루미와 히고로모 히비키가 함께 하는 사는 거지. 아마 툭하면 티격태격하겠지만 그래도 꽤 재미있을—."

"창 양. 그 이야기는 이제 그만해주셨으면 해요."

쿠루미는 창이 제시한 미래를 거절했다. 그 차가운 눈동자를 보고도 전혀 주눅 들지 않은 창이 담담한 눈길로 쿠루미를 꿰뚫었다.

"그런 선택지도 존재한다고 네가 생각해줬으면 해."

"그렇게 생각할 수는 없답니다."

"응. 지금은 생각하지 않아도 돼. 마지막 순간이라도 상관 없어. 네가 이 인계를 떠나기 직전, 여기 눌러앉는 것도 괜 찮겠다고 생각해주기만 하면 되는 거야."

온화한 표정으로 온화한 제안을 했다. 반발하려고 생각하 던 쿠루미의 몸에서 힘이 쫙 빠질 정도로, 창의 목소리는 자애로 가득 차 있었다.

"······이것도 책략, 인가요?"

"절반은 그래. 하지만, 남은 절반은 진심."

창은 가슴을 펴며 그렇게 답했다.

"정말 못 당하겠군요."

쿠루미는 한숨을 내쉬더니, 말쿠트에 있던 시절에는 생각 도 못했던 말을 입에 담았다.

"그래요. 마지막 순간에, 한번 생각해보도록 하죠."

창은 잘 됐어, 하고 중얼거리며 어린애 같은 미소를 지었 다. 어른에게 장난을 치는데 성공한 어린애 같은, 그런 순진 무구한 미소였다.

그리고 창의 말을 듣고 쿠루미는 처음으로 눈치챘다.

자신은 지금, **그 사람**과 **그녀들**을 저울에 올려놨다.

애정을 택할 것인가, 친구를 택할 것인가, 사랑을 택할 것 인가, 정을 택할 것인가.

아아, 정말 고민이 되는 군요. 아직 퀸도 쓰러뜨리지 않았는데—.

그렇게 생각한 직후, 모든 것이 **반전**됐다.

엄청난 오한이 엄습하더니, 어쩌면 자신이 치명적인 실수를 범했을지도 모른다는 것을 이해했다. 자신의 고민도, 창과의 싸움도 전부 잊으며, 하늘을 올려다보았다.

"토키사—."

그리고 사태를 파악한 창이 이름을 끝까지 부르기도 전에, 쿠루미는 하늘로 몸을 날렸다.

◇

"결론부터 말하자면 말이야~. 나는 쿠루밍이 건너편 세계로 가지 않았으면 해~."

아리아드네가 이런 말을 할 것이라고, 히비키는 예상하고 있었다.

"어째서죠? ……친구인 제가 이런 말을 하는 건 좀 그렇지만 쿠루미 씨는 적대자에게는 인정사정없는 데다, 도미니언의 휘하에 들어갈 가능성도 없거든요? 권력자인 여러분 입장에서는 성가신 인재 아닌가요?"

히비키가 그렇게 말하자, 아리아드네는 웃음을 흘렸다.

"신랄하네~. 뭐, 틀린 말은 아냐~. ……건너편 세계에 갈 방법이 아직 확립되지 않은 이유가 뭘 것 같아?"

"그건…… 케테르가 봉쇄되어 있으니까……."

히비키도 소문으로만 들었다. 쿠루미와 만난 후로 그녀를 위해 몇 번이나 정보를 수집했지만, 그래도 부분적인 소문과 전설만을 접했다.

"그럼 왜 케테르가 봉쇄하고 있는 걸까~?"

"……거기까지는……. 어? 봉쇄되어 있는 게 아니라 봉쇄하고 있다? ……혹시 도미니언이 봉쇄한 건가요?"

히비키가 묻자, 아리아드네는 고개를 끄덕였다.

"케테르에 현실세계로 이어지는 게이트가 있다는 건 말이지~? 일부 도미니언 사이에서는 진작에 알려진 사실이야~."

"……뭐라고요?"

히비키는 미심쩍다는 듯이 미간을 찌푸렸다.

아리아드네는 푸풋 하고 희미하게 웃음을 흘렸다. 사람의 안색과 감정을 살피는 것이 능숙한 히비키도, 아리아드네는 종잡을 수가 없었다.

"이걸 알고 있는 건 나와 마야, 그리고 하라카, 이렇게 셋뿐이야. 다른 도미니언은 과거에도, 그리고 지금도 알지 못해. 우리는 말이지~? 맹세했어~. 이 인계를 지키기로, 이 인계의 질서를 유지하기로 말이야~."

"……현실세계로 이어진 문이 존재하면, 질서를 유지할 수 없다는 건가요?"

"히비킹은 이곳에 오기 전의 기억을 지니고 있어?"

"아뇨. 없어요."

"그럴 거야. 이 인계에는 그 기억을 지닌 준정령도 있지만, 없는 준정령도 있어. ……그건 딱히 아무래도 상관없어~. 우리가 무서운 건, **건너편으로 가고 싶어 하는 애야**~."

"……그 소망이 왜 문제가 되는 거죠?"

"그런 소망을 품는 것 자체는 괜찮아. 문제가 되는 건, 인계의 영력 밸런스지. 케테르의 게이트가 열리는 건, 원래 단절되어 있는 인계와 현실 세계를 다시 이어지는 걸 뜻해~."

"이어지는 것만으로도, 문제가 되나요?"

"이 인계가 가득 찬 물탱크라고 치면, 건너편 세계는 빈 물탱크야. 혹은, 온수와 냉수 같은 관계일까? 게이트를 열어서 연결을 하면, 빈 탱크에 펌프를 연결하는 거나 다름없어. 혹은, 온수와 냉수가 섞이는 거지."

빈 탱크는 열심히 물을 빨아들일 것이다.

온수와 냉수 같은 관계라면, 온수의 온도가 저하될 것이다.

그리고 그것은 불가역적인 일이다. 잃어버린 것은 되돌릴 수 없으며, 열을 빼앗긴 온수는 차가워진다.

"으음…… 그런 일이 구체적으로 벌어진 적이 있는 건가요? 즉, 누군가가 게이트를 통해 건너편 세계로 돌아간 거군요……?"

"히비킹은 토키사키 쿠루미를 따라서 여기까지 온 만큼, 꽤 똑똑하네~. 틀렸지만 말이야."

"틀렸다면서요. 그런데 뭐가 똑똑하냐고요."

"하지만 거기까지 이해했다면 이제 거의 답이 나왔어. 지금 말한 것과 비슷한 현상을 우리는 알고 있잖아?"

히비키는 그 말을 듣고 생각했다. 현실 세계와 연결되면 일어난다는, 영력의 확산 현상. 실제로 케테르의 게이트가 열린 적은 없더라도, 건너편 세계와 이어진 적이라면—.

"정령……!"

그렇다. 컴파일. 그것은 건너편 세계에 있는 정령의 감정이 기반이 된다고 들은 적이 있다. 즉, 건너편 세계에 이어지는 것 아닐까?

"그래~. 정령은 이쪽에 올 때, 건너편 세계와 이어지는 **구멍**을 뚫어. 그때, 영력이 격렬하게 흐트러지는 거야~. 참고로 정령이 이쪽으로 오는 건 아무런 조건이 없어. 게이트니 영역이니 같은 건 상관없이, 문을 열고 옆방으로 들어가는 것처럼 이쪽으로 돌아온다니깐~."

"진짜 못 해 먹겠네요~."

자신들은 한 소녀를 건너편 세계로 되돌려 보내기 위해 이렇게 고생하고 있는데 말이다.

"뭐…… 꽤 오랫동안 정령들은 쳐들어오지 않았지만 말이야~. 그래도 컴파일이란 형태로 인계에 간섭은 하고 있어."

"아리아드네 씨, 대체 몇 살이에요?"

"비밀~. ……아무튼, 우리는 그런 이유로 그 게이트를 여는 걸 절대 허락하지 않았어. 지금까지 건너편 세계에 가고 싶어 한 준정령은 몇 명이나 있었지만, 전부—."

"죽였……나요?"

"아냐. 내 무명천사 〈태음태양 24절기〉로 기억과 감정에 손을 썼어~. ……도미니언도 그런 짓까지 할 만큼 악랄하진 않거든."

"……아, 그렇군요. 하지만, 쿠루미 씨에게는 통하지 않은…… 건가요."

"단순히 실력 차가 엄청나거든~. 게다가 네차흐에서 포커를 할 때도 시험해봤는데, 자아가 너무 강해서 감정을 조작할 수가 없더라니깐~."

아리아드네는 아하하 하고 멋쩍은 듯이 웃으며 머리를 긁적였다.

"다행이네요……. 쿠루미 씨에게 들켰다간 아마 죽이려 들었을지도 몰라요……."

감정을 조작하려 한다는 것은 아마 쿠루미가 절대 용납하지 않을 행위다.

"응. 이건 무덤까지 가지고 가야할 것 같아~……."

아리아드네도 자기 입으로 그렇게 말하고 무서워진 건지,

몸을 부르르 떨었다.

"그럼…… 혹시, 쿠루미 씨 대신 저한테 손을 쓰려는 거예요?"

아리아드네라면 히비키 정도는 충분히 조작할 수 있을 것이다. 그게 쿠루미에게 효과가 있을지는 알 수 없지만 말이다.

"에이…… 그딴 짓 했다가 쿠루밍한테 걸리면, 나는 그대로 골로 갈걸~?"

"그럴……까요. 에헤헤."

"남의 목숨이 걸려있는데 되게 기뻐하네~. 뭐, 아무튼 말이야. 쿠루밍이 케테르의 게이트를 열었을 경우, 이 인계가 어떻게 될지 모른다……는 것만은 전해두고 싶었어~."

"……그걸 쿠루미 씨에게 전하라는 건가요?"

아리아드네는 빙긋 웃었다. 그것은 왠지 달관한 느낌이 묻어나는, 어른스러운 미소 같았다.

"응. 전해줬으면 좋겠지만…… 히비킹은 전하지 않을 거야~."

"……."

"저기, 히비킹. 쿠루밍…… 토키사키 쿠루미는 인계를 박살내고서라도 건너편 세계에 가려고…… 할까?"

그 말을 들은 순간, 히비키는 잠시 동안 침묵에 잠겼다.

히비키는 자기 자신에게 물어봤다. 말쿠트에서 쿠루미를 만났을 즈음이었다면, 틀림없이 그럴 거라고 단언할 수 있었다.

그녀에게 있어— 기억 속에 새겨진 소년은 그 정도로 중요한 것이다.

하지만 그녀는 악몽^{나이트메어}이기는 해도, 살인귀는 아니다. 인계가 멸망할 거라는 사실을 알면, 어쩌면, 토키사키 쿠루미는…….

"우리한테 이상적인 결말은 말이지~? 퀸을 쓰러뜨린 쿠루밍이 건너편 세계로 떠났을 때, 인계에 아무런 해도 발생하지 않는 거야. 그렇게 되면 좋겠네……."

……그것은 정말 멋진 결말일 거라고 히비키는 생각했다.

그렇게 된다면, 자신도 웃으면서 작별할 수 있을 것이다. 원망도 슬픔도 한탄도 아니라, 개운한 마음으로…….

언젠가 다시 만나요, 라는 말도 입에 담을 여유가 있을 것 같았다.

하지만, 만약 그렇게 되지 않는다면…….

"쿠루미 씨는—."

우리를 위해, 아니, **나를 위해** 남아줄까……?

"—그 의문에 대해, 더는 생각할 필요는 없을 거다."

공기가 얼어붙었다.

히비키와 아리아드네가 목소리가 들려온 곳을 쳐다보니, 그곳에는 엠프티 한 명이 서 있었다.

순백의 원피스, 순백의 머리카락. 마치 유령처럼 존재감

없이 흔들리고 있었다.

"〈태음태양 24절기〉!"

엠프티의 몸을 구속하기 위해, 백은색 실이 뻗어나갔다. 하지만 그 백은색 빛을 능가하는 빛의 칼날이, 그 실을 너무도 간단히 잘랐다.

"아……."

히비키는 너무 놀란 탓에 아무 말도 할 수가 없었다. 엠프티가 실을 자른 게 아니다. 엠프티의 몸— 복부에서 출현한 팔이 사브르로 절단한 것이다.

그리고 최악인 건, 히비키는 저 팔과 사브르가 눈에 익었다.

"설마—."

아리아드네는 믿기지 않는다는 듯이 고개를 저었다.

"나는, **우리**는 공간을 지배하는 정령이다. 그녀들이 존재하는 한—."

엠프티의 몸이 벌어졌다. 벌어졌다기보다 벌어졌다는 표현이 적절할까. 복부에서 하복부까지, 마치 문이 열리는 것처럼 철컥 하는 소리를 내며 벌어졌다.

쓰러지는 엠프티는 행복에 찬 표정을 지으며 소멸했고, 그후에 이 자리에는 여왕만이 남았다.

토키사키 쿠루미와 쌍을 이루는, 최악이 등장했다.

"나는 어디에든 존재한다. 티파레트에서 그 점은 깨닫지 않았나? 아리아드네 폭스롯."

"······대체, 무슨 일로······ 물어봤자 의미가 없겠네~."

아리아드네는 히비키를 힐끔 쳐다보며 물러나라는 눈짓을 보냈다.

"—흐음, 예리한걸. 너는 자신이 표적일거라고는 생각하지 않는 건가?"

"나 따위는 마음만 먹으면 언제든 죽일 수 있잖아."

아리아드네는 그렇게 말하더니, 신중하게 실을 지면에 늘어뜨렸다. 졸린 듯한 눈매, 조그마한 체구, 심약해 보이는 눈동자, 약해 보이는 영장과 무명천사. 상대가 아리아드네를 얕보며 달려들게 할 재료라면 얼마든지 존재한다.

원래라면 그 방심을 이용해 상대를 해치우는 것이 아리아드네의 상투 수단이지만—.

"안심해라, 아리아드네 폭스롯. 나는 네 힘을 인정해. 그 힘을 인정하면서도, 얕보고 있는 거지."

그 불쾌한 비웃음은 아리아드네가 인상을 찡그리게 했다.

"헛소리 하지 마~······!"

주위에는 충분하고도 남을 정도의 함정을 깔았다. 〈태음 태양 24절기〉를 가동시켜, 단숨에 옭아매려했다. 그리고 다음 순간, 아리아드네는 자신이 도발을 당했다는 것을 눈치 챘다.

"【천칭의 탄환】."

총에 맞았다. 쿠루미에게 버금가는— 아니, 쿠루미보다

빠른 속사였다.

다음 순간, 아리아드네는 혼란에 빠졌다. 자신의 무명천사가 자신을 옭아맨 것이다.

"아, 니······?!"

아리아드네는 자신에게 일어난 상황을 이해할 수가 없었다. 차분하게 상황을 살펴보니, 여왕과 자신의 위치가 바뀌어 있었다. 이미 여왕의 능력 중 일부는 판명되었으며, 이 【모즈님】은 그 중 하나다.

예측하려 했다면 할 수 있었다. 대책을 짜려 했다면 짤 수 있었다.

하지만 여왕이 느닷없이 나타난다는 현상 탓에 패닉에 빠지고 말았다. 히비키가 전력 면에서 거의 도움이 안 되는 만큼, 혼자 여왕에게 맞서야 한다는 절망감이 초조를 불러왔다.

······아니, 그 초조는 여왕의 태도에서 비롯된 것이기도 했다.

"생각대로군. 너희들, 도미니언은 전투 경험이 부족해. 너무 부족하지. 내 수하 몇 명을 쓰러뜨렸다고 해서 나한테 이길 수 있을 것 같나? 100년은 일러."

자신을 겨눈 총구에서 벗어나는 건, 불가능했다.

"······."

히비키는 입을 다물고 있었다. 퀸의 표정에는 자신을 놓치지 않겠다는 뜻이 어려 있었다. 아리아드네의 생사는 알 수 없지만, 아마 살아있을 것이다. 하지만 전투 속행은 불가능하리라.

즉, 히고로모 히비키는 혼자서 여왕에게 맞서야만 한다.

할 수 있는 건 없다. 히고로모 히비키에게는, 여왕에게 이길 가능성이 없다.

"네 혼을 받아가려고 왔다."

여왕이 히비키의 이마에 손가락을 댔다. 심장 뛰는 소리가 너무 시끄럽다고 히비키는 생각했다.

"혹시 살해당할 거라고 생각했으려나?"

"아뇨. 아마 죽는 것보다 더 심한 짓을 당할 거라고 생각해요."

히비키가 그렇게 말하자, 퀸은 눈을 동그랗게 떴다.

"오호라, 그래. 『여왕』이 원할 만하군. 『제너럴』과 『레이디』에게는 필요 없지만 말이다."

히비키는 침착했다. 현실주의자인 그녀는 언젠가 이렇게 될 순간을 각오하고 있었다. 자신은 토키사키 쿠루미의 발목에 채워진 족쇄다. 눈치 빠른 누군가가 그것을 눈치채면, 그 족쇄로 쿠루미를 구속하면 된다고 생각할 것이다. 그 족쇄가 진짜로, 쿠루미를 구속할 수 있을지는…… 아직 알 수 없지만 말이다.

여왕이 **원래 엠프티였던 자신**을 보고 무슨 생각을 할까.

물론, 최악의 생각을 했을 게 뻔하다.

"너한테는 선택지가 있다. 하나는 삶, 하나는 죽음이지. 내가 자비를 베풀고 싶어질 만한 대답을 들려줬으면 좋겠군. 자아, 어느 쪽을 택할 거지?"

히비키는 마른 침을 삼켰다. 이것이 최초의 난관이다. 상대가 원하는 건 고결인가, 아니면 비굴인가.

"……."

히비키의 대답을 듣더니, 여왕은 만족한 것처럼 고개를 끄덕였다.

"누구를 원하지? 이참에 선택권을 주마. **룩, 비숍, 나이트.**"

자아, 이제부터가 중요하다. 누구를 고르든, 누가 되든, 히비키는 의식을 유지해야만 한다.

―믿을게요, 쿠루미 씨.

―그리고, 믿을게요. **저 자신.**

히고로모 히비키는 토키사키 쿠루미를 믿으며 이제까지 싸워왔다. 하지만 이제부터는 또 하나의 매우 중요한 싸움에 임해야만 한다.

온갖 시대, 온갖 장소에서 치러진, 모든 인간이 절대 피할 수 없는 싸움…….

자기 자신과의 투쟁이다.

◇

　　히고로모 히비키였던 자를 전송시킨 직후, 토키사키 쿠루
미가 여왕에게 총을 겨눴다.

　　"퀸……!!"

　　그 말을, 그 목소리를, 그 절규를 들은 순간…….

　　드디어, 『그녀』가 입을 열었다.

　　"안녕. **오래간만이야, 쿠루미 양.**"

　　"……읔!"

　　온화한, 그리고 과거에 들어본 적이 있는 목소리였다. 쿠
루미는 방아쇠를 당기는 건 고사하고, 머릿속이 완전한 공
백 상태로 변했다.

　　그 틈에 퀸은 곁에 있던 엠프티에게 사브르를 찔러 넣어서
문을 열었다.

　　"이제 멈출 수 없고, 멈출 필요도 없어. 인계는 붕괴되고,
모든 것은 꿈의 잔재가 되어 사라질 뿐이야. 하지만 어쩔 수
없잖아? **전부 쿠루미 양 잘못인걸.**"

　　쿠루미의 마음이, 여왕의 말을 듣고 삐걱거렸다. 위화감
과 이물감이 밀려오면서, 쿠루미의 머릿속은 제대로 돌아가
지 않았다. 이상했다. 여왕의 여유 넘치는 태도도, 말도, 전
부 이상하지만……. 가장 이상한 것은 따로 있었다.

　　그것이 무엇인지, 눈치챘다.

목소리.

목소리가, 이상했다.

그렇다. 퀸에게서 쭉 느껴지던 위화감. 그것은 **자신의 목소리가 아니라는 사실이다**……!

향수에 젖어들게 하는, 온화한 목소리.

아침 햇살 아래에서, 어깨가 닿을 만큼 가까운 거리에서 들었던 목소리.

한낮의 떠들썩함 속에서, 웃으면서 들었던 목소리.

밤에, 오랫동안 통화를 하며 자신의 귓가에 스며들어왔던 목소리.

아름답고, 기품 있으며, 차분할 뿐만 아니라, 잔잔한, 동경했던 목소리다.

그리고, 자신이— 상실한,^(죽이고 말았던) 목소리다.

"어, 째서……."

온갖 의문이 생겨났고, 온갖 수수께끼가 산더미처럼 쌓였다. 하지만 퀸은 맑은 웃음소리로 그 모든 것을 흘려보냈다.

세상이 뒤집히는 듯한 느낌이 들었다. 믿고 있었던 것이, 전부 사라지는 것만 같았다.

그녀에 대한 증오, 그녀에 대한 사명감, 그녀에 대한 전의. 그 모든 것이, 다른 무언가로 뒤바뀌었다.

망설임…… 이해할 수 없는 무언가에 대한 공포로…….

　하지만 여왕은 여전히 맑은 미소를 머금고 있었다. 마치 그것이 예전부터 당연했던 것처럼. 그녀는 단순히 토키사키 쿠루미의 반전체—가 아니었다. 그녀는 토키사키 쿠루미의 근간에 관여된 존재였다.

　여왕은 말했다.

　"이제부터 우리는 호크마를 공격할 거야. 우리가 원하는 게 거기에 있는 것 같거든. 그러니 자는 척 하고 있는 아리아드네 양. 모든 영역에서 도미니언을 다 불러. 내가 이길지, 너희가 이길지, 다퉈보는 것도 재미있을 것 같거든."

　"……."

　아리아드네는 침묵을 관철했다.

　"기다……."

　"더는, 못 기다려. 나한테도, 현실 세계로 돌아갈 권리가 있거든. 안 그래?"

　여왕이 모습을 감추자, 남겨진 엠프티 또한 순식간에 소멸했다.

　이 자리에 남아 있는 건 쓰러진 아리아드네, 쫓아온 카가리케 하라카와 창…….

　그리고, 망연자실하게— 총을 겨누는 것조차 망각한, 토키사키 쿠루미.

　인간이었던 토키사키 쿠루미와, 정령이었던 토키사키 쿠

루미를 잇는 자.

"어째서…… 사와 양이……!"

저 여왕의 목소리는 분명— 토키사키 쿠루미가 인간을 버리는 분기점에 존재했던, 쿠루미에게 **살해당한** 소녀의, 온화한 목소리였다.

히고로모 히비키는 납치당했고, 토키사키 쿠루미의 사명감은 산산이 부서졌다.

모든 것을 상실하고, 모든 의지가 꺾였으며, 가슴 속에 남아있는 건 당혹과 비애뿐이다.

머릿속에 폭풍이 휘몰아치는 가운데, 쿠루미가 이해한 것이 하나 있다.

—자신이 일어서지 않는다면, 그 누구도 구할 수 없다.

그것만은 의심할 여지가 없는 사실이며, 지금의 그녀에게 있어 가장 어려운 모험이었다.

이리하여 도미니언들은 한자리에 모였고, 여왕은 건너편 세계로의 개선을 도모했다.

모든 것의 종언이, 시작됐다.

○예를 들자면 이것은, 이러한 이야기다

이제 와서 「데이트 어 불릿」에 관해 이야기하는 것도 좀 그렇습니다만, 이 작품은 「데이트 어 라이브」에 등장하는 토키사키 쿠루미란 소녀를 주축으로 한, 동시에 「데이트 어 라이브」의 설정을 빌려온 스핀오프 작품입니다.

즉, 거꾸로 말하자면 「데이트 어 불릿」의 설정 자체는 근본이라 할 수 있는 「데이트 어 라이브」에 저촉되지만 않는다면— 즉, E랭크라고 얕보이던 토키사키 쿠루미가 실은 S랭크이며 「데이트 어 라이브」의 최종 보스와 토카와 다른 히로인에게 차례차례 어영부영 승리한다, 같은 전개만 아니면 웬만한 건 다 허용됩니다.

그래서 이번에는 최대의 금기(종반에 나오는 자동 재해 기계 같은 그 애 말입니다)를 아슬아슬하게 저질러봤습니다. 감사합니다, 타치바나 코우시 선생님. 헤헷(아부성 웃음).

또한, 드디어 퀸의 정체가 밝혀졌습니다.

퀸이란 캐릭터를 출연시킨다고 결정하면서 그 정체 또한 여러 개를 준비했고, 그 중에서 무엇으로 할지 논의한 끝에 결정했습니다. 어쩌면 「누구?」 하고 중얼거리면서 수ㅇ의 문제2문에서 키바 씨가 등장했을 때 같은 표정을 짓는 분이 계실지도 모르지만, 그녀에 관해서는 원작인 「데이트 어 라이브」의 쿠루미 관련 에피소드를 다시 살펴보면 알 수 있을 겁니다.

잡담은 이만하겠습니다. 자아, 이렇게 6권이 발매됐습니다만 「데이트 어 불릿」 5권은 작년 3월에 발매됐습니다. 즉, 이번 이야기를 쓰는 데 1년이나 걸린 거죠.

이것은 전적으로 저의 스케줄 미스이며, 정말 죄송합니다.

다음부터는 가능한 한…… 가능한 한 빨리 독자 여러분에게 작품을 전달해드리고 싶습니다! 최선을 다하겠습니다! 그리고, 애니메이션판도 잘 부탁드립니다!

또한, 「데이트 어 라이브」의 최종권이 발매됐습니다. 타치바나 선생님, 츠나코 선생님, 정말 수고 많으셨습니다……! 세간은 여러모로 힘든 상황입니다만, 작가가 할 수 있는 일은 독자 여러분이 읽고 기운이 날 만한 작품을 내놓는 것이라 믿으며 좀 더 힘내볼까 합니다. 그럼 이만 실례하겠습니다!

히가시데 유이치로

■ 역자 후기

안녕하십니까. 근로청년 번역가 이승원입니다.

『데이트 어 불릿』6권을 구매해주셔서 진심으로 감사드립니다.

어느새 여름의 문턱에 접어들었습니다.

독자 여러분께서는 어떻게 하루하루를 보내고 계신지요.

아직 외출을 자제해야만 하는 나날이 계속 이어지고 있습니다.

본격적인 여름이 시작되기 전에 기분전환 삼아 여행이라도 떠나고 싶습니다만, 도저히 그럴 상황이 아니네요.

빨리 이 힘든 시기가 끝나 마스크를 하지 않고 밖을 돌아다니고, 친구들을 만나 회포도 풀고 싶습니다.

여러모로 고생이 많으실 독자 여러분께서 이 책을 읽으며 조금이라도 힐링을 하시길 진심으로 빕니다.

그럼 『데이트 어 불릿』6권에 대해 조금 이야기해볼까 합니다.

스포일러가 포함되어 있을 수도 있으니 본편을 안 읽으신 분은 유의해주시길!

이번 6권은 전체적으로 정통파 판타지물 느낌으로 전개됩니다.

인계의 각 영역은 전부 독창적인 룰에 지배되고 있었습니다만, 이번 영역은 그야말로 이질적입니다.

판타지! 던전! 마법! 모험가! 스킬! 정말 로망이 넘쳐나는 세계입니다.

그리고 쿠루미&히비키 콤비는 이 영역 또한 자신만의 방식에 따라 헤쳐 나갑니다.

그 과정에서 많은 엑시던트(비키니 아머라든가, 비키니 아머라든가, 비키니 아머라든가^^)가 벌어지며, 던전의 최하층에서는 상상을 초월하는 존재가 기다리고 있죠.

솔직히 하얀 여왕의 등장도 충격적이었습니다만, 이번 권의 보스 캐릭터는 하얀 여왕을 능가하는 이레귤러였습니다.

여기서 ■■가 나올 줄은 정말……. 작업용 원서를 받고 컬러 일러스트를 본 순간, 그냥 얼이 나가고 말았을 정도입니다.^^

게다가 마지막이 워낙 충격적이었던 만큼, 벌써부터 7권이 기다려지고 있습니다.

다음 권도 최선을 다해 작업할 것을 약속드립니다!

그럼 이만 줄이겠습니다.

L노벨 편집부 여러분, 제 건강 문제로 폐를 끼쳐 죄송합니다. 앞으로는 이런 일이 없도록 몸 관리에도 힘쓰겠습니다!

고기 사준다고 불러준 악우여. 못 나가서 미안하다. 그리고 고기에 내가 안 낚이자 대경실색하며 괜찮다고 전화 줬을 때, 살짝 감동했어.ㅠㅜ

마지막으로 언제나 제게 버팀목이 되어주시는 어머니와 『데이트 어 불릿』을 읽어주신 모든 분들에게 진심으로 감사드립니다.

히비키의 안부가 걱정되는 7권의 역자 후기 코너에서 다시 뵙겠습니다!

2020년 6월 중순
역자 이승원 올림

데이트 어 불릿 6

초판 1쇄 발행 2020년 7월 10일

지은이_ Yuichiro Higashide
감수 기획_ Koushi Tachibana
일러스트_ NOCO
옮긴이_ 이승원

발행인_ 신현호
편집부장_ 윤영천
편집진행_ 김기준 · 김승신 · 원현선 · 권세라 · 유재슬
편집디자인_ 양우연
국제업무_ 정아라 · 전은지
관리 · 영업_ 김민원 · 조은걸 · 조인희

펴낸곳_ (주)디앤씨미디어
등록_ 2002년 4월 25일 제20-260호
주소_ 서울시 구로구 디지털로 26길 111 JnK디지털타워 503호
전화_ 02-333-2513(대표)
팩시밀리_ 02-333-2514
이메일_ lnovelpiya@naver.com
ㄴ노벨 공식 카페_ http://cafe.naver.com/lnovel11

DATE A LIVE FRAGMENT DATE A BULLET Vol.6
ⓒYuichiro Higashide, Koushi Tachibana, NOCO 2020
First published in Japan in 2020 by KADOKAWA CORPORATION, Tokyo.
Korean translation rights arranged with KADOKAWA CORPORATION, Tokyo.

ISBN 979-11-278-5601-4 04830
ISBN 979-11-278-4273-4 (세트)

값 7,800원